www.tredition.de

AF177021

Juliane Böhme, Paul Günther

Dumme Jule

www.tredition.de

Verlag und Druck: tredition GmbH, Hamburg

ISBN
Paperback: 978-3-7469-5986-3
Hardcover: 978-3-7469-5987-0
e-Book: 978-3-7469-5988-7

Diese Geschichte ist wahr.
Aus Gründen des Datenschutzes wurden die Namen der handelnden Personen und die Namen von Örtlichkeiten gegebenenfalls geändert.

Prolog

Nennen Sie mich einfach Paul!

Ich hatte in der letzten Zeit im Umgang mit Frauen kein Glück gehabt und zudem eine Scheidung hinter mir. Dementsprechend stand ich nicht gerade ganz oben auf der Leiter des Erfolgs und außer meinem positiven Denken und einem alten Diesel hatte ich im Augenblick nicht viel vorzuweisen. Mit dem Versuch, auf eine Annonce unter der Rubrik „Bekanntschaften" zu antworten, hoffte ich, eine Gelegenheit zu nutzen, um wieder ins normale gesellschaftliche Leben zurückzufinden.

Als ich Juliane auf einem Parkplatz in Nürnberg das erste Mal traf und mich vorgestellt hatte, sagte ich zu ihr:

„Bitte schließen Sie nicht von meinem alten Auto auf meinen Charakter!"

„Doch, das tue ich, aber ich gebe Ihnen noch eine zweite Chance!"

Nach den vielen Jahren, die inzwischen vergangen sind, weiß ich immer noch nicht, ob ich diese zweite Chance nutzen musste oder ob sie trotz meiner Liebe zum alten Auto an meiner Seite blieb. Der Diesel hatte knapp 300 000 km auf dem Buckel und sah etwas mitgenommen aus. So wie der stolze Besitzer eben auch und ich wollte mit diesem flotten Spruch nur von meinem eigenen Erscheinungsbild ablenken. Denn diese schick gekleidete, sehr hübsche zierliche Frau war keck genug, mein angeschlagenes Selbstbewusstsein schon zu strapazieren, bevor ich überhaupt den zweiten Satz herausgebracht hatte.

Wenn sie nicht innerhalb der nächsten Stunde versuchte, mir weiszumachen, dass sie noch dringend etwa zu erledigen hätte, um mich dann einfach stehen zu lassen, würde ich schon noch lockerer werden und herausfinden, was sich hinter dieser Keckheit verbarg!

Wir bummelten vom Wöhrder See den Pegnitzgrund entlang und stellten beide mit großer Freude fest, dass uns der Stoff zum Reden wohl niemals ausgehen würde. Hier trafen zwei reichlich unterschiedliche Charaktere mit einigen sich ähnelnden Interessen aufeinander und wir plauderten und erzählten und liefen immer weiter, ohne zu bemerken, wie weit wir eigentlich schon gewandert waren. Ich lud sie schließlich in ein Ausflugscafé ein und sie zeigte mir unter dem Tisch ihre nackten Füße mit den völlig wund gelaufenen Fersen, mit denen sie in ihren zierlichen Sandälchen, ohne dass ich etwas aufgefallen wäre, klaglos die vielen Kilometer mit mir gelaufen war. Das imponierte mir schon sehr!

Umgekehrt musste sie im Laufe der Gespräche bemerkt haben, dass der unbekannte Mann an ihrer Seite kein schlechter Kerl sein konnte, der, auch wenn man ihn bei seiner Scheidung kräftig gerupft hatte, aufgrund seiner beruflichen Position keinerlei finanzielle oder sonstige böse Absichten zu haben brauchte. Und das Verhältnis zu dem betagten Gefährt schien zudem eher auf die männliche Un-fähigkeit zur Trennung von liebgewonnenen alten Dingen hinzuweisen, als auf finanzielle Probleme.

Als sie mehr und mehr von sich preisgab, spürte ich, dass Juliane Erlebnisse weggesteckt haben musste, die meine Vorstellungskraft überstiegen. Dass sie einmal Tän-zerin gewesen war, überraschte mich bei dieser Figur nicht. Auch ich war in meiner Studentenzeit ein eifriger Tänzer in den Gesellschaftstänzen gewesen und packte deshalb die Gelegenheit beim Schopf. Damit sie endlich wieder Selbst-vertrauen gewinnen konnte, schlug ich ihr einen gemeinsa-men Tanzkurs in den Standard- und Lateinamerikanischen Tänzen vor, der uns – bei entsprechender Neigung und Ausdauer - bis zum Goldkurs führen würde. Natürlich hatte ich so meine Hintergedanken dabei, denn bereits jetzt hätte ich es bedauert, die schöne Frau an meiner Seite mit ihren ebenso schönen graugrünen Augen wieder zu verlieren und der Kurs würde sicherlich ein bis zwei Jahre dauern.

„Ja, gerne, das würde mir Freude machen!" hörte ich und mein Herz hüpfte. Bei aller Vorfreude dachte ich aber auch an ihre strapazierten Fersen, die ab sofort geschont werden mussten und spendierte ihr eine Heimfahrt per S-Bahn.

Der Tanzkurs war anspruchsvoll und manchmal schweißtreibend, und für Juliane waren all die modernen Schrittfolgen neu. Doch sie lag anmutig und federleicht in meinen Armen und lernte rasch. Ihr Ehrgeiz war geweckt! Der Anklang von Kummer, Mutlosigkeit und vorsichtiger Zurückhaltung, den ich anfänglich bei ihr zu spüren glaubte, verflüchtigte sich nach und nach. Das Tanzparkett war ihre Welt und wurde mit jeder Übungsstunde mehr und mehr zu ihrer Bühne. Hier war sie sich sicher! Auch ich fühlte mich gut und bestätigt und begann an gemeinsame wunderbare Jahre zu glauben.

Ab und zu besuchten wir nach der Tanzstunde noch ein Lokal in der Nürnberger Südstadt, erzählten uns gegenseitig bei einem Glas Wein Anekdoten aus unserem Leben und wuchsen langsam aber sicher zusammen.

Ich bin ein Mensch ohne große Ansprüche an materielle Dinge und fand in ihr eine Frau, die anpassungsfähig war. Aber ich wollte es genau wissen und mietete uns für drei Wochen ein Wohnmobil, um im Wonnemonat Mai mit ihr nach Italien zu fahren. War es möglich, dass diese „Lady" den Camping-Test mit seinem einfachen, naturnahen Leben bestehen würde?

Sie bestand den Test mit Bravour und hielt nicht nur den Unbilden eines Unwetters am Gardasee klaglos stand, sondern auch einer riesigen Ringelnatter, die es sich am Lago Trasimeno in Umbrien unter ihrem Campingstuhl bequem gemacht hatte. Mit dieser Frau, so meine Erfahrung, ließ sich die Welt erobern und inzwischen kennen wir so manchen Winkel der bewohnten Erde.

In einer traumhaften Januarnacht in Tahiti, als unser Kreuzfahrtschiff in der Hauptstadt Papeete vor Anker lag und uns der Geruch von Meer und Blüten und die Leichtigkeit des Lebens einhüllte, erklang aus einem Lokal am Hafen tahitianische Gänsehautmusik vom Feinsten und berührte uns zutiefst. Die melodiösen Klänge und Gesänge in der weichen warmen Luft überschwemmten uns mit Glücksgefühlen. In dieser Nacht auf Deck begann sie mir den Rest ihrer Geschichte, den sie mir bis dahin vorenthalten hatte, zu erzählen und ich durfte den bisher tiefsten Blick in ihre geschundene Seele werfen.

Damals reifte in mir der Gedanke, ihre Lebensgeschichte niederzuschreiben.

1

„Bodzito, bringst du mir mal einen breiteren Pinsel?"

Tila saß im dunklen langen Rock und heller Bluse, eine Blaustirnamazone auf der linken Schulter, vor der Staffelei im Schatten der Hazienda. Sie arbeitete mit Wasserfarben an einer Straßenszene, die sie in den Morgenstunden in Tonila, einem kleinen Pueblo im Südwesten Mexikos, auf einen Pappkarton skizziert hatte. In jenen Monaten bestieg sie häufig nach dem Frühstück ihr Pferd und ritt in den Ort oder in die Berge, um die mexikanische Landschaft und seine Menschen in der frischen, noch kühlen Luft in sich aufzunehmen und skizzenhaft zu Papier zu bringen.

Vor zwei Jahren war der Glasmaler Bohdan von Such-ocki, ihr Freund und Lebensgefährte plötzlich mit einem etwa zwei Jahre alten Kind auf dem Arm von einer Ver-kaufsreise zurückgekehrt.

„Das ist mein leiblicher Sohn!" Er behauptete, die Mut-ter, eine mexikanische Indianerin aus dem nahen Manzanillo, wäre vor kurzem an Fieber gestorben.

„Die Brüder der Frau haben mich nach deren Tod ver-ständigt und gefragt, wie ich mir die Zukunft des Kindes vorstellen würde – ich solle mich darum kümmern. Sie wä-ren zu arm dafür!"

Dass ihr Lebensgefährte eine Indianerin geschwängert hatte, traf die norddeutsch-kühle Tila tiefer, als sie es sich gestehen wollte. Natürlich war ihr bewusst, dass ihr Freund ein Lebemann war, der schon vor etlichen Jahren in München mit der exzentrischen Franziska Gräfin zu Reventlow ein Leben ohne feste Regeln geführt hatte. Aber gerade das hatte sie an dem Mann gereizt! Die von ihren Freunden „Fanny" genannte Gräfin war um die Jahrhundertwende Mittelpunkt der Schwabinger Bohème gewesen und Tila war durch den Einfluss ihres Freundes, des Dichters Rainer Maria Rilke ebenfalls nach München gekommen, wo sie von Suchocki kennenlernte. Zusammen mit ihm und der Reventlow hatte sie in ihrer Münchener Zeit in Schwabing in einer Wohngemeinschaft gewohnt.

Sie kannte also die freizügige Einstellung Bohdans zu einem Leben ohne Konventionen und sollte daher wissen, dass er ein Mann war, der nie einer Frau ganz allein gehörte! Wenn sie mit ihm leben wollte, musste sie bereit sein, das zu akzeptieren. Er hatte „das gewisse Etwas", das Frauen magisch anzog: Lässigkeit und ein gerütteltes Maß an Wildheit und Unzähmbarkeit. Außerdem sah er sehr gut aus. Lieber dieses ärmliche Abenteurerleben, als mit einem Schreibtischbeamten verbiestern, dachte sich Tila.

Als sie den hilflosen kleinen Buben zum ersten Mal in ihren Armen hielt, war in der kinderlosen 33-jährigen Ottilie Reylaender plötzlich der Mutterinstinkt erwacht und, überwältigt von einer spontanen Liebe zu dem Kind, hatte sie beschlossen, den Knaben nach seinem Vater „Bodzio" zu nennen und ihn aufzuziehen, als wäre er ihr eigener Sohn!

Der inzwischen vierjährige Bodzito trug zum Schutz vor dem scharfkantigen Lavageröll und gefährlichen Skorpionen Lederschuhe an den Füßen. Ansonsten war der Junge angesichts der Hitze splitternackt. Mit seinen großen graugrünen Augen unter seinem dichten, blauschwarzen Haaren suchte er die überdachte Terrasse des niedrigen Gebäudes nach dem Tontopf ab, in dem Tila ihre Pinsel aufbewahrte. Als Bodzio ihr den Pinsel überreichte, fragte sie:

„Na, wie gefällt dir das Bild?"

Es war eine Gouache. Die Farben aus gemahlenen Pigmenten waren preiswert zu beschaffen und konnten unter Beifügung von Kreide mit Gummi arabicum angerührt und auf fast allen Untergründen vermalt werden. Tila musste wirtschaftlich arbeiten, da mit der Malerei nicht viel zu verdienen war. Pappe war daher ein probates Mittel, die Herstellungskosten eines Bildes niedrig zu halten.

Die Gouache zeigte eine niedrige, zur Straße hin abweisende Häuserfront der früheren Indiostadt Tonila in ocker- und umbrafarbenen Tönen. Den Hintergrund bildete der fast 4000 m in den Himmel ragende, inzwischen erloschene Vulkan „Nevado de Colima" mit seiner Schneekuppe. Der Berg war das landschaftsprägende Element der Gegend um Colima.

„Mama, warum ist der Vulkan oben weiß?" fragte Bodzio und deutete auf das Bild.

„Auf dem Vulkan ist es oben sehr kalt!" antwortete Tila.

„Weil es so kalt ist, hat er sich eine weiße Mütze aufgesetzt!" lachte Bodzio

„Mütze, Mütze, kalt, ohjee..." plapperte die Amazone nach und knabberte verzückt an Tilas Ohrläppchen.

„Das ist Schnee, Bodzio!"

Das Wort „Schnee" kannte der Junge nicht.

„Der Berg hier bei uns ist ein ganz braver Vulkan, der speit kein Feuer. Aber weil es da oben so kalt ist, bleibt der Regen als weißer Schnee liegen", klärte Tila den kleinen Bodzio auf. „Der Volcan de Fuego dagegen, nicht weit entfernt von hier in Guatemala, das ist ein Teufel! Der speit immer Lava und Asche und der Schnee schmilzt ganz schnell wieder weg. Viele Menschen sind wegen seiner Ausbrüche schon gestorben!"

Doch Tila wollte dem kleinen Jungen nicht unnötig Angst machen und wandte sich wieder ihrer Guache zu.

Sie ahnte, dass sie noch sehr viele solcher Bilder malen und verkaufen müsste, bevor es ihr wieder vergönnt sein würde, in Öl auf Leinwand zu malen. Als sie kurz vor der Jahrhundertwende als 15-Jährige in der Künstlerkolonie Worpswede zusammen mit Paula Modersohn-Becker noch Schülerin des bekannten Moormalers Mackensen war, hatte sie bereits mit großer Freude ihre ersten Ölbilder gemalt. Doch seit dem schweren Erdbeben vor fünf Jahren war es in Mexiko äußerst schwer, vernünftige Malutensilien zu beschaffen und geeignetes Leinen oder gar Ölfarben waren kaum zu bekommen. Sie würde hart arbeiten müssen, um annehmbare Lebensbedingungen für die kleine Familie zu schaffen, die sich inzwischen um ein indianisches Kindermädchen für Bodzio erweitert hatte.

Tila hatte es mit dem aus polnischem Landadel stammenden Bodan von Suchocki nicht leicht. Seine Stimmungen wechselten ständig und er kam und ging, wie es ihm gerade gefiel. Es war vor allem diese Unberechenbarkeit, die Tila störte. Wenn er einen Auftrag zu erledigen hatte oder auf einer seiner Verkaufsreisen in den Weiten Mexikos unterwegs war, so wusste sie oft lange nicht, wo er sich aufhielt. Dann tauchte er unerwartet - manchmal erst nach Wochen - wieder auf und wollte Familienleben genießen. Das verstimmte sie etwas, denn er störte damit ihren eigenen Rhythmus und brachte ihre ganzen Pläne durcheinander.

Der Ärger über Suchocki, gelegentliche Fieberschübe und schlechte Geschäfte mit ihren Bildern veranlassten sie, obwohl sie das Land sehr mochte, an eine Rückkehr nach Deutschland zu denken. Aber der Erste Weltkrieg hatte in Deutschland Chaos und instabile Verhältnisse hinterlassen, so dass ihre Freunde in Deutschland von einer Rückkehr abrieten. Andererseits hatte der inzwischen 12-jährige Bodzio immer noch keinen regelmäßigen Schulbesuch absolviert und so wurde es allerhöchste Zeit, den kleinen, wilden Naturburschen mit deutscher Kultur und Bildung bekannt zu machen.

Felicitas von Korff, eine in Mexiko-Stadt lebende Freundin Tilas, nahm Bodzio im Jahre 1925 auf ihrer Rückreise nach Deutschland unter ihre Fittiche und lieferte den Buben bei Ottilies Eltern in Geltow bei Potsdam ab, wo er in den folgenden Jahren preußisch streng erzogen wurde.

Ottilie fühlte inzwischen, dass ihr Leben in Mexiko ohne Familie in Gleichförmigkeit verlief, ohne Halt und fast ohne Geld. Der verwitwete Dr. Böhme, Leiter der Deutschen Schule in Mexiko-Stadt, war schon seit einigen Jahren mit Ottilie gut bekannt und warb um sie. Sie musste irgendwann eine Entscheidung zwischen zwei grundsätzlich verschiedenen Lebensformen treffen. Böhme würde ihr ein Leben in finanzieller Sicherheit bieten, was ihr ermöglichen würde, ihre künstlerischen Ambitionen ohne Einschränkungen auszuleben. Er schien sehr zuverlässig zu sein und meinte es sicherlich gut. Doch sie vermochte den soliden Böhme nicht so zu lieben, wie jener dies sicherlich von ihr erwartete. Und sie fürchtete auch, in eine Abhängigkeit zu geraten, die sie nicht wollte. Mit dem wilden Suchocki dagegen war ein harmonisches Leben kaum noch möglich. Je älter dieser wurde, desto schwieriger wurde es für sie, mit seinem unsteten, cholerischen Charakter umzugehen. Ob sie ihn noch liebte, wusste sie ebenfalls nicht so genau – vielleicht hatte ihre Liebe zu ihm sich mehr in eine Art Verantwortungsgefühl gewandelt, indem sie zu glauben begann, er käme ohne sie nicht mehr mit sich und seinem Dasein zurecht. Suchocki erkannte den Zwiespalt in Tila und reagierte auf die Gefahr, sie zu verlieren, immer eifersüchtiger.

Als Ottilies Vater in Geltrow starb, verließ sie Mexiko und fuhr zurück nach Deutschland. Doch sie fühlte sich auch dort nicht sehr wohl. Die Armut und die schlechten Lebensverhältnisse auf dem Land machten ihr zu schaffen und sie sehnte sich zurück nach Mexiko und zu Suchocki, als Böhme unerwartet als Legationsrat in das Auswärtige Amt zurück nach Berlin berufen wurde. Nun änderte sich vieles: Ottilie gab dem Werben Böhmes schließlich nach und wurde seine Frau. Beide holten den jungen Bohdan nach Berlin-Lichterfelde, wo sie ihn auf den Namen „Bohdan Böhme" umschreiben ließen, um den Buben vor möglichen Nachteilen wegen fehlender Papiere zu schützen. Der Junge machte seinen Schulabschluss und ging, erwachsen geworden, anschließend zur Luftwaffe. In Nordhausen (Harz) lernte er meine Mutter kennen.

Auf diese Weise wurde der ehemals kleine, wilde Halbmexikaner aus Manzanillo mein Vater.

2

Wie fühlt man sich, wenn man mit zwei übermächtigen Schwestern aufwächst?

Man zählte das Jahr 1941 und wohin man auch blickte, herrschte Hunger, Not, und Verfolgung, aber auch manchmal der Mut zu einer Freundschaft, die eigentlich längst nicht mehr sein durfte.

In dieser schweren Zeit wurde ich als dritte Tochter meiner Eltern Gertrud und Bohdan, beide junge, lebenslustige und gutaussehende Menschen, geboren. Mamis Schwiegermutter Tila hatte sich an einem schönen Maitag herabgelassen, mit dem Zug nach Nordhausen zu reisen, um die Familie für einige Tage zu besuchen. Sie saß steif mit ihrer Schwiegertochter Gertrud bei einem Tässchen Kaffee, als es, wie so oft in den letzten Wochen, arg in Mamis Bauch rumorte.

„Ich glaube, ich habe zu hastig gegessen", erklärte die junge Frau unbekümmert. „Morgen gehe ich zum Arzt und lasse mir etwas verschreiben."

Ottilie sah sie mit rechter hochgezogener Augenbraue von der Seite an und bemerkte spitz:

„Gertrud, ich denke, du bist eher ein Fall für den Frauenarzt!"

„Ach was, ich habe nur zu viel Luft im Bauch!" erklärte Mami im Brustton der Überzeugung.

Einige Tage später – die nicht enden wollenden „Blähungen" begannen sie langsam zu verunsichern - machte sich Mami dann doch zu ihrem Frauenarzt auf, einem angegrauten, liebenswürdigen Herrn, der bereits meinen beiden Schwestern auf die Welt verholfen hatte und den sie aus diesem Grunde gut kannte.

„Ach, Trudchen, mein Kind, freu' dich, du bist im fünften Monat schwanger!" resümierte der alte Herr nach einer kurzen Untersuchung.

„Trudchen" fiel aus allen Wolken! Sie hatte schon immer ihre Periode sehr unregelmäßig bekommen und in der letzten Zeit überhaupt nicht mehr darauf geachtet. Unwohl war ihr morgens auch nie gewesen. Und sie war erst 22 Jahre alt und besaß bereits zwei Kinder, wie sollte sie sich da denn freuen? Mit feuchten Augen lief sie durch die Straßen Nordhausens, direkt in die kleine Wohnung ihrer Eltern und beichtete ihr Unglück. Omi Mine nahm ihre Tochter in den Arm und versuchte sie zu trösten, so gut sie es vermochte.

Doch der Trost „Irgendwie schaffen wir das schon, mein Kind!" war nicht unbedingt geeignet, Gertrud Mut zu machen. Omi Mine hätte für ihr einziges Kind alles getan, was ihr möglich war. Aber die gute Frau hatte sich selbst ihr ganzes Leben lang abgerackert und es, bedingt durch die Folgen des Ersten Weltkriegs und der Inflation, trotz ihres nicht enden wollenden Einsatzes und Fleißes zu nichts gebracht.

Also wie machte man das mit dem „Irgendwie schaffen"? Es war erneut Krieg und bei allem, was man zum Leben brauchte, hatten die an den Fronten kämpfenden Soldaten und deren Ausrüstung absoluten Vorrang. Fast alle Bedarfsgüter des täglichen Lebens waren bereits bewirtschaftet, kontingentiert und rationiert! Konnte man da von „Glück" sprechen, wenn man ein ungewolltes weiteres Kind unter dem Herzen trug, das unter diesen Umständen ernährt, gekleidet und aufgezogen werden wollte?

Mit Blick auf eine ungewisse Zukunft lief sie niedergeschlagen nach Hause und als ihr Mann Bohdan sie am Abend auf ihre geröteten Augen ansprach, brach die Verzweiflung endgültig aus ihr heraus. Sie war ungewollt schwanger und nein, sie wollte dieses Kind, das ihr die Jugend endgültig rauben würde, nicht. Sie wollte ausgehen wie die anderen Frauen ihres Alters, tanzen und schöne Kleider tragen. Sie wollte unbeschwert leben, lieben und ihr Jungsein und ihre Schönheit genießen.

Bohdan, der als Fliegerunteroffizier mit seiner Staffel am Fliegerhorst in Nordhausen stationiert war, fand das alles überhaupt nicht tragisch, wollte er doch ohnehin mindestens ein Dutzend Kinder haben, "am liebsten nur noch Jungs!"

An einem Septembertag 1941 erblickte ich mit großen Anstrengungen das Licht der Welt. Fast schien es, als wollte ich es mir noch überlegen, denn ich war bereits zehn Tage überfällig. Der Arzt holte mich mit der Geburtszange und erlöste damit meine Mutter von ihren Qualen. Als Papi in der Kaserne des Flugplatzes die Nachricht von der gerade noch glücklich verlaufenen Geburt erhielt, ließ er sich in der Kompaniestube seinen Urlaubsschein für einen Tag ausstellen und eilte so rasch er konnte zu seiner geliebten Frau in der Klinik. Voller Erwartung durchquerte er mit einem Blumenstrauß in großen Schritten die düsteren Gänge des alten Gemäuers.

Mutter und Kind lagen erschöpft in ihren Betten. "Es" war – erneut - ein Mädchen geworden! Enttäuscht fragte er die Schwester nach einer Vase für die Blumen, betrachtete flüchtig meine mageren Ärmchen und mein zerknittertes rosa Gesichtchen, das noch von den Druckstellen der Geburtszange gezeichnet war, gab seiner Frau einen Kuss und eilte nach einigen Worten der Entschuldigung auf direktem Weg zu seiner Schwiegermutter.

„Alles in Ordnung? Was ist es denn geworden" überfiel ihn Omi Mine

„Ein Mädchen!"

Das klang nicht sonderlich begeistert.

„Und, erzähle, wie sieht sie aus?"

„Hässlich! Dünn mit einem kullerrunden kleinen Kopf!" Kleine, kullerrunde Köpfe bei Kindern hatte er noch nie gemocht!

Doch Mine wusste Bescheid: „Das wächst sich alles aus, du wirst schon sehen!"

Aber der Möchtegernvater von zehn strammen Jungs war noch zu enttäuscht, als dass ihm diese Aussage im Augenblick ein Trost sein konnte. Selbst der unübertreffliche Rührkuchen seiner Schwiegermutter konnte nichts daran ändern und Papi starrte verdrossen auf seinen Teller und den inzwischen lauwarmen Muckefuck.

„Habt ihr euch überhaupt schon einen Namen für das Kind überlegt?" versuchte Mine weitere Informationen aus ihm hervor zu locken.

„Paul!"

„Du bist unmöglich, Bohdan!"

„Da wird uns schon noch etwas einfallen!" brummte Papi „Gertrud hat mich gebeten, noch einige Besorgungen zu machen. Sei mir nicht böse, Mine, aber ich muss weiter."

Bohdan wollte einer weiteren Befragung entgehen und nahm den kürzesten Weg zu unserer Wohnung in der Rautenstraße im ersten Stock. Anni, unser Pflichtjahrmädchen, das meine beiden älteren Schwestern inzwischen betreut hatte, überfiel Papi ungeduldig.

„Was ist es denn, Herr Böhme, Junge oder Mädchen?"

Stille! Nachdem er sich vergewissert hatte, dass bei meinen Schwestern alles in Ordnung war, setzte er sich kurz aufs Sofa und überdachte seine neue Lebenssituation als Vater dreier Töchter.

Besorgt fragte Anni:

„Was ist mit Ihnen, Herr Böhme, ist etwas mit dem Baby nicht in Ordnung?"

Aber was sollte der Mann nach der Zerstörung seiner törichten und durch nichts gerechtfertigten Träume schon sagen? „Wieder nur ein Mädchen!" wäre die nackte Wahrheit gewesen. Doch Gefühle gegenüber der jungen Frau zu zeigen, schien ihm nicht angebracht.

„Keine Angst, Anni, mit dem Kind ist alles in Ordnung" murmelte er schließlich. „Wir werden sie Juliane nennen. Jetzt habe ich halt ein klassisches Dreimäderlhaus."

Wenn Eltern ein Kind in die Welt setzen, so fragen sie das Kind nicht um dessen Meinung. Weder in welche Zeit, noch in welche Familie oder Gesellschaft es hineingeboren werden möchte. Das ist einfach so!

Aber weder vom Vater noch von der Mutter erwünscht zu sein und dazu noch als „hässlich" bezeichnet zu werden, das war für ein hilfloses kleines Mädchen wie mich in der Tat kein guter Anfang!

Anni wusste, wie sehr mein Vater sich einen Jungen herbeigesehnt hatte. Schon des Öfteren hatte sie mitbekommen, wie er von seinem „Rittergut in Ostpreußen" schwärmte, das er später einmal mit all seinen Söhnen bewirtschaften wollte. Sie bedauerte ihn deshalb ein wenig. Allerdings verfocht sie auch die Ansicht, die Geburt eines Kindes, gleichgültig welchen Geschlechts, sei ein Ereignis, über das man sich grundsätzlich freuen sollte. Darum verstand sie sein Verhalten nicht! Er war ein außerordentlich gutaussehender Mann von gerade mal 25 Jahren, groß, braungebrannt, hatte sehr dunkle, lockige Haare und unter markanten buschigen Augenbrauen leuchteten die eindrucksvollsten graugrünen Augen, die man sich vorstellen konnte. Nicht nur Anni war von ihm hingerissen!

Aber jetzt wirkten seine Augen stumpf.

„Herr Böhme, Sie werden sicherlich noch viel Freude mit Ihren Kindern haben, glauben Sie mir! Wenn ich mit Rosi und Ingrid durch die Straßen gehe, sagen die Leute häufig:

"Was hat doch die Familie Böhme für hübsche Mädchen!"

„So, sagen sie das?"

Mein Vater fühlte sich geschmeichelt und er wollte es glauben. Wenn es denn so sein sollte, er konnte ohnehin nichts mehr daran ändern. Er gab sich einen Ruck und schien bereit, sein Los anzunehmen.

*

Meine Mutter wurde 1919 in Nordhausen geboren. Im April 1932 bat Mamis Klassenlehrer Omi Mine in die Schule, um sich mit ihr über den weiteren Werdegang seiner Lieblingsschülerin nach dem Volksschulabschluss zu unterhalten. Er schlug einen weiterführenden Schulbesuch für Gertrud vor, zumindest aber einen mittleren Abschluss.

"Gertrud schafft das spielend, sie ist sehr intelligent und strebsam!"

Doch Omi Mine ging von der Tatsache aus, dass noch nie einer aus der Familie eine höhere Schule besucht oder gar studiert hatte. Denn das war finanziell einfach nicht zu stemmen. Vergeblich redete der Lehrer auf sie ein und sprach von einem Talent, das drohte, verloren zu gehen – Mine sah sich dazu einfach nicht in der Lage.

Also begegnete unsere Mutter mit knapp 14 Jahren als Lehrmädchen in einem Juweliergeschäft der vollen Härte des Berufslebens.

Vor Dienstantritt musste sie zunächst den alten, verfetteten Mops ihres Chefs, Herrn Blau, abholen, damit die Töle an die frische Luft kam. War sie nach einem Fußmarsch von einer Viertelstunde in der Wohnung ihres Lehrherrn angekommen, wurde dem Mädchen von Frau Blau Leine, Hund und Aktentasche ihres Chefs ausgehändigt. Nun galt es, meist in großer Eile, quer durch die Stadt zum Geschäft zu laufen – mit dem plumpen und herzkranken Tier kein leichtes Unterfangen! Vor allem kam sie nicht so recht vorwärts, weil der Hund an jeder Ecke schnuppern und seine Marken hinterlassen wollte. Schließlich musste sie zusammen mit Gritta, dem anderen Lehrlingsmädchen, pünktlich um 8 Uhr die schweren Eisengitter, mit denen der wertvolle Ladeninhalt nachts gesichert wurde, aufsperren und nach oben schieben. Schon bald merkte ihr Meister, was für eine tüchtige kleine Person er sich da in sein Haus geholt hatte. Also durfte sie schon nach kurzer Einarbeitung kleinere Büroarbeiten ausführen und später kamen die täglichen Kassenabschlüsse und die Buchhaltung dazu.

Gertrud wurde für ihren Chef mit der Zeit immer unentbehrlicher und aus diesem Grund zunehmend selbstbewusster. Mittags zwischen 12 und 14 Uhr zum Beispiel wurde der Laden stets geschlossen. Die Angestellten bekamen jedoch für den Weg nach Hause und für das Mittagessen insgesamt lediglich eine halbe Stunde Zeit, dann hatten sie wieder im Laden zu sein. Aber die Zeit reichte, wo doch alles zu Fuß erledigt werden musste, beim besten Willen nicht aus und an ein in Ruhe eingenommenes Mittagessen war überhaupt nicht zu denken! Und jeden Tag nur hastig eine sparsam belegte Stulle zu kauen, war auf Dauer auch nicht gesund!

Gertrud war bereits in jungen Jahren eine Gerechtigkeitsfanatikerin und Kämpferin. Obwohl sie spürte, dass Frauen im Berufsleben nicht unbedingt gleichberechtigt waren, war sie entschlossen, mit Herrn Blau zu reden. Sie wusste, dass es bindende Arbeitsverträge mit festgesetzten Mittagspausen gab und forderte ihr Recht ein - er sollte den Lehrlingen wenigstens eine volle Stunde Mittagspause gewähren!

Doch ihr Chef war ein Mann mit Prinzipien aus dem 19. Jahrhundert und Arbeitsverträge waren für ihn nur beschriebenes Papier. Wirklich wichtig waren dagegen Zucht und Ordnung, Vaterlandsliebe, Stolz und Ehre! Was diese freche kleine Person da forderte, war überzogen und unangebracht! Aber sie deshalb feuern wollte und konnte er auch nicht, dazu war sie ihm zu wertvoll. Das Geschäft lief, seitdem dieses hübsche und redegewandte Ding mehr oder minder den Laden schmiss, besser denn je. Hin- und hergerissen machte er ihr einen Vorschlag. Die Lehrlinge sollten fortan eine Mittagspause von einer Stunde genießen dürfen, wenn Gertrud auch sonntags den Hund Gassi führen würde. Gertrud war einverstanden, kam aber insofern schadlos davon, als schon wenige Wochen später das arme Tier alle Viere von sich streckte und mit einem letzten Seufzer und Schaum vor dem Maul auf dem Sofa seines Herrchens an einem Herzinfarkt verstarb. Die Aufgabe des Gassi-Gehens fiel also künftig weg - die Mittagspause von einer Stunde jedoch blieb.

Dieses kämpferische, von Gerechtigkeitssinn getriebene Wesen haben wir Mädchen wohl alle drei von ihr geerbt.

*

Elias Rosenzweig bewohnte mit seiner Frau Rebekka und seinen wohlgeratenen Töchtern eine sehr schöne großzügige Wohnung in der Nordhäuser Oberstadt. Das jüngste Mädchen, Ruth, war 14 Jahre alt und hatte zusammen mit Mami die Volksschule besucht. Die beiden waren beste Freundinnen. Wann immer es Gertrud in der doch sehr bescheidenen häuslichen Umgebung ihrer Eltern zu eng wurde, lief sie von der Unterstadt über die Töpferstraße, vorbei am Theater zur Oberstadt und wurde stets von der jüdischen Familie auf das Herzlichste aufgenommen. Die Wohnung war sehr groß und es gab darin viele Dinge, die Gertrud in den Bann zogen: Wunderschöne Möbel und Teppiche und unglaublich viele Bücher, in edlem Schweinsleder gebunden und mit Goldschrift verziert. Papa Rosenzweig verdiente sein Geld als Oberstudienrat an der Oberschule, und wenn er die Zeit dazu fand, unterhielt sich der Vater von vier Töchtern besonders am Sonntagnachmittag gerne mit Gertrud, dem Mädchen aus einfachen Verhältnissen. Denn Gertrud war klug und wissbegierig zugleich und stellte viele gescheite Fragen. Das gefiel dem gebildeten Herrn sehr und er versuchte, auf all ihre Fragen eine Antwort zu finden. Es waren Gertruds schönste Stunden, die sie im Kreise dieser wunderbaren Menschen verbringen durfte. Sie wollte damals etwas aus ihrem Leben machen, auf eine Höhere Schule gehen und am liebsten Astronomie studieren. Papa Rosenzweig ermutigte sie in ihrem Vorhaben und brachte ihr sogar das Schachspiel bei.

Nicht lange nach Abschluss ihrer Lehre als Schmuck-verkäuferin und nach einer kurzen Affäre mit einem jungen Mann, aus der meine Halbschwester Rosi hervorging, lernte Gertrud mit 20 Jahren Bohdan, unseren späteren Vater kennen.

Die Zuneigung der beiden war stark und gegenseitig. Er vertraute ihr an, dass er 1913 in Manzanillo/Mexico geboren sei, aber väterlicherseits aus altem polnischen Adel abstamme. Wenn er von seinen wilden jugendlichen Abenteuern auf den Haziendas im mexikanischen Distrikt Colima erzählte, wo er aufwuchs und als kleiner Junge halbnackt auf Pferden oder Mulis durch die Weiten der Pampa jagen durfte, war Gertrud fasziniert und hing buchstäblich an seinen Lippen.

Bohdan war nicht nur bei Omi und Opi ein gern gesehener Gast. Als Gertrud ihn nach vielen Wochen des Kennenlernens der Familie Rosenzweig vorstellte, waren auch diese von ihm sehr angetan. Wenn es die Zeit erlaubte und Bohdan es beruflich einrichten konnte, verbrachten die beiden einige angenehme Stunden in Haus der jüdischen Familie. Und stets, wenn sie ein paar Zigaretten oder gar ein Fläschchen Wein ergattert hatten, brachten sie diese kleinen Geschenke bei ihrem Besuch mit und die Freundschaft der beiden Familien vertiefte sich.

Am 08.11.1938 verbreitete sich über die neuen Volksempfänger rasch die Nachricht vom Tod des Legationsrats Ernst vom Rath an der deutschen Botschaft in Paris. Ein polnischer Jude, Herschel Grynszpan, sollte für das Attentat verantwortlich sein.

Bohdan sprach noch am gleichen Abend in Begleitung von Gertrud mit den Rosenzweigs. Er befürchtete, dass die

Nazis dieses Ereignis als Vorwand benutzen könnten, um die ohnehin längst geplante Vertreibung der Juden in Gang zu setzen und beabsichtigte, die Familie zu warnen

„Sie werden uns eines Tages alle umbringen!" äußerte Papa Rosenzweig nach dem Gespräch düster. „Ich begreife das nicht - wir sind doch Deutsche und wollen hier nur in Frieden arbeiten und leben!"

Dann ließ ihn die Verbitterung verstummen. Obwohl seit Jahrzehnten wohlgelittene Mitbürger Nordhausens, waren Juden plötzlich nichts mehr wert und vor allem nicht mehr sicher. Seinen Arbeitsplatz als Oberstudienrat an der Oberschule hatten die Nazis schon vor Monaten unter fadenscheinigen Begründungen an einen linientreuen Parteigänger übertragen und seit damals war kein Geld mehr in die Familie geflossen. Umsichtig hatte Rebecca nach und nach ihren gesamten Goldschmuck in Lebensmittel und Kleidung für die Kinder eingetauscht. Elias Rosenzweig hatte zwischenzeitlich vergeblich versucht, einen Teil seiner wertvollen Bibliothek mit literarischen Schätzen zu veräußern, doch inzwischen hatte kaum jemand mehr den Mut, von einem Juden etwas zu kaufen.

Gertrud begriff nicht, warum das Regime diese Menschen vertreiben oder gar vernichten wollte. Seit sie denken konnte, waren Händler, Künstler, Fabrikanten, Ärzte und Anwälte - im Gegensatz zu manchen anderen Städten in Deutschland – trotz ihres jüdischen Glaubens ein natürlicher und gewachsener Teil des Nordhäuser Alltags und der Gesellschaft gewesen. Eine Art Judenghetto hatte es in Nordhausen nie gegeben!

In der Nacht vom 09. zum 10. November 1938 brannten plötzlich in ganz Deutschland die Synagogen. Wegen der vielen Glasscherben, die infolge der Überfälle der Schlägertrupps auf jüdische Geschäfte und Einrichtungen am 9. November die Straßen verunzierten, sprachen die Menschen später von der „Reichskristallnacht". Der Begriff klang harmlos, war aber der Beginn der Entrechtung und Verfolgung sowie des wirtschaftlichen Boykotts der etwa 400-köpfigen jüdischen Bevölkerung Nordhausens.

Am Vormittag des 10. November erfuhr Gertrud von ihren Nachbarn, dass zahlreiche jüdische Männer, Frauen und Kinder von SA- und SS-Männern verhaftet und in den alten Siechenhof getrieben worden waren, der wieder einmal als provisorisches Gefängnis dienen musste. So schnell sie konnte, lief Gertrud in die Oberstadt zu ihren Freunden.

Doch das Haus der Rosenzweigs war leer!

In böser Vorahnung eilte Gertrud weiter zum Rathaus. Eine Zurückweisung der kämpferischen Frau durch den Pförtner erwies sich als unmöglich und sie drang bis zu Oberbürgermeister Dr. Meyer, seines Zeichens strammer Nationalsozialist, vor. Mit der ihr eigenen Art, wie sie ihr Anliegen vorbrachte und mit ihrer jugendlichen Ausstrahlung konnte sie den starken Mann an der Spitze der Stadt erweichen. Sie erhielt ein Papier, das ihr erlaubte, die Familie Rosenzweig für einige Minuten an diesem düsteren Ort zu besuchen.

Die nackte Verzweiflung der Insassen des Siechenhofes war mit Händen zu greifen und Gertrud versprach unter Tränen, alles für ihre Freunde zu tun, was sie nur konnte.

Jedoch bereits einen Tag später wurden alle Siechen-
hofinsassen in das Konzentrationslager Buchenwald de-
portiert. Eine weitere, nicht ganz ungefährliche Bitte um
Besuchserlaubnis hatte sich damit erledigt. Gertrud konnte
nichts mehr bewirken und die Spur ihrer Freunde verlor
sich.

Erst nach dem Kriegsende nahm die Jüngste der Familie
Rosenzweig, Mamis beste Freundin Ruth, den Kontakt
wieder auf. Ein verschlissener Luftpostbrief mit hand-
schriftlichen Vermerken in verschmierten Tintenblei, aus
denen sich ermessen ließ, wie lange der Brief seine Emp-
fänger vergeblich gesucht hatte, ließ Gertrud jubeln und
weinen zugleich. Ruth hatte trotz schrecklicher Erlebnisse
als Einzige ihrer Familie den Holocaust überlebt und war
kurz nach der Befreiung durch die Alliierten nach Amerika
ausgewandert. Weitere Briefe flogen zwischen Nordhausen und Hartford in Connecticut hin und her. Aber erst
zehn Jahre später wagte es Ruth, Deutschland noch einmal
zu besuchen und die beiden Frauen konnten sich wieder in
die Arme schließen. In meinen Erinnerungen sehe ich noch
eine schlanke, kultivierte Frau vor mir, die uns Kinder aus
schönen, dunklen Augen warmherzig betrachtete. Sie blieb
leider nur einige Tage, bevor sie in Berlin wieder die vier-
motorige „Super-Constellation" bestieg, die sie zurück zu
ihrer Familie in ihre neue Heimat brachte.

*

Sie kannten sich im Jahre 1938 erst seit kurzer Zeit, als Bohdan darauf bestand, dass seine zukünftige Braut ihn ihren Eltern vorstellen solle. Gertrud erschrak bei diesem Gedanken! Bohdan, der in seiner Luftwaffenuniform blendend aussehende Adelsabkömmling in der winzigen Wohnung ihrer Eltern, die sich von Tag zu Tag durchkämpften, um zu überleben, das war ein Ding der Unmöglichkeit und nie und nimmer würde das gut gehen! Das ganze Leben spielte sich in der kleinbürgerlichen Enge der Küche meiner Großeltern ab und auch nach Feierabend saß unser Opi regelmäßig noch im Schneidersitz auf dem Küchentisch und nähte. Omi saß an der Nähmaschine und wenn es ihr zu anstrengend wurde, brummelte sie immer etwas vor sich hin das so klang wie "So ein elendes Gefuzel!" Auch voller Einsatz reichte eigentlich nicht zum Überleben und so mussten beide mit Nebenarbeiten noch dazuverdienen. Das blieb ihr ganzes Leben lang so.

Bohdan würde entsetzt das Weite suchen und diese Mesalliance mit der kleinen Schneidertochter sofort beenden.

Doch weit gefehlt!

Bohdan bestand ungeachtet aller Vorbehalte auf seinem Vorhaben, seine künftigen Schwiegereltern kennen zu lernen und Gertrud gab schließlich nach. Bei der Vorstellung gab es für Omi einen Blumenstrauß und für Opi eine Schachtel Zigaretten. Auch eine Flasche eines edlen Getränks hatte Bohdan im Gepäck. Nur zu verständlich, dass er willkommen geheißen wurde. Es wurde ein langer, heiterer Abend mit vielen Erzählungen und unser Papi musste versprechen, bald wiederzukommen.

In der Folgezeit schlugen sie so manche heiße Skatschlacht in der kleinen Küche. Tante Ollo war Omis Schwester, und hieß eigentlich Charlotte. Sie war der „vierte Mann beim Skat". Mami, Papi, Opi und Tante Ollo klopften stets wild drauf los. Nur unser Omchen war keine erfahrene Skatspielerin und durfte deshalb lange Zeit nur zuschauen. Bis sie eines Tages dank des übermütigen Papis, der gerade befördert worden war und seinen generösen Tag hatte, doch zum Einsatz kam: Er forderte Omi zum Mitspielen auf.

Vor Aufregung, dass sie spielen durfte, musste Omi nochmals „schnell auf Toilette". Papi sprach sich mit Mami ab und mischte, während Omi aus dem Raum war, schnell die drei Buben Kreuz, Pik und Karo, die sechs höchsten Herzen und Kreuz As auf eine Weise in den Stoß, dass Omi Mine, wieder zurück am Tisch, beim Geben genau dieses Blatt erhielt. Mami und Papi erhielten dagegen nur ein Durchschnittsblatt. Omis Blatt war eigentlich unverlierbar - das war auch so beabsichtigt. Als sie ausgiebig ihre Karten betrachtet hatte, machte sich ein mühsam unterdrücktes Grinsen auf ihrem Gesicht breit. Sie reizte bis 252, was einem Grand Ouvert entsprach und erhielt von Papi nach langem Studium seines Blattes ein Kontra. „Re" sagte Omi und spielte als Aufspieler mit wild klopfenden Herzen den Kreuz-Buben aus, um beim Gegner den vierten Buben einzukassieren.

Die Mitspieler am Tisch saßen alle wie versteinert da. Niemand reagierte.

Omi guckte verdutzt in die Runde. Dann dämmerte es ihr. Vor lauter Aufregung hatte sie vergessen, ihre Karten offen auf den Tisch zu legen. Damit hatte sie das Spiel überreizt und infolgedessen verloren und das versprach teuer zu werden. Für Omchen brach eine Welt zusammen. Papi versuchte nun vergebens, den Spaß aufzuklären. Doch bei Omi kam in ihrer Unschuld der Begriff „Manipulation" nicht vor. Sie verharrte in der Überzeugung, sie hätte durch ihr Missgeschick das Spiel ihres Lebens verdorben. Erst spät begriff sie, dass man ihr etwas Gutes tun wollte und sie aus diesem Grund gar nicht zahlungspflichtig war. Trotzdem war sie über die Tatsache, dass Papi eigentlich ihren Skatkünsten nicht getraut hatte, ein klein wenig verärgert. In den folgenden Schnapsrunden mit Nordhäuser Doppelkorn beruhigte sie sich zwar wieder, beschloss aber trotzdem, die nächsten Thüringer Klöße für Papi mit scharfem Senf zu füllen.

*

Im Herbst 1944 war Papi bis zum Jahresende vorübergehend auf dem Fliegerhorst in unserer Stadt stationiert. und wenn er keinen Einsatz hatte, konnte er recht oft bei seiner Familie sein.

In meinem Kopf habe ich noch verschwommen Bilder von Menschenmassen vor mir, die an diesen Tagen durch die Stadt und auch durch unsere Rautenstraße getrieben wurden. Es waren Menschen mit eingefallenen Wangen, zerlumpte Gestalten mit Lappen an den Füßen, die in alten Mänteln und mit Schirmmützen auf dem Kopf vor unserem Fenster vorbeizogen.

„Kinder, geht vom Fenster weg, das ist nichts für euch!" scheuchte uns unsere Mutter davon.

Ich verstand sowieso nicht, wer diese Leute waren und sah sie auch nie wieder. Und in unserer Familie wurde vor uns Kindern nie davon gesprochen.

In den frühen Fünfzigerjahren spielten wir mit unseren Freunden ungeachtet der vielen Warnschilder, viele davon in englischer Sprache, die wir ohnehin nicht verstehen konnten, am Kohnstein. Die zahlreichen Bunker und Höhlungen, die aus Sprengungen entstandenen Erdeinbrüche und viele sonderbare Fundgegenstände aus Metall waren ein Abenteuerspielplatz, der eine große Faszination auf uns Kinder ausübte.

Erst als ich schon fast erwachsen war, löste sich das Geheimnis für mich auf. Es waren die vielen Zwangsarbeiter, die von den Nazis aus den bereits aufgegebenen Konzentrationslager Auschwitz und vom nahen KZ Buchenwald in das KZ Mittelbau-Dora in Nordhausen getrieben worden waren, um im Kohnstein unterirdisch an der V2 zu bauen. Die Vergeltungswaffe 2 sollte Hitlerdeutschland den „Endsieg" bringen.

Wie gut, dass ich kurz vor Kriegsende noch sehr klein war und mit Papi und meinen älteren Schwestern Rosi und Ingrid unbelastet in unserem Kinderzimmer umhertoben durfte!

Das einzige Weihnachtsfest, das wir mit unserem Vater verbringen konnten und an das ich mich erinnere, endete in einem Desaster. Papi hatte auf dem Schwarzmarkt ein Paar Rollschuhe ergattert. Seine phantasievolle Erklärung lautete, er wäre mit seinem Jagdflugzeug zum Nordpol geflogen und hätte die Rollschuhe dort vom Christkind persönlich überreicht bekommen.

Ob ihm überhaupt klar war, dass seine beiden Jüngeren mit Rollschuhen gar nicht zurechtkommen würden?

Am liebsten wäre Rosi sofort damit losgefahren, doch Papi war schneller. Nach wenigen Sekunden hatte er die Rollschuhe an seinen Füßen und raste wie ein Verrückter Runde um Runde um den in der Mitte des Wohnzimmers stehenden Tisch, bis ihm plötzlich schwindlig wurde. Papi konnte seine schnelle Fahrt nicht mehr abbremsen, hielt sich am Tisch fest und schon segelte unser kleines Weihnachtsbäumchen auf dem Wohnzimmertisch spektakulär über Papi hinweg durchs Zimmer. Das hässliche Platzgeräusch der Kugeln beim Aufprall auf den Boden und vor allem den spitzen Schrei meiner Mutter habe ich noch heute in den Ohren!

1945 geriet Papi in russische Kriegsgefangenschaft. Als er 1948 verletzt und krank wieder entlassen wurde, meldete er sich aus dem Lazarett in Frankfurt (Oder) zunächst bei seiner Mutter Ottilie in Berlin. Der standesbewussten Frau, der unsere ärmlichen Verhältnisse in Nordhausen ein Graus waren, fiel es nicht schwer, Bohdan zu überreden, zunächst zu ihr nach Berlin zu kommen, wo sie mit ihrem Mann eine schöne Villa bewohnte. Er wäre, um zu genesen, bei ihr in Berlin besser aufgehoben als bei uns, war ihr Argument.

Er entschied sich für das für ihn bequemere Heim in Berlin und kam nie wieder zu seiner Frau und seinen Töchtern zurück! Wir schienen ihn seltsamerweise nicht mehr zu interessieren. Abgesehen von vereinzelten Briefen von mir mit der Bitte um Geld für meine Ballettunterrichtsstunden mussten fast 30 Jahre vergehen, bevor sich mir die

Gelegenheit bot, mit unserem Vater wieder Kontakt aufzunehmen.

Auch wenn wir es nicht bemerken sollten: Unsere Mutter litt unsäglich unter dieser völlig unverständlichen Entscheidung ihres Mannes! Immer wieder fragten wir Kinder, wann Papi endlich vom Krieg zurückkommen würde. Doch sie brachte es nicht fertig, uns die grausame Wahrheit zu sagen und speiste uns mit fantasievollen Erklärungen ab. 1949 reichte Mami schließlich die Scheidung ein und blieb für den Rest ihres Lebens allein.

Wir alle vermissten unseren Vater sehr! Vor allem ich verlor in einem wichtigen Stadium meiner kindlichen Entwicklung meinen Helden und mein Vorbild! Das Aufwachsen in einer rein weiblichen Umgebung war vielleicht auch der Grund, warum ich in meinem späteren Leben im Umgang mit dem männlichen Geschlecht so unerfahren war und viel zu viele Fehler machte.

Meine kindliche Seele musste in jener Zeit viele Frustrationen verarbeiten. Mami konnte aus Zeitmangel mit uns Kindern nichts unternehmen, es gab keine Ausflüge, keine Spiele, keine Abenteuer – nur Strenge und Konsequenz in der Erziehung. So trugen in dieser Situation auch die Ausgrenzungen durch meine beiden älteren Schwestern und vor allem die unbedachten kleinen Bosheiten meiner Spielkameraden zu meinen Schwierigkeiten bei. Mein Selbstwertgefühl war ohnehin wenig ausgeprägt und ich wuchs zu einem überempfindlichen, törichten kleinen Mädchen heran. Ständig buhlte ich heftig um Anerkennung und Liebe durch die Mutter und durch meine Geschwister. Und ich hatte „nahe am Wasser gebaut". Ängstlich prüfte ich permanent meine Umgebung ab, immer bereit, in Tränen auszubrechen, wenn ich irgendein negatives Wort oder Kritik über mich hören würde. Das ging so weit, dass ich Negatives selbst dann zu hören glaubte, wenn es auch nur annäherungsweise so klang. Ständig suchte ich den Schutz meiner Mutter, die selbst furchtbar litt, und nur bedingt dazu geeignet war, meine Nöte zu verstehen. Hatte ich wieder mal meine Geschwister verpetzt, um mütterlichen Schutz zu erhalten, war ich danach einem umso heftigerem „Heimzahlen" meiner Schwestern ausgesetzt. Es war ein Teufelskreis!

Meine Mutter beschloss, mich vom Schulbesuch ein Jahr zurückstellen zu lassen, weil sie wegen meines instabilen Zustandes annahm, ich sei noch nicht schulfähig. 1948 wurde ich dann mit sieben Jahren eingeschult. Freundinnen meiner Mutter rieten, mich möglichst nicht in eine Klasse zu geben, die von einem Fräulein Burmann geleitet wurde. Denn die Burmann war eine Matrone mit lauter, barscher Stimme, die ihre Schüler bereits beim kleinsten Versagen mit großer Konsequenz und Härte strafte.

Obwohl ich damals von Murphys Gesetz nichts wusste, kam es, wie es kommen musste: Sie steckten mich in die Klasse von eben dieser herben Person. So richtig begreifen konnte ich es nicht, dass ich nun jeden Tag für viele Stunden die Schulbank drücken sollte.

Endlich war der erste reguläre Schultag vorbei und ich lief so schnell ich konnte, direkt von der Schule in die Altstadt. Denn ich wusste, da waren heute Gaukler, die vor dem Rathaus ihre lustigen Stücke zum Besten gaben, und nichts konnte mich davon abhalten, ihnen bei ihrem Spiel zuzuschauen. Denn die soeben erlebte Welt der Schule interessierte mich eigentlich nur wenig - ich wollte tanzen und singen, sonst nichts! Zu jener Zeit war ich ein verrücktes Huhn und band mir hin und wieder sogar Mamis Wohnzimmerlampenschirm, der aus gefalteten Papier bestand, um den Bauch und hüpfte damit singend und Pirouetten drehend durch die Wohnung.

Nach vielen Stunden der Suche fand mich Mami endlich und ich erwartete, meine verdiente Dresche zu erhalten. Aber obwohl sie eigentlich wütend auf mich sein musste, weil ich ihr große Ängste und Sorgen bereitet hatte, überwog in diesem Fall ihr Glück, mich wieder heil in ihre Arme schließen zu können und ich kam unbeschadet davon.

Meine Haut war etwas dunkler als die der anderen Kinder. Es war das Erbe meines Vaters, dessen leibliche Mutter ja, wie zu vermuten war, eine mexikanische Indianerin war.

„Zigeunerkind!!" riefen mir die Kinder nach, wenn sie mich ärgern wollten. Selbst Mami neckte mich manchmal mit der Behauptung: „Dich haben doch die Zigeuner im Galopp verloren!" Ich wäre vom Wagen gefallen, ohne dass die „Gitanos" es bemerkt hätten. Ich war jedes Mal tief betroffen und unglücklich, wenn sie das behaupteten.

„Mami, ich will doch **dein** Kind sein!" schluchzte ich dann los.

Trotzdem zog es mich immer stark zum „Fahrenden Volk", zu Zirkusleuten, Künstlern und Artisten, zu Menschen also, die andere Menschen für wenige Stunden glücklich und froh machten! Warum nur konnte ich dort - im Gegensatz zu meiner gewohnten Welt - immer so unbeschwert sein?

Natürlich lief es zwischen Fräulein Burmann und mir nicht gut und schon wenige Wochen später weigerte ich mich, weiter zur Schule zu gehen und weinte immer häufiger, wenn Mami mich auf den Schulweg zwingen wollte.

Gottlob gab es für die Erstklässler mit Fräulein Fiebrandt noch eine zweite Lehrerin. Mami sprach also beim Schulrektor vor. Ihr Antrag auf meine Überstellung in Fräulein Fiebrandts Klasse wurde mit Wohlwollen behandelt und ausnahmsweise genehmigt. Und plötzlich blühte ich auf, denn ich liebte meine neue Lehrerin vom ersten Augenblick an. Sie war jung, schlank und nett. Doch leider blieben meine Lernergebnisse trotz aller Liebe zu meiner Lehrkraft mehr als dürftig und Fräulein Fiebrandt sah sich bald gezwungen, Mami zu einer Aussprache zu bitten.

„Frau Böhme, Juliane macht auf mich den Eindruck, als würde sie überhaupt nicht begreifen, worum es im Unterricht geht. Sie scheint nicht anwesend zu sein und zu träumen. Wenn ich sie dann aufrufe und eine Frage stelle, klimpert sie ganz schnell mit ihren langen Wimpern und dann fließen auch schon die Tränen über ihr Gesicht. Ich weiß in dieser Situation nicht, wie ich eine Antwort aus ihr herausbekommen soll. Immerhin ist Juliane im Gegensatz zu ihren Klassenkameraden bereits sieben Jahre alt."

„Ja, ich weiß, Juliane steckt voller Ängste! Aber unbegabt ist sie nicht."

„Das glaube ich Ihnen gerne! Aber da ich keine Antworten auf meine Fragen bekomme, müsste ich ihr eigentlich schlechte Noten geben. Doch ich bringe es einfach nicht fertig, sie so zu benoten, wie man es in solch einem Fall tun müsste. Ihre Tochter ist so ein liebenswertes kleines Mädchen und wenn sie mich mit ihren nassen Augen dann so flehentlich anblickt, dann tut sie mir leid und ich will sie auch nicht vor der Klasse bloßstellen. Verstehen Sie, Frau Böhme, Julianes Verhalten ist für mich und die Klasse ein Problem!"

Mami kannte dieses Verhalten ihrer Tochter natürlich. Seit sie drei kleine Mädchen allein zu versorgen hatte, war die Kämpferin härter gegen sich und andere geworden. Sie selbst und auch wir Kinder mussten einfach funktionieren, wollten wir in dieser furchtbaren Nachkriegszeit überleben. Für einfühlsames Verständnis, der Grundvoraussetzung für ein gutes Funktionieren, blieb dabei kaum Zeit.

„Dem Kind fehlt der Vater!" erklärte Mami, „Juliane hat ihren Papi sehr geliebt! Wir Frauen müssen versuchen, die fehlenden Männer so gut es geht zu ersetzen. Bitte seien Sie geduldig mit ihr!"

Mami bekam selbst feuchte Augen und das Fräulein Fiebrandt begriff.

So kam es, dass ich mit Hilfe meiner wunderbaren Lehrerin die erste Klasse tatsächlich abschließen konnte. Ich war ihr unendlich dankbar und überlegte in den Ferien wochenlang, wie ich ihr meine Dankbarkeit zeigen konnte.

Viele alteingesessene Familien in Nordhausen wollten nach den schweren Bombenangriffen der Briten am 3. und 4. April 1945, bei denen viele tausend Menschen ums Leben kamen und noch mehr obdachlos wurden, nur noch raus aus den Ruinen und sich in anderen, weniger betroffenen Gegenden ein neues Leben aufbauen. Dazu benötigten sie aber Helfer und Geld. Oft haben diese Personen ihren Schmuck verkauft oder von Zwischenhändlern verkaufen lassen, um so ihre Reise und den Transport von Hab und

Gut finanzieren zu können. Mami dagegen war in der Lage, über Verwandte und Bekannte aus dem Westen sich selbst und ihre Kinder besser über Wasser zu halten und auch anderen zu helfen!

Während der Ferien sprach eine Freifrau von Styr unsere Mutter an, ob diese ihr beim Verkauf ihrer Brillanten im Westen behilflich sein könne. Die nicht gerade kleinen Steine fanden sich auf diese Weise - nur in Seidenpapier eingewickelt - für wenige Tage in einer Schublade in unserem Wohnzimmerschrank ein. Schon damals war ich eine Schmuck-Elster. Alles was glitzerte, erregte meine Aufmerksamkeit und faszinierte mich. Ich musste es aufpicken und in mein Nest tragen. Ich weiß nicht mehr, wie oft ich diese Brillanten heimlich betrachtet und bewundert habe. Und mir war auch sehr schnell klar, dass ich mit derartigen Preziosen, die so wunderbar hell und bläulich im einfallenden Licht strahlten, Fräulein Fiebrandt eine Riesenfreude machen würde. Also beschloss ich, meiner Lehrerin auch ein paar derartige Steinchen zu schenken. Die Originale kamen leider nicht in Frage – sie gehörten uns ja nicht. Aber Mami besaß in ihrer Frisierkommode einen sehr hübschen Kamm, der mit Simili-Steinen besetzt war. Damals war ich noch überzeugt, dass alles was glitzerte, auch ein Brillant sein müsse. Mit Hilfe einer Stopfnadel gelang es mir, alle Steinchen aus dem Kamm heraus zu hebeln. Vorsichtig in Seidenpapier gehüllt, trug ich sie am nächsten Tag in die Schule.

Noch vor Unterrichtsbeginn flüsterte ich Fräulein Fiebrandt zu:

„Die sind für Sie! Sie müssen gut darauf aufpassen – es sind Brillanten!"

Dann legte ich mein grandioses Geschenk in ihre Hände. Fräulein Fiebrandt muss aus allen Wolken gefallen sein, aber sie reagierte professionell:

„Oh, wie lieb von dir, Juliane. Weißt du was? Ich werde sie in ein kleines Schächtelchen stecken und im Lehrerzimmer aufbewahren. Und immer, wenn ich sie ansehe, werde ich mich an Dich erinnern!"

Ich glaube, ich bin damals vor Stolz und Glück um fünf Zentimeter gewachsen.

Am Tag darauf sprach mich meine Mutter auf ihren ruinierten Kamm an. Nachdem ich ihr erzählt hatte, was mich dazu bewogen hatte, nahm sie mich statt einer Bestrafung spontan in den Arm.

Drei Tage später erhielt Mami einen Brief von der Schule. Als sie ihn mit klopfendem Herzen geöffnet hatte, fanden sich ihre Simili-Steinchen darin wieder. Fräulein Fiebrandt bat darin, meine Mutter möge mich im Glauben lassen, sie hätte die Steinchen von mir angenommen.

Viele, viele Jahre später erzählten wir uns gegenseitig das Vorkommnis und Mami lachte darüber, wobei ich inzwischen glaube, dass sie vor allem erleichtert darüber war, dass ich wenigstens nicht die echten Brillanten der Frau von Styr verschenkt hatte.

*

Gummis für Söckchen und Unterhosen gab es in der DDR zwar meterweise zu kaufen, aber leider nicht massenweise. Man benutzte sie deshalb so lange, bis sie durch die scharfe Waschbrühe bröselig wurden und kaufte erst dann einen neuen Gummi. Schon beim Ankleiden frühmorgens bemerkte ich, dass mein Schlüpfer etwas locker saß, doch ich dachte mir nichts dabei – Mami oder Omi würden es irgendwann schon bemerken und eine neue Gummilitze einnähen.

Ein Theaternachmittag an der Grundschule sollte zum Schulabschluss Eltern und Kinder erfreuen. Unsere Lehrerin hatte hierfür mit uns kleinen Mädchen den Glühwürmchentanz aus der Operette 'Lysistrata' von Paul Lincke einstudiert. Bei der Aufführung trugen wir weiße, ärmellose Leinensäckchen als Kleid und zum Rhythmus von „Wenn die Nacht sich niedersenkt, sich niedersenkt, auf Flur und Tale..." bis zum Refrain „Glühwürmchen, Glühwürmchen, flimmre, flimmre", sollten wir wie Roboter unsere Unterarme ruckartig von oben nach unten und wieder von unten nach oben bewegen.

Als eine von den Kleinen stand ich in der ersten Reihe, als eine ältere Lehrerin auf dem Klavier zu spielen begann. Während wir uns zu einem Kreis formierten, bewegte ich, wie vorgeschrieben, ruckartig im Rhythmus der Musik meine Unterarme. Plötzlich spürte ich, wie mit jedem Ruck mein Schlüpfer Millimeter für Millimeter auf Talfahrt ging. Wieder war ich den Tränen nahe und bemerkte, wie meine Nase zu laufen begann. Meine große Hoffnung war, dass das Unterhöschen wenigstens am Hüftknochen hängen bleiben möge. Doch ich besaß keine Hüfte, ich war einfach zu dünn. Irgendwann blitzte das Unaussprechliche unter meinem Leinensäckchen hervor. Ich versuchte, es mit Körperbewegungen wieder nach oben hieven und machte seltsame Beinverrenkungen. Die anwesenden Eltern schienen sich inzwischen nur noch für mich zu interessieren. wie ich gebückt und mit geknickten Beinen rhythmisch schniefend bei jedem Schritt den Rotz in der Nase hochzog. Die Kinder in der ersten Reihe begannen zu kichern.

Dann hing mir mein Schlüpfer plötzlich an den Knöcheln und an ein rhythmisches Weitergehen war nur noch sehr eingeschränkt zu denken. Meiner Lehrerin gefror das Gesicht und die Zuschauer glucksten vor Vergnügen. Das Schmerzlichste für mich war die Tatsache, dass selbst meine Mami sich vor Lachen kaum mehr einbekam. Ich wollte auf der Stelle vor Scham in den Boden versinken, zog mein Höschen mit beiden Händen wieder hoch und rannte mit nassen Augen von der Bühne.

Angesichts meiner Tränen entschuldigte sich Mami später.

„Julchen, tut mir leid, aber ich konnte nicht anders. Du warst einfach zu komisch!! Omi und ich kaufen dir jetzt das beste und das schönste Unterhöschen, das es in Nordhausen zu kaufen gibt."

Da war ich wieder versöhnt.

Fräulein Fiebrandt begleitete mich bis zur 5. Klasse. Sie wird für immer mit großer Dankbarkeit in meinem Herzen bleiben.

Trotz allem blieb die Schule für mich kein Ort der ungetrübten Freude. Und weil ich die Kleinste und Ängstlichste von all den Kindern war, begann meine größte Frustration häufig erst so richtig nach dem Unterricht.

Ich weiß nicht mehr, wie es dazu kam, aber wie aus dem Nichts hatten sich einige Kinderbanden gebildet, die sich straßenweise gegenseitig ärgerten und bekämpften. Es begann mit kleineren Pöbeleien, dann entwickelten sich zwischen den Buben Raufereien. Es führte dazu, dass wir Mädchen uns nicht mehr in gewisse Straßen wagten und lieber Umwege in Kauf nahmen. Als sich die ersten Jungs mit Stockspießen und Schleudern bewaffneten, konnte es richtig gefährlich und unter Umständen auch schmerzhaft werden. Meine beiden älteren Schwestern mischten tüchtig mit und hatten aus diesem Grund auch kein Interesse daran, die unsportliche und ängstliche kleine Schwester, die beim Davonlaufen vor den „Feinden" und beim schnellen Verstecken nur hinderlich war, mitzuschleppen.

Die Jungen und Mädchen aus unserer Straße trafen sich regelmäßig an den Nachmittagen, um im nahegelegenen Stadtwald, dem „Gehege", Räuber und Gendarm zu spielen. Das „Gehege" war für uns ein wundervoller Ort. Ein Wald mit herrlichen alten Bäumen, Wiesen und kleinen Hügeln. Es gab sogar einen über tausend Jahre alte Baum, die „Merweslinde". Natürlich kletterten meine Schwestern mit ihren Freundinnen alle auf den Baum, nur ich stand noch unten. Sie riefen mir von oben zu:

„Jule, so komm doch endlich hoch. Stell dich nicht so blöd an!"

Aber ich war zu ängstlich und schaffte es auch mangels Sportlichkeit nicht. Irgendwann zogen sie mich dann doch noch gemeinsam nach oben. Leider stellte sich heraus, dass endlich oben zu sein für mich keine Befriedigung meiner eigentlichen Bedürfnisse war. Krampfhaft hielt ich einen Ast umklammert und sah möglichst nicht nach unten, damit die Freundinnen meine Höhenangst nicht bemerken sollten. Deshalb realisierte ich auch nicht sofort, dass alle bereits wieder hinuntergeklettert waren und weiterziehen wollten. Ich war wie angewachsen im Geäst sitzen geblieben und kein noch so gut gemeinter Ratschlag meiner Schwestern wäre in der Lage gewesen, dass ich mich auch nur einen Zentimeter bewegt hätte. Nach langem Palaver schafften mich meine Schwestern in gemeinsamer Anstrengung dann doch wieder auf festen Boden. Ich hatte mich wieder mal dumm angestellt und ihnen wohl auch den Spaß verdorben.

Das bekam ich natürlich zu spüren!

Am folgenden Tag wollten sich meine Schwestern am Nachmittag mit anderen Kindern treffen und der Plan war, in einem kleinen Schrebergarten über den Zaun zu klettern und ein paar Birnen zu klauen Ich bat meine Schwestern, mir über den Zaun zu helfen und nach langem Hin und Her waren sie dazu bereit. Auf dem Zugang zum Gartenhäuschen lag ein riesiger Haufen menschlicher Exkremente, auf dem sich zahlreiche grün-gold schimmernde Schmeißfliegen tummelten. Nachdem wir uns an dem geklauten Obst gütlich getan hatten, stellten sich plötzlich alle Kinder um mich herum auf und forderten, ich solle in den Haufen treten. Dass sie meine Pingeligkeit in Bezug auf Sauberkeit und Reinhaltung kannten, erhöhte nur ihren Spaß.

„Nein, niemals!" sagte ich, von bösen Vorahnungen erfüllt.

Das konnten sie nicht von mir verlangen. Alles, bloß nicht in die Scheiße treten! Schon der Gedanke, meine Schuhe wieder säubern zu müssen und dabei den Gestank zu riechen, ließ mich würgen.

„Wenn du´s nicht tust, dann kannst du selber sehen, wie du wieder aus dem Garten kommst!"

Nein, nur das nicht. Nicht allein sein! Und noch dazu in einem Garten eingesperrt, aus dem ich ohne fremde Hilfe nicht mehr herauskam! Die nackte Angst packte mich.

Voller Grauen und wider eigenen Willen trat ich so kräftig wie möglich in den Haufen. Insgeheim hoffte ich, dass es kräftig spritzen würde und meine Peiniger damit auch ein wenig abbekommen würden. Aber dem war nicht so – die Kacke war schon einige Tage alt und zäh und so klatschte ein gehöriger Teil davon lediglich auf den Strumpf meines linken Beins. Alle lachten vor Vergnügen über mein Missgeschick. Oh, wie war ich zornig! Angeekelt schob und zog ich meinen rechten Schuh durchs lange Gras, um ihn notdürftig von den widerlichen Exkrementen eines Unbekannten zu reinigen. Dann befreite ich mich, auf dem rechten Bein wie Rumpelstilzchen hüpfend, von meinem linken Strumpf und warf ihn mit spitzen Fingern so weit wie möglich weg ins Gras.

Würde mir meine Mami das glauben, wenn ich es zuhause erzählte? Ingrid und Rosi ergriffen selbst die Initiative.

„Mami, Juliane ist in die Scheiße getreten! Igitt, wie das stinkt!"

„Mami, Mami, ich musste reintreten, sie haben mich gezwungen!"

Mami versuchte mir gegenüber zu verbergen, dass sie eigentlich amüsant fand, was Kinder so alles ausheckten.

„Wo hast du deinen Strumpf?" fragte sie mich

„Den konnte ich nicht mitnehmen, der ist doch voller Kacke"

„Ich hätte euch für vernünftiger gehalten!" rief Mami meinen Schwestern zu. „Ihr holt jetzt sofort Julchens Strumpf!"

Maulend zogen die beiden ab.

Ich roch etwa so streng wie ein Plumpsklo bei Tiefdruckwetter. Mami steckte mich rasch in die Badewanne und als meine Schwestern, meinen Strumpf angewidert auf einem langen Stecken vor sich hertragend nach einiger Zeit wieder eintrafen, wurden beide zur Strafe ohne Abendessen ins Bett geschickt.

Klar, dass sie mich nicht liebten - für sie war ich nun nicht nur die „dumme Jule", sondern zusätzlich auch noch ein „Scheißetreter".

Am Tag danach wurden wir im Wald von unseren „Feinden" überrascht. Sie beschossen uns mit Hilfe ihrer Schleudern mit Eicheln und Kastanien. Dem hatten wir nichts entgegenzusetzen! Weil wir auch zahlenmäßig unterlegen waren, versuchten wir aus dem Wald zu entkommen. Zu unserer Wohnung im Altentor gehörte ein kleines Gärtchen, in dem sich ein Schuppen befand. Das war unser Unterschlupf, der, weil er der Familie Böhme gehörte, für die feindlichen Kinder tabu und daher sicher war. Ein eiserner Gartenzaun grenzte das kleine Grundstück von der Straße ab. An dem Zaun waren zwei Streben gewaltsam nach links und rechts so auseinandergebogen worden, dass sich ein gelenkiges Kind hindurchzwängen konnte. Mit viel Mühe schob sich rasch einer nach dem anderen möglichst schnell durch die schmale Öffnung, denn der „Feind" war uns bereits auf den Fersen. Alle schafften es, nur ich nicht. Da ich die Kleinste war und nicht realisierte, dass das Loch sich nach unten verjüngte, blieb ich in dem Spalt stecken und plärrte los.

„Sei doch endlich still, du verrätst uns ja!"

Damit ich nicht weiter plärrte, versuchten meine Schwestern, mich an den Armen durch die Lücke zu ziehen. Doch vergeblich! Meine Beine hingen noch draußen, als der älteste Junge unserer Feinde mich packte und in die Gegenrichtung zog. Ich zeterte noch lauter, worauf meine Schwestern, jede heftig an einem Arm von mir ziehend, ihre Anstrengungen verdoppelten. Sie hätten mich vielleicht auseinandergerissen, wenn nicht zufällig ein Herr mit Fahrrad des Weges gekommen wäre, der dem Buben schon aus einiger Entfernung Haue androhte, wenn er „die armen Mädchen nicht in Ruhe ließe". Empört über die Einmischung zogen unsere Feinde ab.

„Dumme Jule, mit dir kann man einfach nicht vernünftig spielen!" maulte Ingrid.

„Ich habe keine Lust mehr, dauernd auf dich aufzupassen!" beklagte sich Rosi angesichts meiner nun endgültig zerrissenen Strümpfe und eines fehlenden Schuhs.

„Ihr seid ja so gemein! Das sag ich unserer Mami!"

Ich war mir ja bewusst, dass ich für meine Schwestern stets ein Hemmschuh sein würde. Und ich spürte, dass meine Schwestern mich eigentlich nie bei Ihren Streifzügen dabeihaben wollten. Aber ich wollte nicht ausgeschlossen sein und wusste, dass Mami ihre beiden Älteren zwingen würde, mich zu integrieren.

„Jaja, einmal Petze, immer Petze!" tönte es mir synchron entgegen. „du bist und bleibst eine dumme Jule!"

Ich brach in Tränen aus.

„Und eine Heulsuse bist du auch!"

Wütend ging ich allein ins Haus zurück und als Mami erschöpft von der Arbeit nach Hause kam und irgendwann bemerkte, dass ich nur noch einen Schuh besaß und zerrissene Strümpfe, erzählte ich ihr detailreich die ganze Geschichte. Die beiden Älteren wurden wieder hinausgeschickt, meinen Schuh zu suchen. Nach einer Stunde kamen sie wieder – mit Schuh. Sie hatten ihn nach langem Suchen schlammig und durchnässt im Straßengraben gefunden. Doch die Blicke, die mich anschließend trafen, hätten töten können.

„Petze!" zischte mir Ingrid wütend im Vorbeigehen zu. „Scheißetreter!"

„Blöde Jule" fauchte Rosi, als wir in unseren Betten lagen.

Traurig und gedemütigt konnte ich wieder mal nicht einschlafen.

*

Omis Schwester, Tante Charlotte, lebte mit ihrem Mann im Westen und schickte uns des Öfteren große Pakete, die stets leicht nach „Tosca" rochen, ihrem favorisierten Eau de Toilette. Immer waren die Pakete gefüllt mit den leckersten Schlemmereien und mit all ihren abgelegten Klamotten. Wenn dann die Herrlichkeiten vor unseren Augen auf dem Küchentisch ausgebreitet lagen, konnten wir unser Glück kaum fassen. Ein Kaschmirpullover, eine Seidenbluse, Kleider, Jacken, elegante Schuhe, alles was es in der DDR nicht gab, lag auf unserem Tisch und wir fühlten uns wie an Weihnachten und Ostern gleichzeitig. Tante Ollo hatte etwa die Kleidergröße 36 und so fiel, wenn man ab und zu kleine Änderungen in der Größe vornahm, für alle Familienmitglieder etwas ab.

Einmal fanden wir im Paket ein Paar Lammfellstiefel der Größe 37. Sie waren einfach nur himmlisch und besaßen sogar eine Specksohle. Sie waren „der absolute Hammer"! Noch nie hatten wir so stylische Stiefel gesehen und natürlich wollte jede von uns Kindern sie haben. Obwohl Rosi mit gerade mal Schuhgröße 35 in der Familie die kleinsten Füße hatte, beanspruchte sie als Älteste die Glanzstücke und lief dann jahrelang in mit Zeitungspapier ausgestopften Stiefeln herum.

Da es in der DDR normalerweise auch keine Südfrüchte zu kaufen gab, war die Freude jedes Mal riesig, wenn für jeden von uns eine Orange im Paket war. Orangen ließen sich aufgrund ihrer Haltbarkeit und der dicken, festen Schale von allen Früchten am besten versenden. Niemals fehlte auch eine in Fettpapier eingewickelte Tafel Bratfett der Marke „Palmin".

Als ich im Winter am frühen Nachmittag von der Schule nach Hause kam, hatte ich als Hausarbeit eine Rechenaufgabe im Schulranzen, die für mich wie immer unlösbar war. Meine Laune hatte sich bereits in Richtung Verzweiflung verschlechtert, als ich überraschend Omchen in unserer Wohnung antraf. Sie half an diesem Tag in unserem Haushalt aus. Hoffnung keimte bei mir auf – vielleicht wurde es doch noch ein guter Tag!

„Omi, kannst du mir mal bei meiner Rechenaufgabe helfen?" Ich hielt ihr meine Aufgaben unter die Nase.

„Kind, deine arme Omi kann das Wort „Mathematik" nicht einmal schreiben, geschweige denn deine Hausaufgaben verstehen!"

Doch sie hatte wenigstens einen Vorschlag!

„Julchen, ich glaube, da sollten wir deine Schwester Ingrid fragen", sagte sie zu mir. Die aber hatte sich schon längst unsere Familienschlittschuhe mit vielen Schnüren um die Schuhe gebunden und drehte nun mit ihren dicksten Freundinnen Runden auf dem Eis. Omi und ich wanderten also zur Eisbahn und stellten uns einfach so lange hin, bis Ingrid auf uns aufmerksam wurde. Dann winkte Omi mit meiner unwiderstehlichen Orange und lockte damit Ingrid an. Für diesen Köder erklärte sie sich bereit, mir bei der Rechenaufgabe zu helfen. Doch die „dumme Jule" begriff gar nichts! Das war für meine kluge Schwester der pure Horror, musste sie doch befürchten, dass sich meine augenblickliche Hilflosigkeit in Zukunft wiederholen würde. Sie begann deshalb ihre von mir gefürchtete alte Litanei, die in etwa so klang wie: „Warum begreifst du nichts, ich schäme mich, eine so doofe Schwester zu haben...!"

Und wieder wurde es ein Tag erfüllt mit Versagens-ängsten!

*

Liebe, Trost und Verständnis empfing ich vor allem von Omi und Opi.

Steigerthal ist ein kleines Dörfchen, ca. sechs Kilometer Luftlinie von Nordhausen entfernt. „Oma Steigerthal" war die Mutter von Opi. In einem sehr ärmlichen kleinen Ge-höft war dort unser Opi mit vielen Geschwistern aufge-wachsen. Sein ganzes Leben lang war er seiner Mutter ein sehr liebevoller Sohn und immer, wenn sie Hilfe benötigte, war er für sie da. Bei solchen Gelegenheiten durften wir Kinder ihn ab und zu begleiten.

Omi Mine packte uns eine kleine Brotzeit und eine Fla-sche selbst gepressten Obstsaft in einen alten Rucksack ein und dann ging es los. Sobald wir die Stadt hinter uns gelas-sen hatten, wurde aus Opi ein völlig anderer Mensch. Er strahlte über das ganze Gesicht und seine schönen braunen Augen leuchteten. Die Natur war seine Welt. Der sonst so stille Mann redete und redete und wir Kinder haben ihm bei solchen Wanderungen sicherlich ein Loch in den Bauch gefragt. Doch auf alle unsere Fragen bekamen wir auch Antworten. Auf halber Strecke setzte er sich mit uns am Wegrand ins Gras und dann packten wir unsere Brote aus. Wenn dann für jeden von uns sogar ein gekochtes Ei dabei war, dann war das für uns Kinder das Größte, was man sich nur vorstellen konnte. Wir waren nach dem langen Fuß-marsch rechtschaffen müde und froh, endlich das kleine

Bauernhäuschen zu erblicken. Und da stand sie dann, Opis Mutter, unsere „Oma Steigerthal". Sie umarmte uns, wusste aber nie, wer von uns wer war.

„Bist du Ingrid?"

„Nein ich bin Julchen"

„Aber **du** bist doch die Rosi?"

„Nein, ich bin die Ingrid!"

„Dann musst **du** Rosi sein. Na, dann kommt mal rein!"

Nachdem die Namen endlich geklärt waren, gab es immer Hefestriezel, gefüllt mit Pflaumenmus. Die Erwachsenen tranken dazu eine Tasse vom dünnen Bohnenkaffee. Wenn Opi wusste, dass es wieder Zeit für einen Besuch bei seiner Mutter wurde, begann er frühzeitig die wertvollen Bohnen einzeln zu sammeln, bis er eine Handvoll davon besaß und nach Steigerthal mitbringen konnte. Oma Steigerthal war überglücklich, wenn sie an solchen Tagen ihren Muckefuck der Marke „Röstfein" im Küchenschrank stehen lassen konnte. Wir Kinder hingegen bekamen frisch gemolkene, noch warme Kuhmilch, die Oma Steigerthal beim Nachbarn für wenige Pfennige besorgt hatte. Obwohl sie durch ein Siebtuch gegossen wurde, enthielt die Milch ab und zu undefinierbare Reste aus dem nachbarlichen Kuhstall. Heute glaube ich, dass die damalige mangelnde Hygiene gerade der Grund dafür war, dass wir Mädchen später so selten an Infektionskrankheiten litten!

Wir stromerten auf dem kleinen Bauernhof herum und es war einfach nur schön. Auf dem Innenhof liefen die Hühner herum, überwacht von einem prächtigen Hahn und in einem kleinen Tümpel tummelten sich einige Enten. Leider trübte ein Ganter die Idylle, der sich als Herr des Hofes fühlte und hinter uns herjagte. Waren wir nicht schnell genug, so wurden wir unweigerlich in die Beine gezwickt.

Opi half am Nachmittag seiner Mutter auf dem Hof und danach machten wir uns wieder auf den Heimweg. Dazu wurde Opis Rucksack mit geräucherten, wunderbar gewürzten, aus Fleischresten und Schweineleber selbst hergestellten Würsten gefüllt.

„Oma Taschenberg" dagegen war die Mutter von Omi. Sie muss an der Seite ihres herrischen Mannes ein armseliges Leben geführt haben. Er war Bahnbeamter, also in seinen eigenen Augen etwas „Höheres". Jeden Morgen legte er seiner Frau fünf Reichsmark auf den Küchentisch und war überzeugt, sie müsse in der Lage sein, davon sowohl die neunköpfige Familie einen Tag lang zu ernähren, als auch alle anderen Ausgaben des alltäglichen Lebens zu bestreiten. Wenn am Abend nichts mehr von dem Geld übrig war, oder wenn sie ihm gar gestehen musste, dass sie im Kolonialwarenladen anschreiben lassen musste, bekam der Choleriker einen seiner gefürchteten Wutausbrüche. Diese Wut ließ er nicht selten auch an seinen Kindern aus.

Zu dem Haus am Taschenberg gehörte ein kleiner Garten. Keiner außer ihm durfte diesen betreten, den Schlüssel trug er immer bei sich. Das Obst erntete er selbst und wenn dann die Kinder mal einen Apfel oder eine Birne von ihm bekamen, war es ein Festtag. Er wurde im ersten Weltkrieg eingezogen und kam traumatisiert nach Hause zurück, wo er einige Jahre nach seiner Rückkehr an den Folgen von Senfgaseinsatz starb.

Das Haus am Taschenberg fiel dem Bombenangriff am vierten April 1945 zum Opfer. „Oma Taschenberg" hatte den Angriff im Keller ihres Hauses miterlebt, während von ihrem Heim nur noch ein einziger Trümmerhaufen blieb. Sie verbrachte, nur mit einem Nachthemd bekleidet, drei Tage und Nächte in der Ruine ihres Hauses und verlor dabei den Verstand. Eine anschließende Lungenentzündung raffte sie endgültig dahin.

Dass das Leben in dieser schrecklichen Zeit ein einziges Drama gewesen sein musste, wurde uns Kindern Gott sei Dank nicht bewusst. Ein oder zwei Jahre nach dem Bombenangriff liefen wir eines Nachmittags unbekümmert durch die Stadt und kamen zufällig zum Taschenberg. Ruinengrundstücke waren für uns ein gewohnter Anblick. Ein verwildertes Grundstück erregte jedoch unsere Aufmerksamkeit. Durch die hohlen Fensteraugen einer zerfallenen Hausmauer waren Obstbäume zu erkennen. Schnell war der morsche Zaun des Grundstücks überwunden. Und ebenso rasch stopften wir unsere Taschen mit Äpfeln und Spätzwetschgen voll. Wieder zu Hause leerten wir voller Stolz unser Diebesgut auf dem Küchentisch aus.

„Wo habt ihr das Obst her?" wollte Omi Mine wissen.

Wir erzählten ihr von dem zertrümmerten Haus und dem Obstgarten. Und nun wollte sie Näheres erfahren! In welcher Straße, welches Haus, wie sah der Garten aus? Dann fing sie zu lachen an.

„Kinder, das ist doch das Grundstück, das wir von Oma Taschenberg geerbt haben. Ihr Dummerchen habt Euer eigenes Obst geklaut!"

Die ganze Familie amüsierte sich darüber. Dennoch sind wir ab und zu immer wieder mal in den eigenen Garten eingestiegen und haben das köstliche Obst geerntet, bevor es andere taten.

„Oma Berlin" war für uns hingegen die „Mutter" von unserem Vater. In ihrer Eigenschaft als Malerin nahm sie die Welt und das, was um sie herum geschah, durch eine Brille auf, die nur zwischen „malenswert" und „nicht malenswert" unterschied. Wir Kinder waren für sie – zumindest in unserer Eigenschaft als Kinder - mehr oder minder bedeutungslos und eher lästig. Als Malobjekt dagegen waren wir wenigstens ab und zu interessant.

Ottilie hatte sich für ihren heißgeliebten Sohn Bohdan eine ganz andere Ehefrau gewünscht. Eine aus „gutem Hause"! Stattdessen hatte er sich eine auserkoren, die im Gegensatz zu Ottilie, der Frau eines inzwischen „Vortragenden Legationsrates im Außenministerium", so gar keine Herkunft hatte. Schneiderstochter – was war das schon! Da sprang einem die Armut schon an, wenn man das Wort nur in den Mund nahm! Und an Mitgift brachte sie lediglich ein uneheliches Kind mit. Wie konnte ihr guter Junge nur so blind sein!

Immer fesch angezogen war die Schwiegertochter ja, das machte die Sache um einiges erträglicher. Und hübsch war sie auch. Aber deswegen brauchte man Gertrud noch lange nicht zu lieben.

Trotzdem besuchte sie uns ein paarmal und dabei wurden wir Kinder sehr kritisch betrachtet. Sie wollte wohl feststellen, ob es sich lohnte, ihre Malutensilien aus dem

Sack zu holen, um eines ihrer Enkelkinder zu malen. Ingrid entsprach noch am ehesten ihren Vorstellungen von „ansehnlich und wohlgeformt" und so entstanden einige Kleinkindbilder von meiner Schwester. Und trotz der Antipathie gegen unsere Mutter malte sie auch ein wunderschönes Porträt von ihr. Dieses Bild überstand den Krieg und hängt jetzt in meiner Wohnung, wo mich täglich eine schöne junge Frau aus unergründlichen Augen betrachtet.

Unsere „eigentliche Oma" war unsere heißgeliebte Omi Mine. Sie war für uns Kinder die allerbeste Oma, die man sich vorstellen konnte. Alles was sie für uns tat, war für sie selbstverständlich. Heute weiß ich erst, wie viel ich ihr zu verdanken habe. Jeden Freitag kam sie in unsere Wohnung, um diese gründlich auf Vordermann zu bringen. Sie schrubbte die Böden, putzte die Fenster, und räumte die Küche auf. Dann stellte sie meist einen Stuhl auf den Küchentisch, auf den Stuhl noch einen Hocker und kletterte, mit einem Besen bewaffnet, bis ganz nach oben.

„Kinder haltet den Stuhl fest, mir wird schwindlig!"

Und schon fing die ganze Chose zu wackeln an. Wir klammerten uns an den Stuhl, so gut es ging, und Omi hielt tapfer durch, bis Lampe und Zimmerdecke blitzsauber und von Spinnweben befreit waren. Mühsam kletterte sie dann wieder nach unten. Wir waren immer heilfroh, wenn Omchen wieder festen Boden unter den Füßen hatte, denn von dem Thema „Sicherheit im Haushalt" hatte sie bestimmt noch nie in ihrem Leben gehört.

„So Kinder" atmete sie nach diesem Abenteuer auf, „jetzt gönne ich mir etwas!"

In unserem Küchenschrank befand sich im obersten Fach, hinter Mehl und Zucker versteckt, fast immer eine „Notfall"-Flasche „Nordhäuser Korn". Omi wusste das und genau der kam ihr jetzt gerade recht. Schließlich musste sie sich nach all den Anstrengungen belohnen. Sie füllte damit ein Schnapsglas voll und nahm einen tüchtigen Schluck. Plötzlich riss sie ihren Mund weit auf, sog einen Schwall Luft ein, gestikulierte wild und keuchte: „Wasser!!! Wasser!!! Ich verbrenne!" Ingrid begriff schnell, was geschehen war. Denn sie konnte bereits gut lesen und las, was auf der Flasche stand, laut vor:

„E-ssig-e-ssenz"!

Wir versorgten Omi mit mehreren Gläsern Wasser und auf ihren Wunsch brachten wir ihr auch eine Flasche mit Salatöl, das sie löffelweise hinterher kippte, um den Schmerz durch die Verätzungen zu lindern.

Eigentlich hätte sie einen Arzt aufsuchen müssen, aber das kam für Omi nicht in Frage – die Angelegenheit war ihr zu peinlich. Wir sollten auch unserer Mutter nichts davon erzählen. Das haben wir auch versprochen und so gehalten. Glücklicherweise überstand sie den Vorfall ohne bleibende Schäden!

Unser Kinderzimmer war mit drei grauen Militärspinden ausgestattet, die Mami auf dem Fliegerhorst organisiert hatte. Darin hatte jedes von uns Mädchen seine Fächer. Jeden Freitag zeigte uns Omi aufs Neue, wie man Schlüpfer, Hemden, Röcke, Strümpfe und andere Wäschestücke faltet und fein säuberlich übereinanderlegt. Und dabei ermahnte sie uns stets:

„Werdet nie so wie eure Mutter!"

Denn Mami war nie sehr ordentlich und wenn das Chaos in der Küche wieder derart überhandnahm, so dass es selbst uns Kindern zu bunt wurde, haben wir Kleinen einen Putznachmittag für unsere Mutter eingelegt Unsere Aktivitäten blieben dabei meistens unbemerkt, denn wenn Mami mit vollen Einkaufstaschen nach Hause kam und alles auspackte, sah es in wenigen Minuten erneut aus wie nach einem heftigen Erdbeben. Überall lag etwas herum und das blieb dann erst mal so. Sie kochte sich lieber ihren heißgeliebten Nachmittagskaffee, schnappte sich ein Buch und rauchte dazu genüsslich so ein, zwei Zigarettchen. Unsere Mutter hatte wunderschöne lange Finger und wenn sie rauchte, sah das für mich als Kind von der ganzen Körperhaltung her einfach nur elegant aus. Rauchen war ihr lebenslanges Laster. Erstaunlich, dass wir Mädchen alle drei bis zur Pingeligkeit ordentlich geworden sind! Und auch keine von uns ist, von ganz kurzen Ausrutschern abgesehen, Raucherin geworden! Die Ermahnungen unserer Omi schienen auf fruchtbaren Boden gefallen zu sein.

*

Das im Jahr 1843 erbaute „Lorbeerbaum" war ein Gasthaus mit Übernachtungsmöglichkeit gewesen. Nach 1945 hatte man aus der Wohnungsnot heraus auf einfachste Art mehrere Wohnungen links und rechts vom langen Gang im Erd- und Obergeschoss geschaffen. Wir bekamen im Erdgeschoss fünf kleine Zimmerchen mit dünnen Wänden. Die Wohnung neben uns und unsere Wohnung trennte lediglich eine verschlossene Zimmertür mit einem zentimeterhohen Spalt am Boden.

Die Nachbarsfamilie hinter dem Spalt, von uns „Dreckschweinfamilie" genannt, bestand aus einer jungen, unglaublich fetten Frau mit verdreckten Klamotten, die sich x-beinig und watschelnd vorwärtsbewegte und einer gleichfalls korpulenten Oma. Einen Mann dazu gab es nicht, aber einen kleinen, stillen, ebenso unsauberen Jungen mit einem großen, meist ungekämmten Kopf. Später kam noch ein kleines Mädchen dazu, ohne dass irgendjemand die Schwangerschaft der adipösen Frau überhaupt bemerkt hatte.

Der kleine Junge war für uns „Wölfchen, das Dreckschweinkind". Mit so einem Kind wollten wir nicht spielen. Mit verstrubbelten Haar, abgeschnittener Hose, selbstgestrickten Kniestrümpfen, einer unten, einer oben und viel zu großen, derben Schuhen saß er meist auf der obersten Treppenstufe zum Hof und sah uns sehnsüchtig beim Spielen und Toben zu. Doch niemand von uns forderte ihn zum Mitmachen auf!

Eines Tages saß er wieder da und hatte eine angebissene große Scheibe vom Vierpfünderbrot in der Hand, das, wie ich mit scharfen Blick sofort bemerkte, dick mit Pflaumenmus bestrichen war. Gierig starrte ich auf das Brot mit meinem Lieblingsbrotaufstrich! Selbst seine Rotznase hinderte mich nicht, ihm einen Handel vorzuschlagen:

„Wenn du mir dein Brot gibst, lassen wir dich mitspielen!"

Das ganze Brot gegen Spielen schien ihm nicht Anreiz genug zu sein. Schließlich war er den ganzen Tag über mindestens ebenso hungrig wie wir. Er machte mir daher einen Kompromissvorschlag.

„Wenn ihr mich mitspielen lasst, darfst du ein paarmal abbeißen!"

Ich war sofort einverstanden. In Windeseile hatte ich die Hälfte seines, in der Nähe des Angebissenen eher unappetitlichen Brotes verschlungen. Wölfchen durfte nun mitspielen und der Vater unserer Puppen sein. Doch auch Puppenmütter können grausam sein! Nach einer knappen halben Stunde, in der Wölfchen selig, aber ungeschickt mitgespielt hatte, war es mit seiner Puppenvaterrolle bereits wieder aus. Wir schickten ihn weg - er passte einfach nicht zu unsrer Art zu spielen.

Am nächsten Morgen saßen meine Schwestern und ich in unserer Küche und Mami bemerkte die vielen roten, wie an einer Perlenkette verlaufenden Einstiche an unseren Körpern, die gerade anfingen, zu jucken.

„Mein Gott, Kinder, ihr habt ja Wanzenbisse!"

Ich hatte sofort ein schlechtes Gewissen, weil ich Wölfchen so nahe an mich herangelassen hatte. Der herbeigerufene Kammerjäger nahm aber die richtige Fährte auf. Die Bettwanzen waren aus der Nachbarwohnung durch den Spalt der Tür zu uns herüber gewandert! Er meldete den Befall den Behörden und in beiden Wohnungen wurden die Tapeten heruntergerissen, und die Wände, Schränke und Betten mit Heißluft und Pyrethroiden behandelt. Dann wurden die Wohnungen versiegelt. Eine Nacht lang mussten wir bei Bekannten unterschlüpfen, bevor wir die Wohnung wieder betreten durften.

Wölfchen bekam auch später im Leben keine Chance. Als ich - schon längst erwachsen - Nordhausen wieder einmal besuchte, erfuhr ich von einer Freundin, dass er keine

Frau gefunden und nie ein normales Leben geführt hatte, bis er sich in seiner Verzweiflung selbst das Leben nahm.

*

Rosi ging inzwischen schon in die 7. Klasse. Eines Tages hatte eine Schulkameradin von ihr Hundewelpen abzugeben. Rosi war schon immer eine Tiernärrin gewesen und konnte der Versuchung nicht widerstehen: Sie nahm einfach eines dieser liebenswerten kleinen Geschöpfe, in ein Handtuch gehüllt, mit nach Hause.

„Oh, ist der süüüß!!" jubelten Ingrid und ich.

Natürlich war die Wahrscheinlichkeit hoch, dass wir den Hund nicht würden behalten dürfen – daher musste eine Strategie entwickelt werden! Wir beschlossen, „Tschuschi", so wollten wir ihn nennen, im Garten in einem Pappkarton zu verstecken. Mami sollte ihn erst dann erstmalig zu Gesicht bekommen, wenn sie gute Laune hatte, denn dann wäre die Chance, ihn behalten zu dürfen, wesentlich aussichtsreicher.

Der kleine Hund sollte also seine ersten Nächte bei Familie Böhme mutterseelenallein im Pappkarton im Freien verbringen. Natürlich konnte das nicht klappen! Nach Einbruch der ersten Nacht fing das kleine Bündel an, jämmerlich zu fiepen und zu winseln. Wie versteinert lagen wir in unseren Betten und lauschten auf das, was da unweigerlich kommen musste. Denn auch unsere Mutter hatte - wie konnte es auch anders sein – mit ihren geschulten Ohren das Wehklagen vernommen und war diesem nachgegangen. Nun stand sie, mit dem Hund auf dem Arm, in unserer Kinderzimmertüre und fragte drohend:

„Wer oder was ist das hier?"

Im Chor riefen wir alle drei: „Das ist Tschuschi Böhme!"

„Wo habt ihr den Hund her? Eines sage ich euch: Das Vieh verschwindet morgen wieder aus dem Haus und ihr bringt ihn dahin zurück, wo ihr ihn herhabt!"

Mami war zornig!

„Jetzt wirst du bald schon Vierzehn und bist immer noch nicht gescheit!" rüffelte sie vor allem Rosi. „Das muss dir doch klar sein: Das arme Tier hätte die Nacht im Garten sicherlich nicht lebend überstanden!"

„Mami, darf er heute in unserem Zimmer bleiben?"

„Ja, aber nur für diese Nacht. Danach bringst du ihn zurück, wo ihr ihn herhabt! Ist das klar?"

„Ja, Mami!"

Klar war, dass wir unsere Mutter herumkriegen würden, wenn der Aufenthalt des Hundes im Haus ein oder zwei Probetage überdauern würde. Und genauso geschah es dann.

Leider ließ unser Eifer, sich mit Tschuschi zu beschäftigen, nach einer gewissen Zeit stark nach. Wir besuchten vormittags die Schule und Mami war auf der Arbeit. Der Hund war deshalb oft mehrere Stunden allein in der Wohnung.

Unsere Hauspantoffel standen wie immer ordentlich aufgereiht in der Diele. Sie waren das ideale Opfer für Tschuschis Beschäftigungsdrang. Während unserer Abwesenheit hatte er alle drei Paar Pantoffel zu sechs feuchten Filzklumpen zerkaut und im Flur verteilt.

Beim nächsten Mal riss er die weißen Gardinen in unserem Zimmer herunter und kaute auf ihnen herum, bis sie nur noch aus nassen Fäden bestanden.

Mami war über den Schaden, den der Hund anrichtete, alles andere als erfreut. Natürlich war die ganze Familie in der Erziehung junger Hunde völlig unerfahren! Mami schimpfte immer mit uns, statt mit dem Hund, und Tschuschi wuchs unbekümmert und unbeeinflusst von Mamis Tiraden und wurde immer größer. Da er keine Erziehung genossen hatte, wurde er leider auch immer unberechenbarer. Zum Schluss schnappte er scheinbar grundlos nach Frauchen und Kindern und sein Verhalten zeigte mehr und mehr paranoide Züge.

Mami beschloss: „Der Hund muss weg!"

Trotz unserer Proteste war Mami diesmal gnadenlos – sie musste sich und ihre Kinder vor dem gefährlich werdenden Tier schützen!

Opi fand in Steigerthal einen Bauern, der einen großen Hofhund benötigte. Und so wurde aus unserem Tschuschi ein Kettenhund. Aber nicht lange, denn schon nach knapp einem Jahr hörten wir von seinem Ende.

Er tat mir sehr leid. Heute bin ich überzeugt, dass wir in unserer Unerfahrenheit schuld am Schicksal dieses Tieres waren. Wir trauerten sehr um ihn und ich rätselte in meiner

Naivität lange, ob er etwa Selbstmord begangen und das Rattengift absichtlich gefressen hatte.

*

Unsere Mutter umgab sich gerne mit nicht alltäglichen Menschen. Einer davon war Fräulein Kranich. Sie war alterslos - vielleicht war sie um die Vierzig. Sie war ledig und in der Stadt wurde über sie getuschelt. Vielfach sprach man von ihr als dem „Herrn Kranich". Das Auffällige an ihr waren nämlich ihre männlich kurz geschnittenen Haare. Außerdem trug sie, wenn sie sich außerhalb des Hauses bewegte, stets einen dunklen Herrenanzug mit weißem Hemd und Krawatte. Die schwarzen Schuhe mit flachen Sohlen und ihre Begleiter, zwei riesige Dobermänner an dicken Lederleinen verstärkten den maskulinen Eindruck. Lockere Zungen wollten wissen, dass Fräulein Kranich sich zu Frauen hingezogen fühlte! Mami störte sich nicht im Geringsten an den Gerüchten, denn Fräulein Kranich war eine sehr gepflegte und gebildete Erscheinung mit besten Umgangsformen. Auch ich fragte mich, was denn daran verwerflich sein sollte, wenn eine Frau - oder dieser Mann, darüber war ich mir nicht ganz klar – mit anderen Frauen zusammensaß und Kaffee trank, so wie das meine Mami ja auch tat.

Heute war Fräulein Kranich zum ersten Mal bei Mami zur Kaffeestunde auf einen selbst gebacken Kuchen eingeladen. Mami schwor uns ein:

„Kinder denkt daran, wenn unser Besuch kommt, begrüßt ihr die Dame höflich! Und, egal welche Kleidung sie trägt, sprecht sie nicht, so wie die Straßenkinder das machen, mit „Herr Kranich", sondern mit „Fräulein Kranich" an. Sie ist eine Frau! Denkt daran, wie peinlich das für mich wäre!"

Wir nickten.

Dann klingelte es an unserer Wohnungstür. Unglaublich neugierig und gespannt wie ich auf dieses sonderbare Wesen war, war ich die Schnellste auf dem Weg zur Tür und öffnete.

Da stand sie, großgewachsen und in dunkler Herrenkleidung, flankiert von ihren beiden Dobermännern. Die riesigen Hundeköpfe mit dem nicht weniger großen, hechelnden Gebiss standen mir auf Augenhöhe gegenüber. Diese Kolosse waren absolut furchteinflößend. Der Fluchtreflex war stark und so drehte ich mich rasch um und rief laut:

„Mami, komm ganz schnell, da sind zwei Hunde! Und der Herr Kranich!"

Fräulein Kranich zuckte nur kurz. Dann tätschelte sie liebevoll meinen Kopf und lobte:

„Du bist aber eine Niedliche! Du musst Juliane sein!"

Worauf ich nur nickte und dann schuldbewusst rasch zu meinen Schwestern ins Kinderzimmer verschwand. Das taten wir ab diesem Zeitpunkt stets, wenn sie kam: Wir verkrümelten uns einfach.

Mami versank vor Scham fast im Boden und begrüßte Fräulein Kranich mit tausend gemurmelten Entschuldigungen, wie „Kindermund", „noch zu klein" und was ihr sonst noch alles an Erklärungen einfiel.

Doch Fräulein Kranich winkte ab

„Lassen Sie nur, liebe Frau Böhme, wir leben leider in einer sehr intoleranten Zeit und ich erlebe auf der Straße fast täglich, dass Leute über mich tuscheln. Aber es trifft mich längst nicht mehr. Und Ihre Tochter hat es ja überhaupt nicht böse gemeint!"

Als die Dame mit ihren Hunden, die sich übrigens vorbildlich verhalten hatten, wieder gegangen war, bekam ich trotzdem von Mami meine fällige Strafpredigt und Fräulein Kranich haftet mir schon aus diesem Grund bis heute im Gedächtnis.

*

Der Grenzverlauf zwischen den westlichen Besatzungszonen und der Sowjetischen Besatzungszone (SBZ) wurde von den Siegermächten des Zweiten Weltkriegs in Verhandlungen festgelegt. Plötzlich war die alte Grenze zwischen Thüringen und Niedersachsen zu einer Grenze zwischen Ost und West geworden. Gleichzeitig wurde ihr Verlauf begradigt, um sie besser überwachen zu können. Schlimm dabei war, dass der neue Grenzverlauf vielen Leuten noch gar nicht bekannt war, so dass es auch zu irrtümlichen Grenzüberschreitungen mit unangenehmen Folgen kam.

So nachteilig sich eine derartige Grenze für die Entwicklung der nun grenznahen Gebiete erwies, so bot sie etlichen Menschen auch die Möglichkeit eines Zubrots, indem Ostwaren heimlich in den Westen geschmuggelt wurden und umgekehrt. Auslöser hierfür war einerseits die Mangelwirtschaft in der SBZ bzw. später der DDR, die im Osten bei Westwaren eine Art Kultstatus auslösten, andererseits machte eine unterschiedliche Bewertung der Ost- und Westmark bei ähnlichen Preisen diesseits und jenseits der Grenze den unerlaubten Export von Ostwaren erst so richtig lukrativ.

Zu diesen „Schmugglern" gehörten auch unsere Mutter und deren Freundin. Mit allem um den Leib, was sie tragen konnten, machten sie sich immer wieder dazu auf, heimlich nach Bad Sachsa in Niedersachsen zu radeln und sich dabei über die damals noch weitgehend unbefestigte Grenze zu schleichen. War das Wetter und damit die Sicht schlecht, war dies zwar weniger riskant, andererseits kamen sie aber manchmal halb erfroren und mit durchweichter Kleidung wieder zurück, so dass sie sich mehrere Tage von den Strapazen erholen mussten.

Rosi war 14 Jahre alt, als sie plötzlich sehr gläubig wurde. Der Konfirmandenunterricht in der Altendorfkirche begann zu wirken. Bei einer Überprüfung der Papiere zur späteren Konfirmation stellte sich heraus, dass Rosi eigentlich gar nicht konfirmiert werden durfte, weil sie, ebenso wie wir beiden anderen Mädchen, nicht getauft war. Deshalb sollte sie ihre Taufe nachholen.

Mami fragte daher Ingrid und mich

„Wollt ihr beide auch getauft werden?"

„Jaaah" riefen wir.

Der Grund für unsere Entscheidung war aber nicht die Frömmigkeit, die uns vielleicht plötzlich durchdrungen hatte, sondern unser Halbwissen um die Umstände einer Taufe. Es würde eine Feier mit Kaffee und Kuchen, vor allem aber Taufgeschenke geben! Wir würden ein weißes Kleidchen, weiße Schuhe und ein Kränzchen tragen dürfen. So stellten Ingrid und ich uns das vor!

Mami war einverstanden und als der Tag der Taufe näher rückte, musste sie wieder über die Grenze schmuggeln gehen, um die notwendigen Lebensmittel für die Feier zu besorgen. Sie traf sich zu Beginn der Dämmerung mit ihrer Freundin in unserer Küche. Beide zogen sich bis auf die Unterwäsche aus, und klebten sich mit Paketklebestreifen einen Teil dessen, was sie in Bad Sachsa verkaufen wollten, auf die nackte Haut. Darüber kam ein dünnes Kleid mit extrem tiefen Taschen, gefüllt mit Baumwollkleidung, billigen Seidenstrümpfen, Nordhäuser Kautabak, Korn und sonstigen lokalen Artikeln. Über das Kleid wickelten sie alte Wollschals zum Fixieren, so dass sie beim Fahrradfahren nicht behindert wurden. Darüber kam Wetterkleidung. Plötzlich waren aus den beiden jungen schlanken Frauen dicke Matronen geworden. Voll bepackt machten sich die beiden mit ihren alten Fahrrädern auf den fast 30 km langen Weg nach Niedersachsen. An der Bahnlinie Northeim – Nordhausen gab es zwischen Walkenried und Nordhausen einen Grenzübergang, der nur von Güterzügen befahren werden durfte. Sobald sie in Grenznähe kamen, ging es in der heran brechenden Dunkelheit ohne Licht auf Nebenstraßen weiter bis zum Bahntunnel.

Den Bahntunnel zu benutzen verhieß eine Abkürzung und zwei Lebensgefahren. Erstens gab es für Güterzüge keinen Fahrplan und ein unerwartet durchfahrender Zug hätte sie erbarmungslos mitgerissen und getötet. Zweitens ging seit einiger Zeit in der Gegend ein Frauenmörder um und dieser hatte bereits eine andere heimliche Grenzgängerin im Tunnel buchstäblich abgeschlachtet. Obwohl sich das Gerücht verbreitete, er hätte noch weitere Frauen aus dem Kreis der Grenzgängerinnen bestialisch umgebracht, hatte man seit einiger Zeit nichts mehr von ihm gehört. Trotzdem konnten die beiden Frauen ihre Angst beim Durchqueren des Bahntunnels kaum beherrschen und bekamen trotz ihrer dicken Kleidung in dem stockdunklen und unheimlichen Tunnel eine prickelnde Gänsehaut. Furchtsam schoben sie ihre Fahrräder auf dem schmalen, verdreckten Schotterstreifen neben den Schienen voran, auf jedes kleine Geräusch achtend, das durch die Tunnelwände verstärkt hallte und flüsterten leise miteinander, um Kontakt zu halten.

Sie hatten Glück und alles ging gut! Doch als sie auf dem Rückweg von West nach Ost im Wald männliche Stimmen vernahmen, die immer näherkamen und sie plötzlich von einem großen Schäferhund gestellt wurden, wurde ihnen bewusst, dass sie mit all ihren Tauschwaren doch noch geschnappt worden waren!

Für die Grenzpolizisten musste es ein Freudenfest gewesen sein, als die Schätze der beiden Frauen auf dem Bürotisch aufgereiht lagen: Thunfisch in Öl, Hering in Gelee, Schokolade, amerikanische Zigaretten, Bohnenkaffee, Nylonstrümpfe und hauchzarte Unterwäsche, die eigens im Auftrag einer Nordhäuser Kundin besorgt worden war. In einem Raum mit vergitterten Fenstern ließ die Grenzpolizei Mami und ihre Freundin schmoren und auf das Verhör warten. Stunden später erst nahm man ihre Personalien auf und erklärte den Frauen, dass alle Waren und der noch vorhandene kleine Vorrat an Westmark konfisziert seien.

Dann wurden sie für den Rest der Nacht in eine Zelle gesperrt. Bei Tagesanbruch ließ man sie mit strengen Ermahnungen, nie wieder einen illegalen Grenzübertritt zu versuchen, samt Fahrrädern wieder laufen.

Das war neben dem erlittenen Schock vor allem ein herber finanzieller Verlust für die beiden Frauen und die bereits an der Anschlagtafel der Kirche aufgebotenen Taufen mussten wegen Mittellosigkeit um 14 Tage verschoben werden.

Dann machten sich unsere Mutter und ihre Freundin, der Not gehorchend, erneut auf den gefährlichen Weg über die „Grüne Grenze", diese Mal wohlweislich an einer völlig anderen Stelle. Aber wieder war ihnen das Glück nicht hold. Sie erkannten vom Waldrand aus zwei bewaffnete DDR-Grenzpolizisten, die ein Feld überquerten und sich langsam näherten. Mami und ihre Freundin warfen sich hinter die am Waldrand wachsenden Himbeerbüsche auf den Bauch, legten die Fahrräder flach und wagten kaum zu atmen.

Die Grenzpolizisten kamen immer näher. Als sie noch etwa 20 Meter von den Frauen entfernt waren, sagte der eine plötzlich:

„Du, hast du das gehört? Da war doch etwas!"

„Ich habe auch etwas gehört."

„Ich glaube, das sind Hasen, komm die schießen wir. Das gibt einen Festtagsbraten!"

Beide legten das Gewehr an.

Es war naheliegend, dass die Geschichte mit den Hasen eine oft erprobte Finte sein musste, um die aufgespürten

Grenzgänger problemlos aus ihrer Deckung zu holen. Denn wer würde schon das Risiko eingehen, mit einem Hasen verwechselt und aus Versehen erschossen zu werden!

Die Frauen hoben vorsichtig die Köpfe. „Bitte nicht schießen!"

„Nehmen Sie die Hände hoch und kommen Sie her! Umdrehen!!"

Das Procedere des letzten Aufgriffs wiederholte sich und erneut kam meine Mutter frustriert mit leeren Händen und leerem Geldbeutel zurück. Wieder hätte die Taufe verschoben werden müssen, aber nun kam unser Pfarrer zu uns nach Hause und bat unsere Mutter inständig, nie wieder illegal über die Grenze zu gehen.

„Liebe Frau Böhme, ich habe gehört, dass die Grenztruppen seit einigen Wochen begonnen haben, die Grenze zu befestigen. Es werden überall Zäune errichtet und unter Strom gesetzt. Es macht keinen Sinn mehr, die Grenze zur BRD überqueren zu wollen. Ich werde meine Gemeindemitglieder in einem Aufruf bitten, für Sie Backzutaten zu spenden."

Wir erhielten deutlich mehr Mehl, Margarine, Zucker und Eier für unsere Tauffeier gespendet, als wir benötigten und die Taufe für uns drei Mädchen konnte im dritten Anlauf endlich stattfinden.

Es gab keine Taufkleidchen, keine weißen Schuhe, kein Kränzchen – nichts von alledem, was wir uns vorgestellt hatten! Doch Omi hatte uns einfache, hübsche Kleidchen aus Stoffresten geschneidert und Mami hatte tagelang gebacken. Damit war für uns Kinder alles gut. Nachmittags gab's Kaffee und Kuchen für alle Spender, die kommen wollten und selbstverständlich war auch unser rühriger Pfarrer eingeladen und ließ es sich schmecken. Wir waren ihm sehr dankbar, dass er uns dieses Fest ermöglicht hatte.

Illegale Grenzübertritte seitens unserer Mami gab es ab sofort auch keine mehr!

*

Mami hatte eine gute Freundin, Margarete Mohr, die am Stadttheater Nordhausen als Mezzosopranistin tätig war. Damals war ich etwa 11 Jahre alt. Als Frau Mohr meine Mami auf eine Tasse Kaffee besuchte, kam unter anderem das Gespräch auf mich und meine künstlerischen Ambitionen. Mami fragte, ob sie sich ein kleines Liedchen von mir anhören wolle. Frau Mohr war interessiert und ich wurde herbeizitiert.

Nein, ein „kleines Liedchen" vorsingen, das wollte ich nicht, wenn, dann schon eine Arie oder wenigstens das „Ave Maria" von Schubert. Da ich jedoch vor lauter Aufregung keinen einzigen Ton herausbrachte, bat Mami Frau Mohr mit ins Nebenzimmer. Nun stand ich allein im Wohnzimmer und sang. Und je länger ich sang, umso mehr vergaß ich alles um mich herum und die Töne strömten nur so aus mir heraus wie ein klarer Fluss. Nachdem ich das „Ave Maria" beendet hatte, kam Frau Mohr ins Wohnzimmer zurück. Sie schaute mich ungläubig an.

„Hast **du** das gerade gesungen?" fragte sie mich.

Als ich bejahte, meinte sie, dass sie noch nie ein junges Mädchen mit einer so schönen, reifen Mezzosopranstimme gehört habe.

Ich hörte das mit Stolz und wurde ihre Schülerin. Zweimal in der Woche gab sie mir kostenlosen Gesangsunterricht und so sang ich im Duett mit ihr „Reich mir die Hand mein Leben" aus Mozarts „Don Giovanni" und viele andere Klassiker. Frau Mohr glaubte fest an mich und auch für Mami stand fest, dass ihr Julchen einmal zum Theater als Soubrette gehen würde.

Doch meine Lehrerin verließ unerwartet Nordhausen und nahm ein besser dotiertes Engagement in Weimar an. Deshalb konnte ich meine gesangliche Ausbildung nicht mehr fortsetzen. Mami wusste vor allem finanziell nicht, wie es mit meinem Singen weitergehen sollte.

Als in Nordhausen eine Kinderballettklasse gegründet wurde, bot sich mit meiner zweiten Begabung, dem Tanzen, ein Ausweg. Ich wollte zum Ballett! Aber die Ausbildungskosten betrugen fünfzehn Mark im Monat, die wir natürlich nicht aufbringen konnten.

„Julchen, schreib deinem Vater und bitte ihn um das Geld!" empfahl mir meine Mutter.

Papi in Westberlin ließ sich durch meinen Bittbrief erweichen und so kam der Tag, an dem ich zur Aufnahme in das Kinderballett vortanzen sollte.

Ich war ehrgeizig und sehr aufgeregt und gab mein Bestes. Ich tanzte mit vollem Einsatz und bewegte mich, so gut ich konnte. Trotzdem reichte es leider nicht. Offenbar war ich in der Masse der Kinder untergegangen oder ich wirkte zu schüchtern - auf jeden Fall fiel ich durch!

Was für eine Blamage! Ich heulte Rotz und Wasser und war nicht mehr zu beruhigen. Nun konnte nur noch Mamis Freundin Margarete Mohr helfen. Ein erklärender Brief nach Weimar reichte und sie sprach mit Gisela, der jungen Ballettmeisterin im Stadttheater von Nordhausen. Auf diese Weise bekam ich eine zweite Gelegenheit.

Voller Eifer konzentrierte ich mich nun auf die Elemente des klassischen Balletts und übte täglich zuhause meine Jetés, Battements und Arabesques. Mangels einer Ballettstange hielt ich mich am Küchentisch fest.

Und siehe da, nun klappte es und ich wurde ins Kinderballett aufgenommen!

Nach zwei bis drei Jahren freudigen Lernens passierte leider etwas, was nicht hätte passieren dürfen. Papis Geldquelle in Berlin trocknete aus uns zunächst unbekannten Gründen aus und wieder konnte ich eine künstlerische Ausbildung nicht beenden. Mami fragte mich:

„Was willst du nun werden?"

Friseuse zu werden schied aus.

„Das machen nur die Allerdümmsten", war Mamis nicht ganz vorurteilsfreie Meinung.

„Weiß nicht, vielleicht Fotografin?"

So kamen wir nicht weiter. Mutter hatte jedoch einen Bekannten, seines Zeichens Lehrer, der seine Beziehungen spielen ließ.

Durch diese Beziehung wurde ich nach Schulabschluss etwas unglaublich Solides: Ich wurde Lehrling im HO, erhielt eine zweijährige Ausbildung zur Industriewarenfach-verkäuferin und verdiente zum ersten Mal im Leben eigenes Geld. Meiner heimlichen Neigung entsprechend wurde ich zunächst der Uhren - und Schmuckabteilung in der dritten Etage zugeteilt, die lediglich aus meinem unmittelbaren Vorgesetzten und mir bestand. Mein Vorgesetzter und ich trugen weiße Mäntel, alle anderen Abteilungen trugen schwarze Kittel. Schon aus diesem Grund hoben wir uns von den anderen Mitarbeitern ab. Zuerst war es meine Aufgabe, nach Dienstbeginn alle Uhren und Ruhla-Wecker aufzuziehen bzw. die angezeigte Uhrzeit gegebenenfalls zu korrigieren. Das war für mich mit meinen schlanken Fingern ungewohnt anstrengend. In der Berufsschule erlernte ich u.a. die Grundlagen der Gemmologie, der Edel- und Halbedelsteinkunde, was einer „Schmuck-Elster" wie mir sehr entgegenkam.

Es dauerte nicht lange, dann schlichen in unserer Abteilung ständig junge Burschen herum. Durch die Schneider-künste unserer Omi, die aus Stoffresten die schönsten Kleidungsstücke für mich nähte, hob ich mich modisch von meinen Kolleginnen ab. Klar, dass die jungen Männer guckten! Dies passte meiner Abteilungsleiterin, Frau Kurz, überhaupt nicht: Mal war mein Kleid zu bunt, der Rock zu kurz oder aber meine Frisur zu modern und so rüffelte sie mich:

„Fräulein Böhme, das geht gar nicht, dass Sie in unsrem Hause den Burschen schöne Augen machen. Konzentrieren Sie sich gefälligst auf Ihre Arbeit!"

Ich war mir überhaupt keiner Schuld bewusst und legte großen Wert darauf, die Gründe klar zu stellen, warum die jungen Männer guckten. Frau Kurz empfand meine Einlassungen als Affront und zitierte meine Mutter zu einer Aussprache zu sich.

„Frau Böhme, wie kommt es, dass Ihre Tochter immer so auffällig im westlichen Stil gekleidet ist?"

Mami war aufgebracht!

„Meine Tochter besitzt Großeltern, die geschickt schneidern! Was bitte hat die Kleidung unter einem weißen Kittel mit der Tätigkeit und den Fähigkeiten meiner Tochter in Ihrer Schmuckabteilung zu tun?"

„Frau Böhme, wir können in unserem Hause nicht dulden, dass junge Burschen in der Abteilung herumschleichen, nur um ihre Tochter zu betrachten!" gab die Abteilungsleiterin zurück. „Ich fürchte, ich muss Fräulein Juliane in eine andere Abteilung umsetzen!"

Für mein Gefühl wurde ich degradiert, als ich die Uhren- und Schmuckabteilung verlassen und plötzlich einen schwarzen Kittel tragen musste. Ich wurde in die zweite Etage zu den Elektro - und Haushaltswaren versetzt und hatte nun mit Kaffeemaschinen und Schnellkochtöpfen zu tun, von denen ich im Gegensatz zu Schmuck und Uhren so gut wie nichts verstand.

Ich war empört, weil ich mich völlig schuldlos fühlte, denn ich hatte nur die Kleidung getragen, die mir meine Mutter angeraten hatte.

„Wenn du mit Kunden zu tun hast, musst du immer gut gekleidet sein!" hatte sie mir beigebracht und rannte damit bei mir offene Türen ein. Dieser Grundsatz sollte einer Abteilungsleiterin doch auch geläufig sein. Vielleicht hatte die unansehnliche Frau Kurz mein adrettes Aussehen nicht ertragen können, jedenfalls setzte sie ihre ebenso unansehnliche junge Nichte Emma an meine Stelle. Diese junge Frau durfte, im Gegensatz zu mir, auch sofort auf Seminar zu den Ruhla-Werken südlich von Eisenach.

Triumphierend präsentierte mir Frau Kurz später das Seminarzeugnis der jungen Frau.

„Sehen Sie, Fräulein Böhme, eine glatte Eins! Auf das Können kommt es bei uns an und nicht auf das Aussehen!"

Sie hielt mir das Seminarzeugnis von Emma unter die Nase.

Ich musste mich zu diesem Zeitpunkt in der Haushaltswarenabteilung mit der Herstellung von Kala-Porzellan auseinandersetzen, deshalb war mir Emmas Zeugnis völlig schnuppe. Frau Kurz schien dies zu spüren.

Als der Herbst kam, musste ich die nächste Demütigung erdulden. Ich wurde in einen viel zu großen grauen Herrenkittel gesteckt und sollte vor dem Eingang der HO einen Tag lang nichts als Kartoffeln verkaufen. Ich schämte mich in meinem Aufzug. Auch hatte ich keinen blassen Schimmer, wie ich die dreckverkrusteten Kartoffeln an den Mann bringen sollte, denn als in der Berufsschule die Dezimalwaage behandelt wurde, hatte ich nichts kapiert.

Wie durch ein Wunder stand plötzlich mein Opi vor mir.

„Na, Fräulein Böhme, wie gehen die Geschäfte?" scherzte er.

„Opi, dich schickt der Himmel! Wie viel Kilo von den Kartoffeln brauchst du?"

„Wieg' mir mal 5 Kilo ab!"

„Opi, ich habe keine Ahnung, wie eine Dezimalwaage funktioniert!"

„Ist doch ganz einfach, du Dummerchen, komm her, ich zeig's dir!"

So gut wie mein Opi konnte keiner erklären:

„Du musst immer zuerst das verschiebbare Gewicht auf der bemaßten Stange über dem Hebelarm auf null stellen und dann ein Zehntel des vom Kunden gewünschten Gewichts auf das kleine Gewichtsbrettchen legen. In diesem Fall ist es ein 500-Gramm-Gewicht, das mit den gewünschten 5000 Gramm Kartoffeln im Gleichgewicht stehen muss. Steht mehr oder weniger Gewicht als gewünscht auf der Plattform, so stehen die beiden Zungen der Waage nicht auf gleicher Höhe. In diesem Fall musst du das Gewicht auf der Stange so weit nach links bzw. rechts verschieben, bis die Zungen der Waage sich wieder exakt gegenüberstehen. Wie viel Gewicht dann über 5 Kilo liegt, kannst du an den Maßzahlen an der Stange ablesen und dementsprechend den Preis der Ware nach Gewicht berechnen."

Ach war das schön, wenn man einen Großvater hatte!

„Alles klar?"

„Opi, du musst nochmals zwei Kilo kaufen, ich habe nichts begriffen!"

Opi legte seine rechte Hand auf meine linke Schulter.

„Das schaffst du auch ohne mich, meine Kleine!" tröstete er mich und weg war er.

Ich begann zu schwitzen - hoffentlich kaufte niemand bei mir! Doch es schien, als wäre Kartoffeltag, denn ich bekam mächtig zu tun. Wie viel Kilogramm Kartoffeln ich an diesem Tag falsch gewogen oder falsch berechnet hatte, weiß ich nicht. Die klugen Leute mochte es gefreut haben, wenn sie zu wenig bezahlen mussten, die weniger klugen Leute, die den falschen Betrag bezahlt hatten, hatten es vermutlich überhaupt nicht gemerkt. Jedenfalls gab es keine Reklamationen und die HO ging wegen meiner traurigen Mathematikkenntnisse auch nicht in Konkurs!

Dann durfte ich überraschend doch zurück in „meine" Uhren- und Schmuckabteilung und wurde zum Seminar beim „VEB Uhrenwerke Ruhla" abgeordnet. Mein Seminarzeugnis nach vier Wochen lautete auf die Gesamtnote „Ausgezeichnet" und ich konnte meine Genugtuung nicht verbergen, als mir Frau Kurz mein Zeugnis schmallippig überreichte.

Von da an war ich angesehene Mitarbeiterin in der HO und das motivierte mich. Ich erfuhr, dass es im Hause eine eigene Volkstanzgruppe gab und wurde Mitglied. Trainiert wurden wir vom Ballettmeister des Stadttheaters und ab und zu traten wir dort als Statisten auf.

Nach den zwei Lehrjahren gab es neben der theoretischen auch eine praktische Prüfung. Im praktischen Teil sollte ich eine Schmuckvitrine dekorieren. Das entsprach genau meinen Fähigkeiten und Interessen und die Dekoration war ein voller Erfolg.

Nicht lange danach durfte ich in einem Uhren-und Schmuckgeschäft in der Nähe des Nordhäuser „Rolands" weitgehend selbständig als Verkäuferin arbeiten. Ein nicht unbedeutender Teil der Kundschaft in diesem Geschäft bestand aus Theaterleuten, die bei mir stets einen starken Eindruck hinterließen. Ich wollte so sein, wie sie: Gebildet, mit gutem Geschmack, gutaussehend! Aber das mussten vermutlich für immer die Schwärmereien eines Teenagers bleiben!

Nach meinem 18. Geburtstag bekam ich überraschend die Möglichkeit, am Theater in Eisenach als mögliche Chorsängerin vorzusingen. Diese Chance wollte ich nutzen - doch wieder blamierte ich mich! Ich war derart blauäugig, dass es mir überhaupt nicht in den Sinn gekommen war nachzufragen, was ich als Chorsängerin beherrschen müsste, nämlich Notenkenntnisse besitzen und damit vom Blatt singen zu können. Ich durfte zwar vorsingen, aber ohne Notenkenntnisse war der Versuch zum Scheitern verurteilt. Der Leiter des Eisenacher Chors lobte meine „nette Stimme", aber übernehmen wollte er mich nicht.

Doch mein Wille war ungebrochen und ich beschloss, mich in Eisenach statt als Sängerin nun als Tänzerin zu bewerben. Und diesmal hatte ich Erfolg und bekam einen Eleven-Vertrag für ein Jahr!

*

Ich lernte Gerhard auf dem Bühnenball in Eisenach kennen. Der gut aussehende Schauspieler wartete auf Gisela, unsere Ballettmeisterin, die seine Langzeitverlobte war. Sie hatte an diesem Abend eine „Mucke", was so viel wie einen „auswärtigen Auftritt" bedeutete und wollte deshalb nachkommen. Ich selbst, die Elevin am Landestheater in Eisenach, war dagegen seit kurzem verlobt mit Winfried, unserem Solisten, der ebenfalls an diesem Abend zusammen mit Gisela einen Auftritt hatte. Aus dieser Konstellation ergab sich, dass Gerhard und ich am gleichen Tisch zu sitzen kamen. Ich kannte zwar den 11 Jahre älteren Schauspieler vom Sehen, war aber sehr schüchtern und wagte kaum, meinen Mund aufzumachen. Er fragte mich plötzlich über den Tisch hinweg:

„Darf ich Ihnen etwas zu trinken bestellen?"

Ich nickte nur, weil ich vor Aufregung kein Wort herausbekam. Als das Getränk kam, griff er in die Innentasche seines Sakkos und holte eine Schachtel Zigaretten der Marke Lord heraus. Er steckte sich eine davon an und bot mir anschließend, als ich ihn gerade prüfend anguckte, ebenfalls eine Zigarette an. Sein weltgewandtes Auftreten hatte mich so beeindruckt und verstört, dass ich nicht zuzugeben wagte, dass ich Nichtraucherin war. Stattdessen nahm ich dummes Ding das Angebot an. Die erste Zigarette meines Lebens zitterte heftig, als er mir mit einem silbernen amerikanischen Feuerzeug mit dem aufgedruckten Weißkopfseeadler Feuer gab. Unbeholfen saugte ich an dem Glimmstängel ohne zu inhalieren und trotzdem wurde mir derart übel, dass ich seine Bitte, mit ihm zu tanzen, ablehnen musste.

Als unsere Verlobten dann zu später Stunde von ihren Auftritten zurückkamen, unterhielten wir uns nur noch über belanglose Themen aus unserer Theaterwelt, bis der Ball zu Ende ging.

Gerhard hatte offensichtlich Feuer gefangen und es dauerte nur zwei Wochen, bis er die Telefonnummer meiner Zimmervermieterin herausgefunden hatte. Er rief sie an, um mich zu sprechen. Geehrt folgte ich seiner Einladung zu einem Spaziergang. Natürlich fragte ich ihn, ob dieser Spaziergang mit seinem Verhältnis zu seiner Verlobten zu vereinbaren wäre.

„Zwischen meiner Verlobten und mir stimmt es schon lange nicht mehr und wir werden uns trennen!" erklärte er mir.

Mein Herz machte einen Freudensprung, denn vor wenigen Tagen hatte meine Kollegin mir erzählt, dass mein Winfried mit ihr ein intimes Verhältnis begonnen hätte. Sie mochte mich und meinte, ich solle es von ihr selbst erfahren und nicht durch Dritte. Ich hatte daraufhin das Verlöbnis mit Winfried sofort gelöst und war die ganze Woche todunglücklich gewesen.

Gerhard war von der Schauspielschule in Leipzig gekommen und hatte das Talent zu einem ganz Großen. Er war schlank und groß gewachsen. Mit seinem markanten Schnauzbart besaß er eine maskuline Ausstrahlung. Ich fühlte mich ungeheuer geschmeichelt, dass sich ein Schauspieler seines Formats mit mir, einer zwar äußerlich durchaus ansehnlichen, aber eigentlich recht unbedarften Ballett-Elevin, abgab. Umgekehrt war ich einfach zu naiv, um zu erkennen, dass ich mit meiner Bewunderung vermutlich lediglich seine Eitelkeit befriedigte. Mit Schmetterlingen im Bauch denkt man an solche Dinge nicht. Und so wurden wir für zwei Jahre ein Paar. Nie hätte ich dumme Jule mich auf ihn einlassen dürfen!

Denn Murphys Gesetz galt immer noch und es kam, wie es kommen musste: Ich wurde ungewollt schwanger!

*

Eine unserer Abstecher-Bühnen war das Gothaer Theater. Der siebte Monat meiner Schwangerschaft war soeben angebrochen und mein Bäuchlein hatte sich bereits leicht gewölbt. Mein Arbeitgeber machte sich natürlich keine Gedanken darüber, wie schwer es mir fallen musste, unter diesen Umständen noch professionell zu tanzen. Die Schneiderei ließ einfach rechts und links an meinen Kostümen ein paar Zentimeter raus und das war' s dann auch!

Die Busse um 1961 waren entsetzliche, nach Ostblockdiesel stinkende Schrottlauben, bei denen im Winter die Heizung nicht funktionierte und in denen man manchmal durch die Rostlöcher in der Bodenplatte hindurch die Landstraße betrachten konnte. Mit dem Kind im Leib wurde mir wegen des Dieselgeruchs schon beim Einsteigen übel. Wenn der Bus dann in Schlangenlinien die vielen Schlaglöcher auf den Straßen umfuhr, wurde mir derart schlecht, dass ich fürchtete, mich übergeben zu müssen. Ich überstand die Fahrten immer nur dann, wenn die letzte Sitzreihe im Bus unbesetzt war und ich mich flach hinlegen konnte.

Betrat dann unsere Truppe im Winter die Garderoben, galt stets der erste Blick dem Thermometer. Wenn es kälter als 18 Grad war, so brauchten wir uns gar nicht erst umzuziehen, denn möglicherweise wurde die Vorstellung dann abgesagt. In solchen Fällen beriet sich der Spielleiter mit der Truppe, ob gespielt würde oder nicht. Denn den Tänzern war es vorbehalten zu entscheiden, ob sie wegen der

Verletzungsgefahr von Muskeln bei niedrigen Temperaturen ihre Arbeit riskieren wollten oder nicht. Das Theater durfte dabei jedoch nicht verlassen werden.

Es war Winter in Gotha und auch auf der Bühne hatte es gerade mal 16 Grad. Es würde daher, den üblichen Regeln folgend, keine Vorstellung geben und meinen lieben Kollegen kam die Situation gerade recht. Sie waren von der langen Fahrt hungrig und beschlossen, ihre Spesen, das sog. „Abstecher-Geld" - es lag so zwischen 2,00 und 3,50 Mark - gemeinsam in einem Lokal in der Nähe zu verfuttern. In der Kantine des Theaters zu bleiben, wie vorgeschrieben, wollten sie nicht.

Ich war allein in der Garderobe geblieben, legte mich auf drei zusammengeschobene Stühle und versuchte, meine Übelkeit zu überwinden. Auf dem Programm stand „Sommernachtstraum". Wir, das Ballett, sollten erst im Vorspiel zum 2. Akt auftreten und Elfen und andere Wesen im Zauberwald darstellen. Aber die „Elfen" waren alle ausgerückt und ließen es sich bei einem Toast mit Schinken und Ei und einem heißen Grog gut gehen.

Inzwischen lief der erste Akt.

Da klopfte es und die Ballettmeisterin und der Regisseur standen vor mir. Beide waren sie sehr erregt und verkündeten mir ihre Ansicht, dass das Vorspiel zum 2. Akt unter allen Umständen gespielt werden musste. Meine Ballettmeisterin bat mich inständig, die Vorstellung zu retten und das Vorspiel ausnahmsweise allein mit meinem Tanz auszufüllen.

'Um Himmelswillen, das ist ja verrückt, ich kann doch nicht eine ganze Truppe ersetzen!' Bei diesem Gedanken wurde mir gleich noch übler!

„Ich kann das unter keinen Umständen allein bewältigen", sagte ich „Und wenn das Publikum sich nur auf mich konzentriert, werden sie auch meinen Bauch nicht mehr übersehen!"

Doch Ballettmeisterin und Regisseur waren einhellig der Meinung, ich sollte mein Bestes geben und somit wäre das beschlossen.

Ich quälte mich also, der Weisung gehorchend, mühsam in mein Elfenkostüm und schwebte fünf Minuten lang mutterseelenallein über die Bühne. Nach einer gefühlten Ewigkeit war ich mit dem Spektakel endlich durch. Ich hatte alles gegeben und war völlig außer Atem, aber wenigstens die Vorstellung war gerettet!

Großen Dank seitens meiner Chefs durfte ich nicht erwarten – das Tanzen war ja mein Job! Erspart blieb mir jedoch das große Donnerwetter, das meine lieben Kolleginnen über sich ergehen lassen mussten, als sie, einer nach dem anderen, später wieder eintrudelten!

Insider werden wissen, dass Theater immer aufregend ist. Das Lampenfieber ist ein Phänomen, von dem sich nur ganz wenige befreien können. Auch Improvisationstalent ist häufig gefragt, weil enorm viele Rädchen in dem Uhrwerk einer Vorstellung perfekt zusammenarbeiten müssen und viele Unwägbarkeiten zu bewältigen sind. Und manchmal geht es auch gründlich daneben.

Ich saß in der Vorstellung „Der Fliegende Holländer". Die Sopranistin, die die Senta sang, war weder jung noch schön, im Gegenteil, sie war eher eine Walküre. Senta und der Holländer hatten sich einander gegenübergestanden und das Duett „Wie aus der Ferne längst vergang'ner Zeiten" gesungen und Senta hatte dem Holländer ewige Treue gelobt.

Sie musste wohl die Pause zwischen dem zweiten und dem dritten Akt für einen Toilettengang benutzt haben. Als sie im dritten Akt mit Erik wieder auftrat, entstand im Publikum leichte Unruhe.

Plötzlich sah ich das Dilemma. Senta hatte in der Eile den Kostümrock an ihrem Allerwertesten in die Unterhose gesteckt. Die Kollegen in der Gasse gestikulierten wild und versuchten vergeblich, ihr klar zu machen, was da gerade schieflief.

Währenddessen erinnerte Erik sie beschwörend an seine Liebe!

Senta drehte sich nun zu allem Überfluss auch noch mit ihrer Kehrseite in Richtung Publikum, um den Grund der wilden Gestik in der Gasse herauszufinden. Nun durfte auch das restliche Publikum ihren weißen Doppelripp in Größe 54 bewundern!

Der Saal wieherte vor Vergnügen. Die Szene war „geschmissen"!

Mich beschäftigte anschließend nur die Frage, ob Richard Wagner sich ähnlich aufgeregt hätte wie unser Regisseur oder ob er geschmunzelt hätte, wenn er das noch miterlebt hätte!

*

Gerhard zeigte kein Verlangen, mich zu heiraten, und erklärte, er fühle sich mit seinen 31 Jahren für eine Ehe einfach noch nicht reif genug. Doch seine Freunde drängten ihn, Größe zu zeigen und die junge Frau nicht mit einem Kind sitzen zu lassen. Schließlich ließ er sich von seinen Freunden überreden und teilte mir nach Monaten mehr oder minder emotionslos mit, er werde mich nun doch heiraten. Natürlich war ich erleichtert darüber, dass das von mir erwartete Kind künftig auch einen Vater haben würde. Doch seine Gleichgültigkeit mir gegenüber ließ mich schon damals zweifeln, ob ich richtig handelte. Meine Mami teilte meine Zweifel. Sie wurde mit Gerhard „nicht warm" und meinte, sie und ich würden das Kind auch ohne Vater groß bekommen. Hätte ich nur auf sie gehört!

„Eines sage ich dir: Einen Ring werde ich nicht tragen!" prophezeite er mir schon vor der Trauung. Doch ich glaubte, er würde scherzen.

Wir heirateten im Mai 1962 im Rathaus von Eisenach. Omi hatte für mich wegen meines Babybauches aus sehr einfachem, türkisfarbenem Stoff einen Rock mit Rundumdehnbund genäht, dazu eine bunte Bluse und darüber eine weite Jacke. Ein goldener Ehering hätte mich stolz und glücklich gemacht. Unsere Ringe waren jedoch nur aus Messing - Gold war nicht aufzutreiben gewesen. Blumen für die Braut gab es auch nicht, als Brautstrauß brachte ich mir selbst drei weiße Nelken mit. Gerhards allerbester Freund Goggi arbeitete im Museum, das im Rathaus untergebracht war, als Restaurator, und war unser Trauzeuge.

Der Weg ins Trauzimmer des Rathauses führte durch ein Tor. Davor hatte Goggi ein großes Transparent gespannt. Darauf stand: „Noch ist es Zeit". Es war witzig gemeint, doch hinterher fragte ich mich, wie viel Leid ich mir wohl erspart hätte, wenn ich den Scherz Goggis ernst genommen hätte. Die Trauung durch den Standesbeamten verlief routiniert und innerhalb von 20 Minuten wurde aus Fräulein Böhme eine Frau Montrau. Ich war unglaublich stolz und obwohl ich vorher noch geübt hatte, zitterte ich bei der Unterschrift unter die Heiratsdokumente derart, dass meine Unterschrift kaum lesbar war. Gerhard raunte mir zu:

„Das übst du noch, so ein Gekritzel möchte ich nicht mehr sehen!"

Auf dem Rückweg mussten wir wieder das Transparent unterqueren. Dieses Mal stand auf der Rückseite: „Herzlichen Glückwunsch" und ich spürte die leise Hoffnung, dass alles gut werden würde.

Anschließend fuhren wir mit dem Bummelzug von Eisenach nach Nordhausen. Der Zug war völlig überfüllt und jemand hatte mir glücklicherweise einen Sitzplatz angeboten, während mein Mann stehen musste. Er hielt sich an einer von der Wagendecke herabhängenden Halteschlaufe fest. Es gab mir einen Stich ins Herz als ich bemerkte, dass sein Ehering bereits von seinem Finger verschwunden war - er hatte seine Drohung wahrgemacht! Wollte er mir noch am Hochzeitstag zeigen, was er von mir hielt? Aber ich brauchte ihn doch! Wie sollte ich mich nur verhalten? Der Ring tauchte während unserer ganzen Ehe nie wieder auf.

Mami besaß unter ihren Vorräten drei Dosen Ananasstücke aus Tante Ollos letztem Westpaket und wollte an

meinem schönsten Tag eine „kleine Feier mit Bowle" aus-
richten.

Gertruds berühmt-berüchtigte Zutatenliste zu ihrer
Ananasbowle lautete:

- 2 -3 Dosen Ananasstücke einschließlich Saft

- 2 Flaschen Selters

- 2 Flaschen billigen, trockenen Weißwein

- 0,5 Liter Nordhäuser Doppelkorn

- 200 g Zucker

Das Produkt gut durchrühren, kaltstellen und mehrere
Stunden abgedeckt ziehen lassen.

Die Hochzeitsgesellschaft, bestehend aus Opi, Omi,
Mami, Gerhard und mir, feierte bei einer selbstgemachten
Buttercremetorte und Bohnenkaffee. Meine Schwester In-
grid lebte bereits im Westen und konnte nicht kommen.
Rosi hielt sich in Leipzig auf.

Am frühen Abend gingen wir nahtlos zu der von Mami
kreierten Bowle über.

Leider durfte ich keinen Alkohol trinken und bot Omi
meinen Anteil an dem köstlichen Getränk an. Omi hatte,
wenn man ihren Beteuerungen glauben wollte, seit Jahren
nicht mehr so etwas Gutes getrunken und war des Lobes
voll. Ständig bat sie Mami, ihr doch das Glas mit den wunderbaren, noch nie geschmeckten exotischen Früchten
nochmals zu füllen. Was sie nicht wissen konnte: Aus den
Früchten waren hinterhältige, mit Alkohol vollgesogene
„Früchtchen" geworden. Mit zunehmender Dauer wurde
Omi immer lustiger, redete ununterbrochen und lachte über

ihre eigenen Witze. Opis Blicke auf seine Frau wurden langsam sorgenvoll und er mahnte:

„Iss doch nicht dauernd nur Früchte, Mine! Das bekommt dir nicht!"

„Quatsch! Du willst mir nur den Abend verderben, Willy! Jetzt erzähle ich euch noch einen Witz! Also:

-Das Kasperle kommt ins Altersheim zu einer Vorstellung.

-Alle Alten sitzen brav aufgereiht auf ihren Stühlen und Kasperle ruft:

-Seid ihr alle daaa?

-Und alle Alten rufen laut: Jaaah!

-Und das Kasperle sagt: Aber nimmer lang!!"

Es war einer ihrer rabenschwarzen Witze, den sie schon mehrmals erzählt hatte und den wir deshalb alle schon kannten, aber wir lachten pflichtschuldigst. Mine dagegen bekam sich vor Lachen nicht mehr ein! Plötzlich sackte ihr Oberkörper zusammen und ihre Stirn schlug mit einem dumpfen Geräusch auf der Tischplatte auf. Zu Tode erschrocken richteten wir sie wieder auf und Opi schimpfte streng:

„Mine, wir gehen jetzt nach Hause!"

Doch Omi wollte unbedingt bleiben, obwohl sie unsicher auf den Beinen stand. Als ihr auf der Stirn langsam eine große Beule wuchs, boten Gerhard und ich uns an, meine Großeltern nach Hause zu begleiten. Die beiden Männer hakten Omi unter und schleppten sie durch die nächtlichen Straßen Nordhausens. Dann halfen wir Opi dabei, seine desolate Gattin ins Bett zu bringen und Omis Stirn zu kühlen. Ich hatte meine Omi noch nie angetrunken erlebt und wusste das eben Erlebte nicht so richtig einzuordnen. Am nächsten Tag hatte Omi nicht einmal einen Kater, schämte sich aber so sehr, dass die ganze Familie eingeschworen wurde, über die große blaue Beule und ihren gewaltigen Schwips nie zu sprechen.

In meinen Träumen hatte ich mir den angeblich schönsten Tag im Leben einer Frau so ganz anders vorgestellt, vor allem romantischer!

Aber wenigstens hatte mein Kind nun auch amtlich einen Vater!

*

Anfang August 1962 brachte ich meine Tochter Katja zur Welt. Am Sonntagvormittag zeigten sich erste Anzeichen, dass es mit der Geburt nicht mehr lange dauern würde. Am Nachmittag brachte mich ein telefonisch gerufener Sanitätswagen in jene düstere Klinik, in der ich auch schon geboren worden war. Nach der Anmeldung an der Pforte kam eine junge Schwester herunter und begleitete mich über eine anstrengende Steintreppe nach oben in ein Vier-Bett-Zimmer. Der Raum war voller Besuchspersonen. Ich spürte bereits die ersten Wehen und wusste nicht wohin mit mir. Die laut redenden Menschen, die vielen Nebengeräusche und die stickige, schwüle Luft in dem Zimmer waren selbst für normale, gesunde Menschen eine Tortur. Mir aber raubten sie fast die Sinne. Ich dachte bei mir:

'Oh Gott, wäre das schön, wenn jetzt jemand an deiner Seite stünde und deine Hand halten und streicheln würde! Du bist noch nicht ganz 21 und du bekommst in wenigen Stunden ein Kind von einem Mann, der dich nicht liebt und deshalb auch nicht bei dir ist. Es sind so viele Menschen um dich herum und trotzdem bist du allein! Das Personal ist dir gegenüber gleichgültig und niemand empfindet Empathie für dich. Aber du musst und du wirst das schaffen!'

Ich drückte mich auf dem Gang herum, bis die Besuchszeit zu Ende war und niemand kümmerte sich um mich. Gegen 22 Uhr war Schichtwechsel und ich wurde endlich in das Vorbereitungszimmer zum Kreißsaal verbracht.

„Das wird heute nichts mehr", sagte die Hebamme. „Wenn Sie das Gefühl haben, pressen zu müssen, tun Sie das auf keinen Fall! Sie sind noch nicht so weit!"

Sie verschwand in einem Nebenzimmer. Minuten später erklang Tassengeklapper und Gelächter. Kaffeegeruch zog durch den Gang. Inzwischen versuchte ich auf meiner Liege, die ersten Wehen zu unterdrücken. Nach weiteren Minuten bekam ich heftige Schmerzen und begann zu jammern und zu stöhnen. Die Hebamme kam herüber, schlug unwirsch meine Zudecke zurück und herrschte mich an:

„Wieso haben Sie sich nicht sofort gemeldet, Ihre Fruchtblase ist bereits geplatzt! Laufen Sie ein wenig herum, damit die Wehen in Gang kommen!"

Dann verschwand sie wieder. Eine Schwester kam, um die Bettwäsche zu wechseln. Ich ging also einsam den Gang rauf und runter, rauf und runter und die Schmerzen wollten nicht nachlassen. Inzwischen war es 23:30 Uhr geworden und die Hebamme ließ sich herab, doch noch einmal nach mir zu schauen. Ich jammerte

„Ich muss pressen, ob ich will oder nicht!"

Als Antwort erhielt ich ein resolutes „Kommen Sie mit!

Ich wurde auf einen Geburtsstuhl gehievt und ließ die Eröffnungswehen über mich ergehen.

„Pressen, pressen, das Köpfchen ist bereits da!"

Ich presste wie von Sinnen und eine Minute vor Mitternacht wurde meine Tochter geboren. „Ein Sonntagskind, wie schön" hörte ich in meiner Erschöpfung jemand sagen. Es war geschafft!

Damals durften Ehemänner und sonstige Angehörige nicht bei der Geburt dabei sein. Meine Mami war während der ganzen Zeit wie ein Tiger in der Bahnhofsstraße auf und abgelaufen und hatte die Fassade des nicht weit entfernten Krankenhauses beobachtet. Viele Fenster waren hell erleuchtet, und sie wusste, wo sich der Kreißsaal befand. Erst als dessen Lichter erloschen, war für sie klar, dass ich es hinter mir hatte und sie ging beruhigt wieder nach Hause.

Gegen zwei Uhr morgens, nachdem mein Baby gebadet und versorgt war, durfte ich dann, gestützt von zwei Schwestern, in mein Vier-Bett-Zimmer laufen. Mein Herz war übervoll und ich wollte reden und lachen und weinen zugleich. Doch leider schliefen die drei Mütter in meinem Zimmer inzwischen den Schlaf der Gerechten, und niemand wollte mir zuhören.

Anders als heutzutage waren damals die Neugeborenen nicht bei ihren Müttern untergebracht, sondern in einem eigenen Säuglingsraum. Alle vier Stunden kam die Zeit des Stillens und die Säuglinge wurden zu ihren Müttern getragen. Die Mütter konnten sich dazwischen immer wieder von den Geburtsstrapazen erholen. Im Neugeborenenraum war meine Katja diejenige, die mit Abstand am lautesten und längsten schrie. Ich hatte nicht genügend Milch für sie, so dass sie vermutlich immer Hunger hatte. Sie bekam aber keine Zwischenmahlzeit, weil die Klinik beim Stillen strikt am Vier-Stunden-Rhythmus festhielt.

Mami kam schon am frühen Morgen in die Klinik, mogelte sich an der Pforte vorbei, schnappte sich die laut schreiende Katja im Babyzimmer, stürmte in meinen Raum und legte mir das Kind an die Brust. Sie betrachtete das kleine Mädchen aufmerksam und liebevoll. Ich hatte das schönste Kind der Welt geboren und sie war die stolze Großmutter.

Als die Stationsschwester Katjas Fehlen im Babyraum entdeckte, kam sie sofort im mein Zimmer, packte das Kind und herrschte mich an, was mir wohl einfiele, die ganze Ordnung im Hause durcheinander zu bringen. Als meine Mutter aufmuckte, raunzte sie Mami an:

„Was machen Sie denn hier? Hier dürfen Sie nicht sein! Kommen Sie gefälligst zu den offiziellen Besuchszeiten!"

Die frischgebackene Großmutter war einfach während der Arbeitszeit aus dem VEB Rundfunk- und Fernmelde-Technik, wo sie inzwischen in der Materialplanung eine leitende Funktion ausübte, mit einer Ausrede verschwunden, denn sie konnte es nicht mehr erwarten, ihr erstes Enkelkind zu sehen.

Sie hielt es deshalb für ihr gutes Recht, sich persönlich vom Zustand von Mutter und Kind überzeugen zu dürfen.

Aber es war zwecklos - sie wurde unmissverständlich aufgefordert, die Klinik auf schnellstem Wege zu verlassen.

Der Wohnungsmarkt in der DDR war eine einzige Katastrophe. Wohnungen für junge Menschen waren so gut wie nicht vorhanden und nur, wer verheiratet war und ein Kind hatte, konnte beim kommunalen Wohnungsamt einen Antrag auf eine Zweiraumwohnung stellen. Gerhard war nach Ende der Theaterferien im Juli nach Cottbus gegangen, wo er ein Engagement am Cottbuser Theater bekommen hatte. Er wollte sich dort um eine Wohnung für uns bemühen und lebte einstweilen im Hotel. Ich selbst lebte bei Mami zu Besuch und war mit Gerhard einig gewesen, das Kind in Nordhausen auf die Welt zu bringen. Bis Gerhard eine geeignete Wohnung für uns gefunden hätte, konnte ich mit meinem Baby bei meiner Mutter bleiben. Ideal war das natürlich nicht, denn Mami hatte selbst nur eine Zweiraum-Wohnung. Aber man rückte zusammen und, was für mich sehr wichtig war: Meine Mutter konnte mir mit Rat und Tat beistehen. Ich war nach der Geburt derart geschwächt, dass ich nicht fähig war, mein Kind allein zu baden. Bei all diesen Tätigkeiten brauchte ich die Hilfe meiner Mutter. Aber ich war glücklich - erlebten wir doch zu dritt relativ unbeschwerte vier Wochen. Gerhard schien sich in dieser Zeit kaum für mich und seine Tochter zu interessieren, denn in dem einzigen Brief, den ich von ihm während dieser Zeit erhielt, fragte er nicht einmal nach dem Befinden von Mutter und Kind.

Dann besuchte er uns zum ersten Mal mit dem Zug. Mami hatte in der Zwischenzeit einer Kollegin für 25 Mark einen uralten, hässlichen Kinderwagen abgekauft, der so schwer war, dass ich kaum die Kraft aufbrachte, ihn zu schieben. Aufgehübscht durch eine Ausfahrgarnitur, die mir meine Schwester Ingrid aus dem Westen geschickt hatte, erschien das Gefährt nicht mehr ganz so armselig. Mit diesem Wagen wollte ich meinen Mann am Bahnhof abholen und überraschen. Ich freute mich ehrlich auf das Wiedersehen und stellte mir vor, Gerhard käme mir auf dem Bahnsteig mit Blumen in der Hand freudestrahlend entgegen, würde mich in den Arm nehmen, küssen und sich voller Glück über den Kinderwagen beugen, um sein Kind zu betrachten.

Aber leider, wie so oft, stimmten Wunschvorstellung und Realität nicht überein. Er begrüßte mich zwar freundlich und blickte in den Kinderwagen, bemerkte aber nur:

„Soso, das ist also meine Tochter!"

Kraftlos trottete ich neben ihm her, als er den schweren Kinderwagen in Richtung Mamis Wohnung schob. Er spürte vermutlich nicht einmal meine große Ernüchterung, sondern erzählte nur von seinem Engagement in Cottbus und von seinen Bemühungen um eine Wohnung! Ich redete mir selbst ein, ihn zu lieben, weil ich das Gefühl hatte, dass dies in einer Ehe so sein müsse. Und ich wäre auch in diese Liebe hineingewachsen, wenn ich diese ständigen Enttäuschungen besser hätte verkraften können. Ich fühlte mich schwach und von ihm nicht in gleicher Weise geliebt! Mit meinen Gefühlen allein gelassen, hing ich buchstäblich in der Luft. Denn ich war mir einfach nicht klar, wie es mit uns beiden weitergehen sollte. Gerhard machte mir den

Vorwurf, ich wäre zu sehr auf meine Mutter fixiert und würde völlig unter ihrem Einfluss stehen. Für ihn wäre deshalb zu wenig Platz in meinem Herzen!

Die erste Hälfte seines Vorwurfs traf sicherlich zu, die zweite Hälfte musste ich mir gefallen lassen, weil ich selbst nicht wusste, ob ich ihn genug liebte.

Zwei Tage lang redete Mami mit Gerhard unverblümt Klartext. Sie sprach von der Verantwortung, der er sich stellen müsse, nachdem er mit einer jungen, unerfahrenen Frau ein Kind in die Welt gesetzt hatte und wollte ihm die Augen dafür öffnen, was er als nunmehriger Familienvater für eine gemeinsame Zukunft zu leisten hätte. Diese Diskussionen gefielen Gerhard überhaupt nicht. Am Sonntagnachmittag verließ er uns frustriert und fuhr wieder zurück nach Cottbus.

Ich haderte mit mir und meinem Leben und fragte mich die ganze Zeit, was ich wohl falsch machte und aus welchen Gründen ich es wohl verdient habe, ständig in Schwierigkeiten leben zu müssen.

Doch das Schicksal war mit mir noch nicht fertig.

*

Im sechsten Lebensmonat begann Katja zu weinen. Ich ging mir ihr durch die Hölle, denn das Weinen schwoll zu einem schrillen Schreien an und hörte nicht mehr auf. Stundenlang fuhr ich mit ihr mit dem Kinderwagen durch die Grünanlagen der Stadt in der Hoffnung, sie würde endlich für ein paar Minuten Ruhe geben oder gar einschlafen.

Eine liebende Mutter hält viel aus, aber mein Nerven-kostüm wurde dünn und dünner, so wie ich selbst auch. Eines Tags im Park quälte Katja mich erneut stundenlang. Ich konnte das Weinen einfach nicht mehr hören, war todmüde und meine Sinne verlangten nur noch nach Ruhe und Abschalten. Als sie sich trotz meiner Bemühungen nicht beruhigen ließ, verlor ich Nerven und Verstand und schrie sie an:

„Nun hör doch endlich auf, ich kann nicht mehr!"

Dabei schlug ich so heftig auf den Griff des Kinderwagens, dass ihr Körper nach oben hüpfte. Katja war vor Schreck plötzlich ganz still. Danach setzte sich ihr Schreien noch lauter fort. Wieder brach ich in Tränen aus. Mit ungläubigem Entsetzen über mein eigenes Verhalten schob ich meinen Kinderwagen nach Hause.

Am nächsten Tag hatte ich einen Termin für die halbjährige Säuglingsuntersuchung und fuhr mit der Straßenbahn zu Katjas Kinderärztin, Frau Dr. Albrecht.

„Nun stellen Sie doch endlich das Geschrei ab!" herrschte mich ein dicker Mann an, der in der Straßenbahn mir gegenübersaß und seine magere Frau daneben nickte zustimmend. „Das ist ja eine Zumutung!"

Ein weiterer Fahrgast mischte sich ein.

„Nu steig' n Se doch endlich aus, Frollein! Det is ja nicht zum Aushalten!"

Die Berliner Schnauze gab mir den Rest. Wenn die Leute nicht einmal die wenigen Minuten Babygeschrei ertragen konnten, was dachten die eigentlich, wie ich mich fühlen musste? Ich war gezwungen, das Schreien 12 Stunden am Tag und 12 Stunden in der Nacht auszuhalten! Ich hatte seit ewigen Zeiten kaum geschlafen, vielleicht mit Ausnahme der seltenen Augenblicke in denen Katja, durchgeschwitzt und vom eigenen Geschrei total erschöpft, doch noch eingeschlafen war. Aber nach wenigen Minuten schreckte sie schon wieder hoch und fuhr mit ihrem verstörenden Weinen fort. Ich trug sie in einem Tuch vor meiner Brust und musste dabei in der grauen, dampfenden Waschküche Windeln und Kochwäsche aus dem heißen Bottich fischen, um sie anschließend mit Kernseife auf einem Waschbrett zu schrubben. Diese Arbeit mit dem heißen Wasser war für das Baby gefährlich und für mich enorm anstrengend und Katjas lautes Schreien und Wimmern brachte mich nicht nur an den Rand meiner körperlichen und seelischen Erschöpfung, sondern auch darüber hinaus.

Die Leute hatten also keine Ahnung und ich platzte fast vor verhaltenem Grimm. Mit feuchten Augen und einem dicken Kloß im Hals verließ ich mit dem schweren Kinderwagen an der nächsten Haltestelle den Waggon. Niemand sah sich bemüßigt, mir dabei behilflich zu sein.

Die Kinderärztin mochte mein süßes kleines Mädchen sehr und war stets bemüht, mich nicht lange warten zu lassen. Sie untersuchte das Kind sehr gründlich, verließ kurz das Sprechzimmer und kam mit einem Schneidermaßband zurück, um den Kopfumfang des Kindes zu messen.

Sie sah mich seltsam an und sagte:

„Frau Montrau, der Schädelumfang Ihres Kindes hat in den letzten Monaten unnormal zugenommen! Ich kann nicht ausschließen, dass ihr Kind an einem Hydrozephalus leiden könnte."

„Was ist das, Frau Doktor?" Ich hatte keine Ahnung, was die Ärztin damit meinte.

Sie ging ins Nebenzimmer und kam mit einem Medizinlehrbuch zurück. Einfühlsam zeigte sie mir Abbildungen, auf denen kleine Kinder mit unförmigen Köpfen zu sehen waren.

„Was haben diese Kinder? Einen Wasserkopf? Ich kann das alles nicht ansehen, Frau Doktor!"

„Frau Montrau, es muss nicht zwingend so sein. Wir sollten nur der Tatsache ins Auge sehen, dass es so sein **könnte**! Sie sollten sich deshalb dringend eine zweite fachliche Meinung einholen, um Gewissheit zu bekommen. In Erfurt gibt es eine neurologische Klinik. Ich rate Ihnen, sich dort mit Ihrem Kind vorzustellen und die kleine Katja unverzüglich nochmals genauer untersuchen zu lassen. Ich schreibe Ihnen eine Überweisung aus!"

Frau Dr. Albrecht hatte mir Angst und gleichzeitig Hoffnung gemacht. Mit gemischten Gefühlen und der Überweisung in der Tasche fuhr ich am darauffolgenden Tag mit dem Zug nach Erfurt. Katja weinte und schrie während der gesamten Fahrt.

Der zuständige Chirurg betrachtete nach Stunden des Wartens die Röntgenaufnahme von Katjas Kopf vor der Leuchtwand.

„Wenn wir Glück haben, Frau Montrau, handelt es sich nur um eine Zyste, die auf das Kleinhirn drückt und dem armen Kind starke Kopfschmerzen verursacht. Diese Zyste können wir durch eine OP ohne großen Aufwand entfernen. Allerdings müssen wir dazu den Schädel unserer kleinen Patientin öffnen. Sind Sie damit einverstanden?"

„Da muss ich erst mit meinem Mann sprechen!"

„Machen Sie sich keine Sorgen, Frau Montrau, Kleinkinder stecken solche Operationen relativ gut weg. Die ganze Schädeldecke und die Fontanelle sind in diesem Alter noch weich. Den Schädelknochen zu öffnen ist für uns Routine und stellt kein großes Problem dar. Das verwächst sich recht gut. Wenn es sich nur um eine Zyste handelt, sollte sich Ihre Tochter spätestens nach sechs Monaten nicht mehr von einem gesunden Kind unterscheiden."

Das klang optimistisch! Weil Eile geboten war, beschloss ich, die Zustimmung zur Operation zu geben und Gerhard erst später davon zu informieren. Schon am nächsten Tag wurde Katja operiert und kurz danach durfte ich sie bereits besuchen. Für heutige Verhältnisse unvorstellbar, besaß die Klinik zu jener Zeit keine Kinderabteilung. Frisch operierte Kinder und Erwachsene mussten deshalb im gleichen Zimmer auf ihre Genesung hoffen!

Als ich den Raum betrat, lag mein kleines Mädchen zwischen all den Erwachsenen in einem viel zu großen Bett und trug einem weißen Verband um den Kopf. Ich streichelte ihre Händchen und sie schaute mich mit ihren großen Augen flehentlich an, als wollte sie mir sagen:

„Mami, nimm mich doch bitte mit nach Hause!"

Der Chirurg kam hinzu und bat mich um ein Gespräch.

„Wir haben die Zyste erfolgreich entfernt, Frau Montrau. Ich hoffe, dass damit die Ursache für die Schmerzen

Ihres Kindes gefunden und behoben ist. Aber ich muss Sie noch auf folgendes hinweisen: Bitte achten Sie in der nächsten Zeit unbedingt auf die Augen Ihres Kindes! Es sollte in der Lage sein, Personen und Gegenstände in ihrer Umgebung zu fixieren. Sollten dagegen die Augen Ihrer Tochter flattern oder sich nach oben verdrehen, dann sprechen Sie unverzüglich wieder bei uns vor!"

Ich wünschte mir, dass dieses Szenario niemals eintreten möge!

Gerhard hatte in Cottbus inzwischen ein kleines Häuschen für uns gefunden. Bevor ich mit Katja nach Cottbus zog, sprach ich deshalb vorsichtshalber nochmals bei meiner Kinderärztin, Frau Dr. Albrecht vor. Cottbus lag außerhalb des Zuständigkeitsbereichs der Neurologischen Klinik Erfurts und wir mussten eine neue Klinik für Katja finden, die für unseren künftigen Wohnort zuständig war. Frau Dr. Albrecht besorgte mir die Adresse des Krankenhauskomplexes in Berlin-Buch, damals das größte Krankenhaus der DDR, wenn nicht ganz Europas.

Nach dem Umzug nach Cottbus besuchte ich zusammen mit meinem Mann die Sprechstunde der Klinik für Kinderheilhunde im Berlin-Bucher Hufeland-Komplex. Katja wurde nochmals untersucht.

Das Ergebnis war niederschmetternd: Der Anfangsverdacht auf Hydrozephalus bestätigte sich und eine zweite Operation von Katja schien unumgänglich.

„Sie bekommen von uns Bescheid, wenn wir einen Termin für die Operation haben."

Gottlob war mein Mann an meiner Seite, sodass wir die schlimme Nachricht gemeinsam tragen konnten.

Katjas ersten Geburtstag wollten wir auf jeden Fall gebührend feiern, luden ein paar Freunde ein und es gab sogar einen selbstgebackenen Gugelhupf mit Kerze. Noch geschwächt von der ersten OP war Katja nicht in der Lage, sich aus eigener Kraft aufrecht zu halten. Wir stopften ihr deshalb alle Kissen, die wir auftreiben konnten, hinter ihren Rücken, so dass sie stabil sitzen und ihren Geburtstagstisch überblicken konnte.

Es wurde ein schöner Nachmittag und ich hatte das Empfinden, dass mein Kind wenigstens einen Hauch von Glück verspürte.

Als es an der Haustür klingelte, öffnete ich mit bösen Vorahnungen. Der Postbote überreichte mir ein Telegramm

„Es ist so weit!" sagte ich mit zittriger Stimme zu Gerhard, der inzwischen hinter mir stand. „Morgen sollen wir mit ihr nach Berlin in die Klinik fahren!"

*

Katja spürte inzwischen instinktiv die Gefahr, die sich für sie mit einem Krankenhaus verband und klammerte sich fest an mich, als wir sie in der Klinik der Schwester übergeben sollten. Ich hielt sie weinend an mich gedrückt und wollte sie ebenfalls nicht loslassen.

„Frau Montrau, geben Sie mir jetzt das Kind!" Die Schwester wurde ungeduldig.

Eine zweite Schwester kam hinzu.

„Sie müssen das Kind jetzt loslassen, Frau Montrau!" beschwor sie mich.

Dann zerrten die beiden mir mehr oder minder mein kleines Mädchen aus den Armen und Katja streckte hilfesuchend und klagend ihre Ärmchen nach mir aus. Eilig verschwanden die Schwestern mit meinem Kind um die Ecke und während ich sie aus der Entfernung noch weinen hörte, brach mir schier das Herz.

Gerhard schob mich aus der Klinik und beruhigte mich.

„Vielleicht wird jetzt alles gut" sagte er.

Die zweite OP verlief nach Auskunft der Klinik ohne Komplikationen. Wir sollten uns keine Gedanken machen und wieder nach Hause fahren.

Die kommenden vier Wochen nach der Operation waren ein ständiges Hoffen und Bangen. Wöchentlich durfte ich sie besuchen und dabei betrachtete ich jedes Mal durch eine offenstehende Tür die armen Geschöpfe, die mit ihren unförmigen Köpfen hilflos in ihren Betten lagen. Es schüttelte mich vor Mitleid und Grauen und ich wollte mir absolut nicht vorstellen, dass meinem Kind eventuell das gleiche Schicksal bevorstand. Warum nur, warum?? Gerhard und ich, wir waren beide gesund und in unseren Familien hatte es solch einen Fall noch nie gegeben! Was war in unseren Körpern anders abgelaufen, was war geschehen? Ich zerbrach mir verbittert den Kopf! Müßig darüber zu reden, wer von uns beiden möglicherweise „die Schuld" trug!

Als ich beim vierten Besuch Katjas Zimmer betrat, erkannte sie mich nicht mehr. Sie wurde jetzt künstlich ernährt und ihre Ärmchen und Beinchen waren spastisch verdreht. Entsetzt lief ich aus dem Zimmer, um mir Hilfe zu holen. Hastig eilte ich durch endlos lange Gänge, verlief mich gründlich und fand nach vielen bangen Minuten schließlich durch Zufall das Ärztezimmer.

Doch der diensthabende Arzt konnte mir nur lapidar mitteilen:

„Leider konnten wir Ihrem Kind nicht mehr helfen, Frau Montrau! Das Gehirn Ihrer Tochter ist schwer geschädigt und sie wird voraussichtlich zu einem lebenslangen Pflegefall werden."

Lieber Gott, neiiiin…!!!

Meine ganze Welt brach in diesem Augenblick zusammen und meine Verzweiflung gipfelte in diesem einzigen, aus innerster Seele gestöhnten kurzen Satz! Mir versagten die Beine und ich musste mich setzen.

„Aus diesem Grund wird Ihr Kind auch nicht auf Dauer hier im Krankenhaus bleiben können" fuhr der Arzt geschäftsmäßig fort „Ich kann Ihnen nur raten, sich einen Pflegeplatz für das Kind zu suchen!"

Die Gedanken rasten im Kreis durch mein Gehirn. Sie hatten uns in unserer Ungewissheit allein gelassen und meinem Mann und mir keine Möglichkeit geboten, von unserer Katja Abschied zu nehmen, so lange sie noch ansprechbar war. Warum nur? Warum hatte uns niemand über die rapide Verschlechterung des Zustandes unserer Katja informiert? Ich verstand die Welt nicht mehr.

"Julchen", sagte meine Mami, als ich ihr hilfesuchend telefonisch unsere schlimme Situation berichtete, „bleib du in Cottbus bei Gerhard und ich werde mich um alles Weitere kümmern.

Sie nahm sich ein paar Tage frei und kämpfte für ihr Enkelkind. Sie trug unsere Situation ihrem Priester der Neuapostolischen Gemeinde vor. Dieser reagierte rasch und nahm Kontakt mit der Nordhäuser Kinderklinik auf. Er schilderte die Not seiner Mitschwester. Nach kurzer Zeit kam ein Telegramm von Mami:

„Pflegeplatz gefunden Stopp Krankentransport veranlasst Stopp Mami"

Katja wurde mit dem Sanitätsfahrzeug von Berlin nach Nordhausen gefahren und bekam in der Kinderklinik ein eigenes kleines Zimmer. Ohne das Bewusstsein wieder zu erlangen, vegetierte sie dort weitere drei Wochen vor sich hin. Mami besuchte ihr Enkelkind so oft wie möglich, sobald sie ein paar Minuten Zeit dafür fand.

Als sich Katjas Zustand weiter verschlechterte, sprach der Priester meine Mutter an, ob sie ihre kleine Enkeltochter nicht noch taufen lassen möchte. Mami nahm Verbindung mit mir auf und ich fand diesen Gedanken sehr tröstlich.

Für den Tag der Taufe hatten die Krankenschwestern Katjas Zimmer liebevoll geschmückt. Weiße Kerzen brannten auf dem Nachtkästchen und auf dem Fensterbrett. In einer Vase blühten weiße Christrosen. Katja trug ein weißes Taufhemdchen. Einige Mitglieder der Gemeinde waren anwesend und unterstützten die feierliche Taufe mit ihrem Gesang. Der Priester taufte das kleine Mädchen mit den anrührenden Worten. „Wir alle sind Kinder Gottes - Gottes Kinder haben es gut."

Mami schilderte mir den Ablauf der Feier in einem emotionalen Brief und ich fand es sehr tröstlich, dass mein Kind als ein „Kind Gottes" diese Welt verlassen werde.

Einige Tage danach war ihr Zustand so kritisch, dass mir Mami ein Telegramm schickte: „Komm sofort Stopp Katja stirbt Stopp Mami"

Mit dem nächsten Zug fuhr ich nach Nordhausen und lief direkt in die Kinderklinik. Den ganzen Nachmittag verbrachte ich am Bett meines Kindes. Gegen Abend riet mir die Schwester:

„Frau Montrau, Sie können hier nichts tun! Gehen Sie nach Hause, ruhen Sie sich aus und rufen Sie jede Stunde an"

Für Mami und mich war das Warten zuhause unerträglich. Jede Stunde ging ich mit Kleingeld den weiten Weg zur Telefonzelle. Gegen 21:30 Uhr rief ich zum letzten Mal in der Klinik an.

„Das Kind Katja Montrau ist um 20:48 Uhr verstorben, mein aufrichtiges Beileid" sagte die diensthabende Schwester. Ich stand in der Telefonzelle und mir war, als hätte mich ein riesiger schwerer Fels überrollt und würde nun auf mir liegen. Ich fühlte mich selbst wie tot. Wie betäubt stolperte ich den Weg zu Mami zurück und wir umarmten uns und weinten. Es war furchtbar: Ich war nicht bei meinem Kind gewesen, als es starb!

Nach einer schlaflosen Nacht voller Gram wollten Mami und ich Katja sehen und die Beerdigung organisieren. Doch man hatte die Leiche des Kindes, angeblich auf

„Weisung von oben", ohne unsere Zustimmung in ein medizinisches Labor gebracht, den Kopf aufgesägt und für Forschungszwecke das Gehirn entnommen!

Ich verfluchte die DDR mit ihrer unmenschlichen Bürokratie! Es war einfach unglaublich, wie unser Staat mit seinen Bürgern umging und ich schwor bei mir selbst, diesem unseligen Konglomerat aus Gewaltausübung, Angst, Bespitzelung, und Mangelbewirtschaftung den Rücken zu kehren, sobald sich eine Gelegenheit dazu ergab.

Mami, bis dahin kritiklose und brave Bürgerin der Deutschen Demokratischen Republik, war ebenfalls außer sich und empfahl mir, einstweilen zu Gerhard nach Cottbus zurück zu fahren, sie würde sich das nicht gefallen lassen und alles klären. Aber was konnte sie schon viel bewirken? Es gab Gesetze und es gab Regeln, die nachzufragen das Recht eines DDR-Staatbürgers überstieg – gleichgültig ob dessen moralisches Empfinden mit diesen Regeln übereinstimmte oder nicht.

Als Gerhard und ich eine Woche später zur Beerdigung Katjas ankamen, klärte uns Mami auf.

„Die Bestatter haben das Loch in Katjas Kopf mit fleischfarbenem Wachs aufgefüllt. Man kann wirklich nichts sehen, denn ich war beim Floristen und habe ihr ein schönes Kränzchen aus bunten Blümchen machen und auf den Kopf setzen lassen"

„Sei nicht mehr traurig, Liebes!" wandte sie sich an mich, als ich in Tränen ausbrach. Dann machten wir uns auf den Weg zum Friedhof. Mit einem weißen Sterbehemdchen bekleidet, lag Katja in der Aussegnungshalle in ihrem weißen Kindersarg und sie sah aus wie ein kleiner Engel!

Der Tag der Beerdigung war ein bitterkalter trüb-grauer Januartag. Ich stand im dünnen Mantel zwischen Gerhard und meiner Mutter vor dem blumengeschmückten Kindergrab und spürte keine Kälte. Ein anderer Schmerz, der von innen kam, zerfraß buchstäblich meinen Körper! Von der Predigt unseres Pfarrers bekam ich so gut wie nichts mit. Als die gefrorenen Erdklumpen in das Grab polterten, wollte ich den Männern mit den Schaufeln noch zurufen: „Tut meinem Kind nicht weh!" doch ich lebte ja selbst kaum noch und brachte kein Wort mehr hervor.

Die Tage nach der Beerdigung meines Kindes erlebte ich wie im Albtraum, alles schien seltsam unwirklich: Die Rückfahrt mit dem Zug nach Cottbus, die trostlose weiße Landschaft unter grauem Himmel, Gerhards Worte, die mich wohl trösten sollten, aber nicht erreichen konnten. Ohne Zeitgefühl im Zug dahinrollend beherrschte mich nur eine einzige Vision: Mein kleines Mädchen könnte in ihrem Grab frieren und ich war nicht in der Lage, sie zu wärmen. Und nicht nur das – mit jeder Radumdrehung der Dampf und Rauch spuckenden Lokomotive entfernte ich mich weiter von meinem Kind. Einfach so! Was war ich nur für eine furchtbare Mutter! Meine Lippen zitterten und Gerhard versuchte seine Hand in meine Hand zu legen. Ich nahm sie, doch ich fühlte nichts, weder Trost noch Zärtlichkeit.

Der graue Alltag in Cottbus machte es nicht besser. Gerhard ging wieder seinem Beruf und seinen Interessen nach und ließ mich oft allein. Ich fragte mich die ganze

Zeit, wie er es geschafft hatte, so schnell über den Tod seines Kindes hinweg zu kommen

Erst nach einiger Zeit realisierte ich, dass er eine Geliebte hatte.

3

Mein Leben musste sich ändern und ich musste endlich handeln! Unter dem Eindruck der Geschehnisse durchleuchtete ich mein bisheriges Leben mit Gerhard und kam in wachsender Klarheit zu dem Schluss, ein ganz neues Leben beginnen zu müssen. Unser Kind war tot, meine Liebe zu Gerhard war mit meinem Kind gestorben, er hatte jetzt eine Andere – ich hatte für nichts mehr zu sorgen außer für mich selbst.

Als ich endlich eine Entscheidung getroffen hatte, fühlte ich mich stärker werden und ich beschloss, falls Mami mir wieder einmal ihre Hilfe anbieten würde, die Scheidung einzureichen.

Als Gerhard von meinen Scheidungsabsichten erfuhr, setzte er sich in den Zug und fuhr unverzüglich zu seiner Schwiegermutter. Sie sollte mich umstimmen.

„Das kann ich nicht!" gab Mami zurück. „Das entscheidet Juliane selbst."

„Wenn Juliane sich von mir scheiden lässt, dann hänge ich mich auf!" antwortete Gerhard theatralisch. Mami deutete mit dem Zeigefinger auf unsere Garderobe.

„Dort sind genug Haken – such' dir einen aus!"

Unsere Ehe wurde noch in Cottbus im gegenseitigen Einvernehmen geschieden.

*

Wie erwartet bot mir meine Mutter ihre Hilfe an und ich konnte vorübergehend bei ihr wieder in Nordhausen wohnen. Meine gewohnte Umgebung trug dazu bei, dass ich mich langsam erholte und besser fühlte. Ich realisierte, dass mit der Scheidung alle großen und kleinen Probleme, die mich bisher gequält hatten und die verhinderten, dass Gerhard und ich liebevoll und in Respekt miteinander umgehen konnten, zu einer Bagatelle schrumpften. Jetzt, wo wir uns zu getrennten Wegen entschieden hatten - das wurde mir plötzlich klar – würden Gerhard und ich gute Freunde werden und bleiben können.

Und das blieben wir auch bis zu seinem Tode!

Die Luft in Nordhausen roch nach Frühling, als ich mich auf den Weg machte, um wieder einmal nach meiner Omi zu sehen. Da hörte ich unerwartet hinter mir meinen Namen rufen. Ich drehte mich um und eine ehemalige Kollegin vom Eisenacher Ballett, Lotti, stand vor mir. Was für eine freudige Überraschung! Wir umarmten uns und sie fragte mich:

„Was machst du denn hier?"

Gemeinsam bummelten wir zum Café Central und fingen an zu erzählen. Lotti war zusammen mit ihrem Ehemann am Nordhäuser Theater tätig - er als Erster Kapellmeister, und sie hatte einen Gruppenvertrag mit Solo erhalten. Die beiden wohnten in einem Plattenbau in einer schönen Drei-Raum-Wohnung und wie es schien, fühlte sich Lotti in Nordhausen ähnlich wohl wie ich. Voller Begeisterung sprach sie über ihre Kollegen und über ihre hochmotivierte Ballettmeisterin Elfriede, die gerade dabei war, den Ballettabend „Gajaneh" von Aram Chatschaturjan einzustudieren. Gajaneh ist ein Ballett in vier Akten mit dem berühmten Säbeltanz der Kurden und Lotti erzählte über die Proben und auch darüber, wie es Elfriede gelang, mit Hilfe einer Turnergruppe der Oberschule den Säbeltanz authentisch aussehen zu lassen. Die Turner traten als Statisten in der ungestümen Tscherkessenhorde auf und waren in der Lage, mit Sprüngen, Salti und Überschlägen die Wildheit des Tanzes glänzend in Szene zu setzen.

„Dabei fällt mir gerade ein: Unsere Ballettmeisterin sucht noch eine Gruppentänzerin!" fügte Lotti unvermittelt hinzu.

Da ich ohne Engagement war, war ich elektrisiert.

„Soll ich mal mit ihr reden?" fragte sie mich.

„Ja, unbedingt. Ich will so schnell wie möglich wieder tanzen!"

Lotti hielt ihr Versprechen und Elfriede war, als Lotti ihr meine Tanzkünste schilderte, nicht abgeneigt.

„Wie sieht sie denn aus, passt sie überhaupt zu uns?"

„Juliane Montrau ist attraktiver als jede Fernsehansagerin!", hätte sie geantwortet, schmeichelte mir Lotti, als wir uns im Central wiedertrafen.

Schon am nächsten Tag wurde ich zum Vortanzen geladen und die Ballettmeisterin war glücklicherweise von mir angetan! Ich bekam nicht nur einen Gastvertrag für „Gajaneh", sondern sogar einen Vertrag bis zum Ende der Spielzeit und weil alle mit mir zufrieden waren, wurde ich schließlich festes Mitglied der Ballettgruppe.

*

In der Nordhäuser Oberstadt befand sich unser Theaterwohnheim. Es reihte sich in eine Villengegend ein, die im Krieg glücklicherweise unversehrt geblieben war. Um dort ein Zimmer oder gar eine kleine Wohnung zu bekommen, musste man sich in eine Vormerkungsliste eintragen und anschließend viel Glück haben, denn ein Platz im Wohnheim war sehr begehrt. Doch das Glück, das so lange einen großen Umweg um mich gemacht hatte, war mir nun hold und ich konnte schon nach kurzer Zeit ein Zimmer beziehen.

In der alten Villa reihten sich im ersten Stock viele Zimmer um eine Galerie. Jedes der Zimmer war angenehmerweise mit einem Waschbecken ausgestattet. Ein Gemeinschaftsbad mit Dusche und einigen WCs ergänzte den "Komfort". Außerdem gab es eine große Gemeinschaftsküche.

Diese Küche war das gesellschaftliche Zentrum des Hauses und damit beliebter Treffpunkt aller Kollegen, die nach einer Vorstellung nicht sofort in ihre Betten wollten. Hier kam es zu Fressorgien, und es wurde viel getrunken, geraucht, gequatscht und gefeiert. Das kulinarische Highlight war eine Scheibe dunklen Brotes, dick bestrichen mit Leberwurst, belegt mit Zwiebelringen, gewürzt mit Pfeffer und Salz und mit einem Riesenklecks Ketchup obendrauf!

Am Nachmittag vor einer Premiere ging es im ganzen Haus regelmäßig zu wie in einem Bienenstock. Wir Tänzer trafen uns auf der Galerie, um nochmals unsere Schritte zu wiederholen. Wer Musiker war, blies in seine Posaune oder ins Horn, die Harfenistin zupfte ihre Läufe, der Tenor übte seine Stimme und die Sopranistin sang ihre Tonleitern rauf und runter – es war eine richtige Kakophonie! Nicht selten ging irgendwo die Tür auf und ein erboster Mitbewohner, der sich vor der Vorstellung noch konzentrieren und ruhen wollte, maulte, wir sollten doch endlich Ruhe geben.

Beispielhaft hierfür verlief der Abend vor der Premiere der Oper Carmen von Bizet. Unser Ballett hatte neben einigen anderen Tänzen auch einen Flamenco zu tanzen. Das war eine sehr schwierige Angelegenheit! Bei den „Zapateados" mussten wir rhythmisch und hörbar mit unseren eisenbeschlagenen Schuhen auf den Boden aufstampfen. Die Zapateados synchron zu den Kastagnetten und vor allem auch noch zu den Mittänzern darzubieten, bedurfte jedoch langer Übung. Gleichzeitig musste man darauf achten, die Arme und den Kopf richtig zu bewegen, damit die Augen in die vorgeschriebene Richtung blickten. Zusammen mit den Rüschenröcken, die sich gut raffen ließen, und die so bewegt werden wollten, dass die wirbelnden Beine sichtbar wurden, war das eine echte Herausforderung! In erster Linie für den Kopf, aber auch eine große Anstrengung für die Beine und Arme und es erforderte sehr viel Konzentration. Alle wollten wir einen perfekten Auftritt hinlegen und stampften und klapperten, dass unsere ruhebedürftigen Mitbewohner am liebsten das Weite gesucht hätten!

„Carmen" war übrigens ein großer Erfolg! Noch heute hole ich manchmal meine Kastagnetten von damals aus der Schublade, lege eine Flamenco-CD ein und schwelge, im Rhythmus klappernd, in Erinnerungen!

Langsam begann ich wieder zu leben. Wenn ich Katjas Grab besuchte, war ich gefasster und weinte nur noch selten.

Meine Mutter störte sich dagegen sehr daran, dass ich ihrer Ansicht nach das übliche Trauerjahr nicht streng genug einhielt. Als ich eines Tages zu einer schwarzen, langärmligen Bluse einen mir von Omi extra genähten grünen Rock trug, machte sie mir heftige Vorwürfe. Und wenn ich mich gemeinsam mit ihr dem Grab näherte, fing sie bereits viele Meter vorher auf eine Weise zu schniefen an, die mir zeigen sollte, dass ich nun traurig zu sein hätte und einstimmen sollte. Das ärgerte mich sehr, denn niemand vermisste sein Kind mehr als ich! Aber ich konnte doch meine Katja nicht dadurch wieder lebendig machen, indem ich mich ein ganzes Jahr lang schwarz kleidete! Es ging längst nicht mehr nur darum, der Öffentlichkeit meine Trauer kund zu tun – es ging auch um eine junge 22-jährige Frau, die aus der Dunkelheit ihres jungen Lebens wieder ans Licht strebte.

Ein Jahr nach Katjas Tod lernte ich im Theaterwohnheim einen Kollegen kennen. Er war als Operetten-Buffo engagiert. Robert, genannt „Bobby", bemühte sich sehr um mich und nach meinem ganzen Drama war ich für Zuwendung und Schmeicheleien besonders empfänglich. Das

Ballett war immer in die Operettenaufführungen eingebunden, und so war es fast zwangsläufig, dass Bobby und ich häufig aufeinandertrafen. Er konnte mich wieder zum Lachen bringen und sah gut aus. Dass er vor mir schon einige andere Verhältnisse mit meinen Kolleginnen hatte, erfuhr ich erst später. Aber das konnte mich nicht davon abhalten, dass ich begann, mich langsam, aber unaufhaltsam in diesen Mann zu verlieben. Er machte mich zu einer glücklichen Frau und als er mir schließlich nach vielen Monaten einen Heiratsantrag machte, stimmte ich aus vollem Herzen und aus Überzeugung zu.

Direkt nach unserer Hochzeit schlug mir Bobby vor, meine Gagen auf sein Konto überweisen zu lassen. Ein Sensor im Hinterkopf riet mir davon ab, obwohl ich ihm keineswegs misstraute. Daraufhin schrie er mich an, ich solle gefälligst tun, was er sage und brachte sich, als ich mich weigerte, derart in Rage, dass er voller Wut auf mich einschlug. Sofort verließ ich unsere gemeinsame Wohnung und schlüpfte, wie ich dies stets bei Problemen machte, bei meiner Mutter unter. Ich erzählte ihr mein Leid. Mami belehrte mich, dass viele Männer so denken würden. Kaum mit einer Frau verheiratet, glaubten sie, die Frau kontrollieren zu müssen.

„Julchen, du musst einfach versuchen, dich mit ihm zu arrangieren! Lass' dir nicht alles gefallen und mach' das Beste daraus!"

Sehr hilfreich war dieser Rat nicht, aber als ich nach geraumer Zeit wieder unsere Wohnung betrat, hatte der Choleriker sich längst beruhigt und entschuldigte sich wortreich. Es würde nie wieder vorkommen! Und ich glaubte ihm.

In den Theaterferien tingelten wir mit einem Bühnentechniker, der einen Kleintransporter besaß, und einem
weiteren Paar durch die Kulturhäuser in Thüringen und
verdienten uns mit unserem einstündigen Operettenpro-
gramm etwas hinzu. Mein Mann war der Chef und Organi-
sator unserer kleinen Truppe und unsere Gage wurde jeden
Abend nach Beendigung des Programms an ihn ausbezahlt.

Weil ich für uns einen dringend benötigten Kühlschrank anschaffen wollte, wagte ich es, meinen Bobby
aufzufordern, mir meinen Anteil an der Gage auszuhändi-
gen. Und wieder rastete er aus! Im Hotelzimmer fing ich
mir erneut Prügel ein und die anwesenden Kollegen störten
ihn dabei nicht im Geringsten. Obwohl ich intellektuell
verstand, was gerade passiert war, konnte ich emotional
nicht umsetzen, was ich nun auf der Stelle eigentlich hätte
tun sollen: Gehen! Mir so kurz nach der Eheschließung ein-
zugestehen, dass ich zum zweiten Mal mit einem Mann ge-
scheitert wäre, das konnte und wollte ich nicht!

Natürlich fragte ich mich, warum ich wieder einmal das
Opfer war. Zuerst beraubte er mich in puncto Finanzen
meiner Freiheit, dann kam als zweite Stufe die Anwendung
von Gewalt hinzu. So einen Mann hatte ich eigentlich nie
gewollt! Aber hatte ich ihn mir nicht selbst ausgesucht? Ich
kramte in meiner Erinnerung. Nein, genau genommen,
hatte er sich mich ausgesucht. Er hatte mich zielsicher ge-
griffen, weil er spürte, dass mein Selbstwertgefühl unter-
entwickelt war! Denn keine wirklich selbstbewusste Frau
hätte ihn als Partner akzeptiert. Mein gutes Aussehen tat
ein Übriges dazu. Eine schöne Frau an der Seite eines Mannes hebt das Ansehen des Mannes in der Gesellschaft. Und
weil sein eigenes Selbstwertgefühl ebenfalls schwach war,

war er in die Lage versetzt, es dadurch zu heben. Nie hätte Bobby mit einer wirklich starken Frau leben können!

Und so erduldete ich ihn wie ein Opferlamm! Auch mein Geld bekam ich nicht. Wann immer ich ihn um einen kleinen Betrag unseres gemeinsamen Geldes bat, um benötigte Kleinigkeiten zu kaufen, erntete ich Wut und neue Faustschläge. Erst viel später erfuhr ich von ihm, dass er das Geld für den Kauf eines gebrauchten „Trabant" ansparte.

Oh, dumme Jule, wann wirst du endlich gescheit? Du bist wieder einmal in die Falle getappt, hast dich einlullen lassen von Liebesschwüren und Versprechungen. Und jetzt? Wie sollte es weitergehen? Ich wusste es einfach nicht!

Georg war unser Hausmeister im Theaterwohnheim - tüchtig und unerschrocken. Schon vor langem war er auf meine Schreie in unserer Wohnung aufmerksam geworden, und als ich nach unserer Tour im Theaterwohnheim wieder einmal Schläge einstecken musste, hämmerte er an unsere Wohnungstür und rief:

„Bobby, lass sofort deine Frau in Ruhe oder ich hole die Polizei!"

Nachdem Bobby wütend durch die Tür geschrien hatte, Georg solle sich gefälligst um seine eigenen Angelegenheiten kümmern, rief dieser tatsächlich im Polizeirevier an. Als die beiden Beamten endlich kamen, war unser Streit längst beendet. Ich musste zwar meine in allen Farben schillernde Hämatome vorzeigen, aber es blieb bei Ermahnungen gegenüber meinem Mann. Dann sollte ich mit den Beamten kurz in deren Dienstauto steigen.

„Wir können im Moment nicht viel tun, liebe Frau!" teilte mir der Ranghöhere der beiden mit. „Sie können aber, wenn Sie möchten, eine Anzeige gegen Ihren Mann wegen Körperverletzung erstatten."

Doch ich hatte Angst vor den Folgen und wagte es nicht!

Die Übergriffe seitens Bobby häuften sich nun. Meine Mitbewohner im Haus vermieden es peinlich, sich einzumischen! Einmal stieß er mir die Faust so heftig gegen die Brust, dass ich nach hinten stürzte. Ich wollte mich während des Sturzes noch drehen, um nicht mit dem Rücken auf den Boden zu schlagen und fiel mit meinem Gesicht gegen die Rippen der Heizung. Ich hörte noch, wie es sonderbar in meinem Kiefer knirschte, dann lief mir Blut aus dem Mund.

Ich hatte mir den linken oberen Schneidezahn ausgeschlagen! Bobby erschrak! Nicht, weil ich blutete, sondern weil nun alle Welt erkennen konnte, was er angerichtet hatte. Aber er fasste sich rasch wieder.

„Daran bist du selbst schuld. Warum widersprichst du auch immer, wenn ich dir sage, wo´s lang geht!"

„Ich habe heute Abend Vorstellung, warum tust du mir das an? Was soll ich denn jetzt nur machen?" schluchzte ich.

„Geh rüber zu Elfriede und sage ihr, du wärst unglücklich gestürzt! Sie soll dir frei geben!"

Ich schlich mit meinem blutgetränkten Taschentuch vor dem Mund zu meiner Ballettmeisterin und ließ meinem Kummer bei ihr freien Lauf.

Sie wollte nicht glauben, was ich ihr erzählte, denn sie kannte Bobby gut und war mit ihm sogar befreundet.

„Selbstverständlich gebe ich dir heute Abend frei! Und jetzt geh' sofort zum Zahnarzt und lass dich behandeln."

Dr. Fleckenstein blickte in meinen Mund. Während er die Wunde begutachtete, fragte er:

„Wie ist das passiert?"

„Ich bin beim Tanztraining gestolpert und aufs Gesicht gefallen!"

Seiner Miene war zu entnehmen, dass ihm meine Ausrede nicht gefiel. Er betrachtete die dunklen Flecken an meinem Hals und sah mir in meine verheulten Augen. Dann schickte er seine Zahnarzthelferin kurz aus dem Behandlungsraum, um Infomaterial für mich zu bringen.

„Junge Frau, nun sind Sie mal ehrlich – was ist wirklich passiert?"

Stockend begann ich zuzugeben, von meinem Mann geschlagen und gestoßen worden zu sein.

Dr. Fleckenstein nickte verständnisvoll.

„Dann wollen wir Sie erst einmal versorgen! Die Wurzel ist mit ausgeschlagen - der Zahn ist leider nicht mehr zu retten. Ich reinige und desinfiziere jetzt zunächst die Wunde und mache einen Gebissabdruck. Dann werde ich Ihnen ein Provisorium anfertigen, damit Sie bald wieder arbeiten können.

Und was Ihren Mann betrifft, so sollten Sie sich zumindest fachlichen Rat einholen. Wir haben als Zahnärzte immer wieder einmal mit ausgeschlagenen Zähnen durch rabiate Männer zu tun und haben Adressen, wohin sich betroffene Frauen wenden können!"

Doch ich verzichtete auf fachlichen Rat und unternahm nichts.

Lange musste ich mit einem hässlichen Provisorium leben, bis ich endlich eine leidlich aussehende Zahnbrücke bekam. Wer mich und meine Eitelkeit kannte, konnte erahnen, wie sehr ich litt. Ich verlernte buchstäblich das Lachen und hielt mir bei jeder Gelegenheit die Hand vor den Mund. Bobby hatte mir den letzten Rest meines Selbstbewusstseins, das Wissen um meine Ausstrahlung, geraubt. Doch ihn anzuzeigen, das brachte ich nicht fertig. Zerrissen zwischen Liebe und Hass wusste ich mich für nichts zu entscheiden.

Als alle im Theaterwohnheim mitbekommen hatten, was in unserer Wohnung vorging, bekam Bobby selbst Bedenken, dass man ihn wegen seiner Gewaltausbrüche vielleicht eines Tages zur Rechenschaft ziehen würde. Er ging aus freien Stücken täglich in die Nordhäuser Nervenklinik, ließ sich dort einige Wochen lang medizinisch und psychologisch behandeln. Dann tauchte er „geläutert", wie Phönix aus der Asche, wieder bei mir auf. Er versprach hoch und heilig, mich nicht mehr anzurühren und nahm ein Gastspiel am Eisenacher Theater an.

Seit der Sache mit dem Zahn wohnte ich aus Sicherheitsgründen bei meiner Mutter und wollte, da Bobby nun nicht mehr in Nordhausen wohnte, nach langer Zeit endlich in unsere ehemals gemeinsame Wohnung im Theaterwohnheim zurückkehren.

Sie war, bis auf ein Klappsofa, einen Tisch und drei Stuhlsessel völlig leer!!

Alles, was wertvoll und tragbar war, hatte er mit seinem von unserem gemeinsamen Geld gekauften Trabant mitgenommen. Ich zog für mich eine traurige Bilanz: Wieder hatte ich „dumme Jule" einem Mann vertraut und alles gegeben. Außer einer kurzen glücklichen Phase hatte er mir nur Demütigungen, körperliche Schmerzen und finanzielle Verluste bereitet. Nun stand ich– mittellos - nach zwei Jahren erneut vor den Trümmern meiner Ehe. Das Maß, das ich ertragen konnte, war endgültig überschritten!

Die Scheidung von Bobby verlief nicht ohne Schwierigkeiten. Er nahm sich einen Anwalt, der verhindern sollte, dass das Gewaltproblem seines Mandanten zum Grund des Scheidungsverfahrens erklärt werden könnte. Leider musste ich mich nun ebenfalls um einen Anwalt bemühen, obwohl ich dafür eigentlich kein Geld mehr besaß. Der gegnerische Anwalt versuchte, mich vor Gericht als hysterische Frau darzustellen und ich ging ihm, dumm wie ich war, leider in die Falle. Als ich die Tätlichkeiten meines Mannes in der Ehe zur Sprache brachte, behauptete der gegnerische Anwalt kalt und aggressiv:

„Mein Mandant hat diese Frau nie angerührt!!"

Erregt sprang ich hoch und rief laut:

„Herr Richter, das ist eine Frechheit, der Mann lügt!"

„Da hören Sie es, Herr Vorsitzender, wie hysterisch diese Frau ist. Kein Wunder, wenn mein Mandant mit solch einer Frau nicht zusammenleben möchte."

Nach weniger als einer Stunde waren wir geschiedene Leute.

Gemeinsam mit meinem Anwalt verließ ich das Gerichtsgebäude.

„Ich rate Ihnen dringend: Gehen Sie morgen früh sofort zum Einwohnermeldeamt und beantragen Sie eine Namensänderung. Damit lassen Sie diese Ehe hinter sich und Sie können wieder durchatmen und einen Neuanfang wagen!" gab er mir als Rat mit auf den Weg.

Ich rief Gerhard an und fragte ihn, ob es für ihn in Ordnung wäre, wenn ich wieder seinen Namen trüge. Er antwortete, es wäre ihm eine große Ehre!

*

Wieder zu Frau Montrau geworden, brach ich alle Brücken hinter mir ab und ging für eine Spielzeit zurück nach Eisenach. In der Altstadt fand ich eine winzige Wohnung mit Aussicht auf einen Hinterhof, in dem ein Import-/Exportbetrieb für Gemüse und Früchte Paletten und Obstkisten lagerte. Hier versuchte ich, mich während der Theaterferien gemütlich einzurichten. Viel war es nicht, was mir nach meinem Ehedilemma geblieben war, aber ein gemütliches Heim war das Wichtigste für mich und ich habe es auch immer verstanden, aus dem Wenigen, das ich besaß, das Optimale zu schaffen.

„Julchen", sagte meine Mami, „Praktisch muss der Mensch sein! Ich nehme den Zug und helfe dir, die Wohnung schön einzurichten." Handwerker konnte man sich zur damaligen Zeit kaum leisten und in praktischen Dingen war Mami die Größte.

Omchen hatte mir Gardinen genäht, irgendwelche alte Gardinenleisten hatten wir auch noch aufgetrieben und mit unserem kärglichen Werkzeug, bestehend aus Hammer, Zange und diversen, zum Teil krummen Nägeln, befestigten Mami und ich die Leiste nebst Gardine an das Fenster. Alles war sehr provisorisch und nicht gerade darauf ausgerichtet, für viele Jahre zu dienen. Dann gab es aus meinen Altbeständen noch das Klappsofa, den Tisch und die drei Stuhlsessel. Die Küche baute ich aus Regalen zusammen. Ein Abwaschtisch und ein Herd waren bereits vorhanden, Wasser musste ich aus dem Hahn in der Toilette holen. Am Abend war die kleine Wohnung eingerichtet. Wir Frauen waren mit dem Resultat recht zufrieden und beschlossen, darauf ein Gläschen zu trinken. Plötzlich krachte und schepperte es. Ich dachte den Bruchteil einer Sekunde lang an einen Einbrecher, dann sahen wir die Bescherung: Ein Küchenbrett, das wir mit meinem Zwiebelmustergeschirr aus Porzellan bestückt hatten und das Mami mit zwei alten Nägeln an der Wand befestigt hatte, war samt Putz von der Wand abgefallen. Zwei große Eimer voller teurer Scherben waren das Resultat. Das ging ja schon gut los!! Aber es machte keinen Sinn, sich aufzuregen und es gab Schlimmeres im Leben, Scherben bringen bekanntlich Glück. Wir suchten geeignetere Nägel und befestigten das Küchenbrett zum zweiten Mal.

„Na, mein Julchen, sind wir nicht zwei tüchtige Hasen?" lobte uns Mami anschließend und machte sich am Abend wieder auf die Rückreise nach Nordhausen.

Nachts gegen ein Uhr erwachte ich auf meinem Klappsofa und konnte nicht mehr einschlafen. Der Tag war zu aufregend gewesen! So versuchte ich, mich ein wenig abzulenken und machte Licht, um ein paar Seiten zu lesen. Mein Blick fiel auf das gekippte Fenster, dessen Stores im leichten Luftzug hin und her schwangen.

Dann gefror mir das Blut in den Adern: Ein knapp bleistiftdickes, schwarz behaartes, zirka sechs Zentimeter langes Spinnenbein tastete sich suchend langsam hinter der Gardine hervor, gefolgt von einem zweiten Bein. Ein drittes Bein kreiste bereits in der Luft. Dann schob sich ein schwarzer, pelziger Körper langsam an der Kante der Gardine entlang. Gelähmt vor Grauen war ich für viele Sekunden nicht fähig, einen Gedanken zu fassen. Schließlich schaltete ich um auf Überlebenskampf – schnelle Hilfe musste her! Natürlich von einem Mann! In der Wohnung über mir wohnte ein Witwer - Studienrat Westphal. Ich hatte ihn bereits vor meinem eigentlichen Einzug bei der Wohnungsbesichtigung im Treppenhaus kennengelernt.

Wie von Furien gehetzt lief ich das Stockwerk hoch, läutete Sturm und klopfte wie wild gegen seine Wohnungstür. Es dauerte, bis der gute Mann verschlafen und mit wirrem Haar im Bademantel vor mir stand und fragte, was ich, um Himmel willen, denn mitten in der Nacht von ihm wolle. Dabei fiel sein ungläubiger Blick auf meine nackten Beine und wanderte über mein kurzes Nachthemd langsam bis zu meinen in Panik aufgerissenen Augen und wieder zurück zu den Füßen. Es war mir in diesem Moment egal, was er wohl über mich denken mochte.

„Langsam, so beruhigen Sie sich doch!" unterbrach er meine atemlos vorgebrachte Geschichte. „Eine Spinne also – sind Sie sich sicher?"

Fast schien es mir, er würde sich darüber belustigen, welches Ungeheuer in meiner Wohnung hauste und ich befürchtete, er würde mich nicht ernst nehmen und mir seine Türe vor der Nase zuschlagen.

„Ja, eine riesige schwarze Spinne!"

„Wie riesig?"

Ich breitete die Arme weit auseinander. „Sehr riesig! Mit einem Pelz!"

„Was, eine behaarte schwarze Spinne? Oho, da lohnt sich ja glatt das Nachsehen!"

Herr Westphal war auch eine Stunde nach Mitternacht noch ein Mann der Tat, das spürte man. Ruhig, aber bestimmt, bat er mich, im Treppenhaus auf ihn zu warten und suchte seinen Wohnungsschlüssel, ein Einweckglas und ein Stück Pappe. Dann begleitete er mich zu meiner Wohnung. Ich blieb im Treppenhaus stehen.

„Schwören Sie mir, dass Sie die Spinne fangen werden!"

„Aber natürlich!"

Nach wenigen, aber für mich endlosen Minuten war Herr Westphal wieder da, das Glas in der Hand. Unwillkürlich wich ich einen Meter zurück.

„Ist sie da drin?" fragte ich vorsichtshalber. Ich hätte nicht einmal mit einer langen Stange das Glas berühren wollen, so graute mir.

„Selbstverständlich, es handelt sich tatsächlich um eine Vogelspinne!" stellte Herr Westphal fachmännisch fest. „Die ist nicht lebensgefährlich, ihr Biss ist nur etwa so schmerzhaft wie ein Wespenstich! Vermutlich kam die Spinne aus unserem Hof über die Gebäudeaußenwand zu Ihnen in die Wohnung. Die meisten Bananenkisten kommen aus Angola – Sie wissen schon – unsere sozialistischen afrikanischen Freunde."

Herr Westphal war jetzt hellwach, gesprächig und schien glücklich. Endlich besaß er Anschauungsmaterial für seinen Biologieunterricht in der Schule! Danach würde er das exotische Tier den Behörden übergeben.

Ich jedoch getraute mich mit meiner Spinnenphobie kaum noch in die Wohnung, suchte jedes Mal mit den Augen automatisch alle Wände und Winkel ab und hielt von da ab meine Fenster geschlossen.

Aber mein Problem mit den furchterregenden Spinnen löste sich von selbst, denn ich verliebte mich aufs Neue.

*

Unsere Theaterkantine befand sich außerhalb des Theaters. Mittags gab es da für wenig Geld ein einfaches, aber geschmackvolles Essen. Als mich der Hunger wieder einmal in die Kantine trieb, fiel mir ein sympathischer junger Schauspielerkollege auf, der am Fensterplatz mit einer älteren Dame zusammensaß. Die beiden schienen sich angeregt zu unterhalten. Gelegentlich warf ich einen verstohlenen Blick hinüber. Schon viel zu lang verschwendete ich einsam mein noch junges Leben - ach wäre das schön, einen solch netten Freund zu haben. Erneut fiel mein heimlicher Blick zum Fenstertisch. Nun tuschelten sie miteinander und sahen dabei gelegentlich zu mir herüber. Ich hatte den Eindruck, als würden sie über mich reden. Plötzlich lächelten beide mir zu und ich lächelte höflich zurück.

Morgens auf dem Weg zum Training überholte mich genau dieser nette junge Kollege mit dem Fahrrad. Plötzlich trat er in die Bremsen, wartete, bis ich auf gleicher Höhe mit ihm war und sagte so etwas wie

„Na, ming lütt Dearn, wollen wir zusammen zum Theater laufen?"

Ich war derart perplex, dass ich nur ein verlegenes Lachen zustande brachte. Also fuhr er weiter.

Natürlich ärgerte ich mich über meine nur gering entwickelte Schlagfertigkeit und dachte bei mir, wie viele Chancen ich im Leben wohl noch vermasseln wollte.

Drei Tage später radelte er wieder an mir vorbei, bremste kurz und warf mir einen selbst gepflückten Blumenstrauß zu. Genauso schnell, wie er vor mir aufgetaucht war, war er auch schon wieder verschwunden. Mein Herz schlug heftig vor Freude. Endlich mal einer, der es nicht auf die plumpe Tour versuchte!

Später änderte er seine Strategie und legte kluge oder nette Sprüche und irgendein Blümchen vor meine Wohnungstür. Dieser Mann verstand es, mit Frauen umzugehen! Es dauerte noch ein paar Wochen, bis er den Mut aufbrachte, an meiner Wohnungstür zu klingeln und darauf zu hoffen, hereingebeten zu werden. Er hatte mein Herz bereits berührt und durfte eintreten! Und es wurde ein sehr netter Nachmittag, an dem er mir erzählte, wie er in der Kantine seine Mutter auf mich aufmerksam gemacht und zu ihr gesagt hatte:

„Mutti, die da drüben musst du dir genau anschauen - die werde ich heiraten!"

Wenn es also Liebe auf den ersten Blick gab, so musste Amors Pfeil ihn offenbar direkt ins Herz getroffen haben.

Michael Niebüll, so stellte er sich vor, war ein unkomplizierter Mensch, genau der Richtige für mein angeschlagenes Ego. Bei meinem ersten Gegenbesuch packte er mich in seinen Schaukelstuhl, wickelte mich in eine warme Decke ein und kochte mir einen feinen, heißen Tee. Ich war von so viel noch nie erlebter Fürsorge überwältigt und er hatte mich schon fast gewonnen, als er begann, auf seiner Gitarre zu spielen. Dazu sang er, ohne ein Wort Französisch zu beherrschen, „französisches Liedgut" - freie Phantasie, das sich etwa so anhörte wie „Schangtiroal Schongsongdamur Scharldegool". Sein humorvolles Wesen gefiel mir sehr und er brachte mich zum Lachen!

Wir wurden ein Paar. Er sprach davon, mich unbedingt zu seiner Frau machen zu wollen und mit mir viele Kinder zu bekommen. Michael stellte mich seiner Familie vor, die mich äußerst herzlich willkommen hieß. Seine Mutti fand es beinahe selbstverständlich, dass ihr Junge es tatsächlich geschafft hatte, mich an Land zu ziehen.

Wo nahm ich nach all meinen bösen Erfahrungen nur den Mut her, seinen Heiratsantrag anzunehmen? Ich wusste es nicht! Waren „aller guten Dinge" tatsächlich „drei"? Oder war ich noch immer die „dumme Jule", die von einer Katastrophe zur nächsten hüpfte?

Noch im gleichen Jahr, am Ende der Spielzeit, traten wir im Standesamt in Eisenach vor den Traualtar. Omchen nähte mir zum dritten Mal ein Hochzeitskleid und dieses Mal sogar aus weißer Seide mit einem Bubikragen, den ich mit vielen Glitzersteinchen und Perlen selbst bestickte. Ich glaube, ich habe sehr hübsch ausgesehen.

Unmittelbar nach der Trauung fuhren wir nach Stavenhagen in Mecklenburg-Vorpommern, wo seine Mutter ein winziges ländliches Anwesen besaß. Ich lernte seine Geschwister und deren Partner kennen und alle waren sehr freundlich und herzlich zu mir. Meine neue Schwiegermutter drückte mich fest an ihren ausladenden Busen und flüsterte mir ins Ohr:

„Mach meinen Jungen glücklich!"

Und genau das hatte ich vor - von ganzem Herzen!!

Am nächsten Tag zeigte Michael mir Rostock, wo er sich bestens auskannte, da er dort drei Jahre auf die Schauspielschule gegangen war. Es war ein wunderschöner, sonniger Tag. Nun konnte mir nie wieder etwas Böses geschehen! Hand in Hand schlenderten wir durch die Straßen Rostocks.

Es geschah, als wir den Marktplatz überqueren wollten. Ein Schwall Blut floss mir plötzlich die Beine herunter und innerhalb weniger Sekunden hatte sich meine weiße Hose rot gefärbt. Wir fanden eine Parkbank und Michael rannte zur nächsten Apotheke, wo er mir aufgeregt eine riesige Packung Watte besorgte. Wir schafften es bis zur nächsten Telefonzelle, in der ich mich notdürftig versorgte. Von dort riefen wir auch in der Klinik an. Ich wurde untersucht und erfuhr, dass ich schwanger wäre und möglicherweise eine

Fehlgeburt erlitten hätte. Ich dummes Luder hatte vor lauter Glück in den letzten Wochen und Monaten überhaupt nicht auf die Signale meines Körpers geachtet!

Der Arzt fragte mich, ob ich das Kind behalten wolle. Natürlich wollte ich und ich würde alles dafür tun, um es austragen zu können. In den nächsten Tagen durfte ich das Klinikbett nicht verlassen und musste ausschließlich auf dem Rücken liegen. Aber jedes Mal, wenn der Arzt auf Visite kam, war seine Miene ernst. Als ich nach drei Tagen und Nächten morgens erwachte, war mein Bett wieder voller Blut. Michael hielt meine Hand, als ich durch die Klinikgänge geschoben wurde. Ich hatte Tränen in den Augen und stammelte vor mich hin:

„Mein Kind, ich will mein Kind behalten .....!"

Eine Stunde später wurde es zur traurigen Gewissheit: Ich hatte zum zweiten Mal in meinem Leben ein Kind verloren!

*

Michael hatte ein Engagement bei dem neu gegründeten Schauspielensemble in Babelsberg bekommen. Ich selbst hatte die Absicht, an irgendeiner Bühne in Berlin ein Engagement zu ergattern. Am liebsten wäre mir natürlich der Friedrichstadt Palast gewesen. Aber daraus wurde leider nichts, denn für die dortigen Anforderungen war ich mit meiner durchaus normalen Körpergröße einfach viel zu klein!!

1970 zogen wir nach Berlin. Wir hatten vorher versucht, so schnell wie möglich eine kleine Wohnung für uns zu finden, was jedoch nahezu unmöglich war. Viele Abende lang strichen wir um die Häuser, versuchten herauszufinden, ob eventuell unbeleuchtete Fenster oder sonstige Anzeichen auf eine unbewohnte Wohnung hindeuteten. Wir notierten uns deren Adressen und suchten dann umgehend das Wohnungsamt auf.

Mein Michael war draufgängerisch. Als wir der mittelalterlichen Dame mit Dutt im Wohnungsamt unseren Wunsch vorgetragen hatten und ihr auch gleich die vermeintlich freistehenden Wohnungen nannten, kramte sie längere Zeit mürrisch in ihren Unterlagen herum und verließ dann das Zimmer. Nervös warteten wir beide auf unseren harten Besucherstühlen, was sie uns wohl anzubieten hätte. Als sie sich nach langen Minuten endlich wieder an ihren Schreibtisch setzte und bedauernd die Schultern nach oben zog, schob Michael schnell 200 Mark unter seinem Handrücken in ihre Richtung. Ich konnte gar nicht so schnell schauen, wie die Scheine wortlos in ihrer Schublade verschwanden. Dann ging alles ziemlich schnell und wir bekamen, wenn auch auf nicht ganz legale Weise, unsere erste gemeinsame Wohnung in der Berliner Pritzer Straße zugewiesen. Sie befand sich im Parterre, zweiter Hinterhof. Alle Fenster gingen nach Norden hinaus und was sich unseren Blicken bot, präsentierte sich als düstere und kalte Unterkunft in einem fürchterlichen Zustand. Aber wir waren wild entschlossen, diese Wohnung aus eigener Kraft zu renovieren. Michael war der Mann fürs Grobe und ich spielte mein verborgenes, drittes Talent aus: Innenarchitektin! Wir organisierten Mörtel, Gips und Farben und kauften uns Armee-Overalls, zogen uralte Schuhe an, versuchten irgendwelche Tapeten zu ergattern und schufteten unermüdlich. Nach wenigen Wochen hatten wir es geschafft! Gemeinsam war es uns gelungen, selbst aus diesem unbewohnbaren „Loch" eine hübsche Wohnung zu machen. Leider war es selbst mit zwei Berliner Kachelöfen nicht möglich, etwas Wärme in die Stube zu bringen. Dieses Gefühl von Kälte in der Wohnung war mir bereits aus meiner Jugend geläufig, aber daran gewöhnen konnte ich mich trotzdem nie. Noch heute verbinde ich den Begriff „DDR" automatisch mit kalten Füßen!

Während unserer Zeit in der Pritzer Straße war ich ständig auf der Suche nach einem Engagement.

Dabei traf ich zufällig einen ehemaligen Kollegen vom Nordhäuser Theater wieder. Der Deutsche Fernsehfunk zeichnete gerade „Wallensteins Lager" auf und in der Drehpause lungerte das gesamte Heer auf dem Rasen vor dem Studio herum. Ich hatte als Statistin in einem Fernsehspiel ebenfalls in Adlershof einen kleinen Auftritt ergattert. In einer Drehpause ging ich ins Freie, um kurz Luft zu schnappen. Plötzlich rief jemand laut nach mir und einer der Soldaten Wallensteins stürzte förmlich in voller Rüstung auf mich zu. Der Kollege und ich hatten uns viele Jahre nicht mehr gesehen und wir begrüßten uns freudig.

„Hallo, wie geht es dir, was machst du hier, wo bist du engagiert?"

Wir tauschten zwischenzeitlich Erlebtes aus und ich erzählte ihm, dass ich gerade nach einem dauerhaften Engagement suchte. Er meinte:

„Das trifft sich gut. Der Chef vom Hansa-Ballett ist ein Freund von mir und sucht gerade verzweifelt eine Ersatztänzerin für seine Ballett-Truppe. Ich rufe den Claus sofort an und dann macht ihr ein Treffen aus!"

Das tat er denn auch und schon am nächsten Tag sollte ich Claus Chmura im Ballettsaal des Friedrichstadt Palast vortanzen. Das Hansa-Ballett war ein Tournee-Ensemble, das mit dem Horst-Krüger-Septett, einem Schlager-und Poporchester, oft gemeinsam im gesamten „Ostblock" unterwegs war und Erfolge feierte.

Ich bekam das Engagement, wobei ich gerade mal eine Woche Zeit bekam, um das ganze Programm, rund ein Dutzend verschiedene Choreographien, einzustudieren.

Ich sprach mit meinem Mann, und Michael war mit meinem Engagement einverstanden, ja er freute sich sogar für mich! Er meinte, dass ich als Mitglied im Hansa-Ballett gut verdienen würde und genau das ausüben könnte, was mir so große Freude bereitete.

Dann ging alles ganz schnell und kaum dass ich mich versah, war ich mit der Ballett-Truppe schon auf Tournee durch die gesamte DDR.

Meinen ersten öffentlichen Auftritt hatte ich im Interhotel Warnow in Rostock in der Zeit zwischen Weihnachten und Heilige drei Könige. Nach der für mich ersten Vorstellung kam Chmura zu uns in die Garderobe. Er hatte bei der Konzert- und Gastspieldirektion Geld abgeholt und schob meiner Kollegin auf dem vordersten Platz einen dicken Packen Geldscheine hin. Sie nahm sich davon ein Bündel Scheine und schob den Packen weiter. Ich saß in der Garderobe ganz hinten und irgendwann erreichte mich das letzte Bündel. Es waren exakt 1000 Ostmark. Ich erschrak vor Freude und mein Herz klopfte wild, denn so viel Geld hatte ich in meinem ganzen Leben noch nicht auf einem Haufen gesehen, geschweige denn in meiner Hand gehabt.

Ich fragte Anja, meine linke Nachbarin:

„Gehört das wirklich mir?"

„Na klar!" grinste sie.

„Aber ich habe doch erst einen Tag gearbeitet, das steht mir doch gar nicht zu!"

„Dummchen, es ist ein Vorschuss auf die ersten 14 Tage, also steck's endlich ein!"

In meiner Vorstellung verwandelte sich das Geld sofort in neue Schuhe und in der darauffolgenden Nacht schlief ich vor freudiger Erwartung sehr unruhig Am nächsten Morgen war ich schon kurz nach Ladenöffnung in der Rostocker Innenstadt, wo sich ein "Exquisit"-Geschäft für Textilien und Schuhe befand. In einem „Exquisit" konnten DDR-Bürger Luxuswaren einkaufen, wenn sie über das nötige Ost-Geld verfügten. Ich kaufte mir teure, braune Lederstiefel und einen schönen breiten Ledergürtel.

Das Glücksgefühl, das mich buchstäblich überschwemmte, lässt sich mit Worten kaum beschreiben - ich gehörte ab sofort zu den Auserwählten in der DDR, die sich ab und zu Luxus leisten konnten! Der Mangel, der mich mein ganzes bisheriges Leben begleitet hatte, sollte damit ein Ende haben und ich war so stolz, dass ich hätte platzen können. Und meine Mami war bestimmt auch stolz auf

mich! Voller Freude kaufte ich im Intershop für 24 Ostmark eine Packung Kaffee der Marke „Jacobs" und über-
teuerte Zigaretten der Marke „Astor", um Mami bei meinem nächsten Besuch erfreuen zu können.

Es folgten viele weitere wunderbare Auftritte in allen
größeren Städten unseres Landes und auch in Polen.

Im Spätsommer ging es dann auf große Tour durch die
UdSSR. Die Ferien beispielsweise am Kaspischen Meer zu
verbringen, das war dem DDR-Durchschnittsbürger so gut
wie nicht vergönnt. Wenn ich nicht das große Glück gehabt
hätte, mit der fantastischen Hansa-Ballett-Gruppe unterwegs sein zu dürfen, hätte ich vermutlich niemals die wunderschönen Sowjetrepubliken in dieser Intensität kennen
gelernt.

Auf allen Stationen unserer Reise wurden wir wie Könige behandelt. Immer war jemand da, der unsere Koffer
trug, unsere Freizeit organisierte, Busausflüge veranstal-
tete oder, auch das kam vor, einmal das Freibad für einen
Nachmittag sperren ließ, damit wir ungestört baden konnten. Es waren tausend Kleinigkeiten, die uns immer wieder
zeigten, wie willkommen wir waren. Man ließ uns spüren,
dass man uns verehrte und unsere Kunst schätzte.

Den Anfang machte der Flug von Berlin-Schönefeld
mit der Aeroflot nach Moskau. Das Hotel „Rossija" in der
Nähe des Roten Platzes galt damals als eines der größten
Hotels in Europa und war noch recht neu. Dort wurden wir
untergebracht. Stunden später wurden wir gefragt, ob wir
Lust hätten, am Abend in die Oper zu gehen - es würde die
romantische Ballett-Oper „Giselle" aufgeführt. Natürlich
hatten wir Lust, denn die Themen, die diese Oper ausmachen, berühren jeden Zuschauer: Liebe, Treue, Verrat,

Vergebung und Tod, solche Geschichten schrieb das Leben. Fast jede Ballettkompanie hatte deshalb „Giselle" im Repertoire und die Oper weckte Erinnerungen an meine Nordhäuser Zeit. Das Horst-Krüger-Septett hatte zwar vermeintlich Besseres vor, aber wir, „das Ballett", wollten uns die Vorstellung auf keinen Fall entgehen lassen. Es gab Freikarten und natürlich waren Plätze im Parkett für uns reserviert. Es war einfach grandios - noch nie hatte ich Tänzer von einer derartigen Schönheit und Eleganz gesehen! Russische Tänzer und Tänzerinnen hatten es einfach drauf!! Da konnten wir, realistisch betrachtet, mit unseren Tanzkünsten wohl kaum mithalten!

Eine Tournee ostdeutscher Künstler durch die UdSSR besaß in jener Zeit des Kalten Krieges stets auch eine politische Komponente und so musste unser Programm noch am darauffolgenden Tag vor einem entsprechenden Gremium in der Theaterhalle des Moskauer ZIL- Kulturpalastes vorgeführt und abgenommen werden. Wir tanzten also vor und das Horst Krüger Septett spielte dazu die aktuellsten Hits und seine neuesten, selbst komponierten Schlager. In der Kommission wurde streng darauf geachtet, dass unsere Truppe bei ihren Auftritten ein Verhältnis von 60% „Ost-Schlager" zu 40% „West-Schlager" einhielt. Glücklicherweise waren die Damen und Herren Kulturfunktionäre von dem, was sie zu sehen und zu hören bekamen, sehr angetan! Denn Tänzerinnen, die im Stile des Fernsehballetts tanzten, gab es in der Sowjetunion damals kaum. Dazu diese genialen Musiker und Gerti Möller als Frontfrau, das war genau das, was man mit bestem Gewissen an die Teilrepubliken weiterempfehlen konnte.

Wir erhielten somit den Segen Moskaus, und flogen zunächst zu unserer ersten Station, der damaligen Hauptstadt Kasachstans.

Alma Ata, in meinen Augen die schönste Stadt Kasachstans, liegt herrlich am nördlichen Fuß des Gebirgszuges Tien Shan, dessen ganzjährig schneebedeckten Berge bis zu fast 5000 Meter aufragen. Der Name der Stadt ist von den Apfelbäumen abgeleitet, die im Frühjahr zusammen mit den zahlreichen Mandelbäumen die Stadt in ein Blütenmeer tauchen. Mit den Weinbergen, Obst-und Melonenplantagen, dem blauen Himmel und den weißen Schneebergen im Hintergrund strahlte Alma Ata ein Flair aus, das mich heute an Südtirol erinnern würde. War das schön anzusehen!!

Der Flug war lang gewesen und es war schon spät, als wir in unserem Hotel ankamen. Die Sonne war bereits untergegangen und die Hitze des Tages ließ langsam nach. Ich sah mich kritisch in unserem Hotelzimmer um und bemerkte auf den Betten die einfachen, dünnen Leinentücher, die wohl als Zudecke gedacht waren. Meine Kollegin Anja, mit der ich fortan mein Zimmer teilen sollte, konnte sich auch nicht erklären, warum man uns kein vernünftiges Bettzeug gegeben hatte.

Es war üblich, dass für jede Hoteletage eine „Dejurnaja" verantwortlich war. Sofort rannten wir los, um diese Dame zu finden, denn dickeres Bettzeug musste her! Man konnte die guten Geister sehr schnell finden, denn solange sie Dienst hatten, lebten sie praktisch auf ihrer Etage. Sie brachten ihr Essen mit und zogen sich, wenn sie nicht benötigt wurden, gegebenenfalls auch irgendwo in einem Kämmerchen oder auf einer Matratze in einer Ecke des

Flurs zurück. Mit Händen und Füßen versuchten wir ihr verständlich zu machen, uns doch bitte für die Nacht wärmeres Bettzeug zu besorgen. Aber es klappte nicht so recht - unser Russisch war seit Schulabschluss zu einem kläglichen Rest zusammengeschmolzen und das war definitiv fürs raue Leben nicht genug.

„Davay, los, komm!" Anja drängte die Frau buchstäblich in unser Zimmer. Ich warf mich auf mein Bett, zog mir das dünne Laken über den Körper, zitterte erbärmlich und rief dabei „njet!", njet!" Dieses absurde Schauspiel sah sich die gute Seele eine Weile an und dann begann sie zu lachen und konnte sich kaum mehr beruhigen. Und nun versuchte sie uns ihrerseits verständlich zu machen, dass die Septembertemperaturen in Alma Ata am Tage bei 30 Grad und manchmal auch höher lägen und wir während der Nacht froh über jede Abkühlung wären.

Das mit dem Leintuch war damit vorerst geklärt. Aber rasch ergab sich das nächste Problem. Ich musste mal „für kleine Mädchen" und folgte bei der Suche nach einer Toilette meinem Instinkt. Als ich die Türe geöffnet hatte, bot sich mir ein schockierender Anblick und ich brüllte los:

„Anja!! Komm schnell!"

Der Raum war von dem Anspruch auf Charme weiter entfernt, als wir von Berlin!

„Geht man in Kasachstan in die Dusche, wenn man aufs Klo muss?" rief ich entsetzt.

Meine Kollegin Anja kannte sich mit zentralasiatischen Toilettengewohnheiten bereits aus.

„Das ist ein Stehtoilette, Dummerchen!"

„Und wie soll das mit dem Stehen gehen? Soll ich mir wohl ans Bein pinkeln?"

„Wenn du dich nicht nassspritzen willst, musst du leicht in die Hocke gehen! Ein Bein nach rechts, das andere Bein nach links spreizen und dann versuchen, das Loch im Boden zu treffen!"

Ich musste inzwischen dringend und einen Versuch war es wert. Obwohl der Vorgang alles andere als bequem war, klappte es nach einigen Notabbrüchen wegen Wadenkrämpfen auch bei mir. Heute ist mir klar, dass dies in Anbetracht der schwierigen hygienischen Lage in jenen Ländern mit heißen Sommern und sehr kalten Wintern eine sehr praktische und einfache Lösung war.

Nachdem alle Probleme zur Zufriedenheit gelöst waren, konnten wir am nächsten Morgen kurz auf Stadtbummel gehen, bevor die Proben für unseren ersten Auftritt anstanden. Gerne erinnere ich mich an die vielen „Aryks", Bäche mit klarem, kaltem Gletscherwasser aus den Bergen, die fast jeden Boulevard und jede Allee begleiteten und die trotz der heftigen Sonneneinstrahlung für ein angenehmes Stadtklima sorgten. Beeindruckend fand ich vor allem die Sofienkathedrale aus dem Jahre 1907. Dieser Dom ist eines der größten hölzernen Bauwerke der Welt und sieht mit seinen Farben und Ornamenten einem alten russischen Palast ähnlich. Alma Ata war schon immer stark erdbebengefährdet und große Holzbauten leiden bekanntlich am wenigsten darunter.

Anja und ich besuchten auch einen der größten Basare Zentralasiens, Baracholka. So etwas hatte ich noch nie gesehen und werde es auch vermutlich nie wieder zu Gesicht bekommen. Es wurde praktisch alles angeboten, was man sich vorstellen oder auch nicht vorstellen kann. Als Enkelin eines Schneiderehepaars interessierte ich mich natürlich insbesondere für den Stoffmarkt – ein Paradies für Liebhaber bunter Farben und Motive.

Unsere Auftritte fanden im Stadion statt. Zu jener Zeit waren ausländische Gruppen, die westliche Musik und moderne Tänze zeigten, bekanntermaßen auf dem Boden der UdSSR ein relativ seltenes Ereignis. Unser Programm hieß "Schlager heute." Kaum hatten unsere Musiker die Bühne betreten und den Eröffnungshit gespielt, schwappte eine riesige Welle der Begeisterung von den Stadiontribünen zu uns auf die Bühne herüber. An den Abenden herrschten noch Temperaturen um die 25 Grad, die Zikaden zirpten unermüdlich und viele unbekannte Gerüche lagen in der Luft. Zwei Stunden unterhielten wir unser Publikum mit den neuesten, aus Ost und West stammenden Musikstücken, und meine Tanzgruppe lieferte die Show dazu. Natürlich durfte am Ende unserer Darbietung das große Beatles-Potpourri nicht fehlen. Ein nicht enden wollender Applaus und „Zugabe"- Rufe waren das Dankeschön für unsere Anstrengungen.

Diese Erlebnisse sollten ein Vorgeschmack sein auf alles, was mir an Reizvollem noch bevorstand und die Tage vergingen wie im Flug.

Dann mussten wir schon wieder packen.

Mit einer uralten dreistrahligen Tupolev, nach zahlreichen Unglücken scherzhaft „Fliegender Sarg" genannt, ging es weiter nach Taschkent, der Hauptstadt Usbekistans. Der ca. 20 km außerhalb der Stadt liegende Flughafen war durch das Erdbeben von 1966 beschädigt worden und präsentierte sich wenig ansehnlich. Auch Taschkent selbst war durch das Erdbeben stark in Mitleidenschaft gezogen und mittels russischer Hilfe im Wiederaufbau begriffen. Leider konnte man das gut erkennen, als wir uns, vom Flughafen kommend, mit dem Bus der Stadt näherten. In den Außenbezirken wechselte sich monumentale, ja zum Teil bizarre Sowjetarchitektur mit Denkmälern ab, die dem kommunistischen Fortschritt huldigten. Der Kontrast zur Altstadt, in der der Fünf-Jahres-Plan für den Wiederaufbau ebenfalls in vollem Gange war, war sehr groß! Leider waren zu meinem Bedauern auch hier viele Sehenswürdigkeiten beschädigt und eingerüstet. Aus diesem Grunde gab es für uns nur wenig Interessantes zu sehen!

Unsere Gruppe verzichtete daher auf die obligatorische Stadtführung, die im Ostblock in den allermeisten Fällen ähnlich ablief, nämlich mit einem Hohelied auf die Sowjetunion und seiner antiken und modernen Helden. Die für uns wirklich interessanten Sehenswürdigkeiten wie Moscheen oder Koranschulen, Opernhäuser oder Gärten, historische Lokalitäten und dergleichen konnten wir uns auch selbst erschließen. Es gab eine Straßenbahn, deren Benutzung zu einem lächerlichen Preis möglich war. Und obwohl die Waggons ausgesprochene Rumpelkisten waren, kamen wir stets dorthin, wohin wir wollten. Ein Anziehungspunkt für mich waren die Teehäuser neben den Boulevards oder in kleinen Grünanlagen. Meist war dies ein etwa 50 cm hohes, mit Tüchern überdachtes Podest auf Stelzen, belegt mit orientalischen Teppichen. Auf niedrigen Tischchen befand sich das Teegeschirr, davor hockten im Schneidersitz Männer in Pluderhosen mit Kappen auf dem Kopf, rauchten, redeten und schlürften mit orientalischem Gleichmut ihren Tee. Ich machte mir so meine Gedanken. Dass orientalische Männer unter 60 dem Müßiggang frönten, während fast alle Frauen in der DDR arbeiten mussten, berührte mich unangenehm!

Andererseits wurden wir freundlich gebeten, wieder zu gehen, als ich es mit Anja wagte, mit unseren knielangen Kleidern an einem Tischchen Tee zu ordern. In orientalischen Sitten unerfahren wie wir beide waren, hätten wir vermutlich für einen Aufstand der streng religiösen alten Männer gesorgt, also zogen wir rasch wieder ab.

Als wir weitergingen, begegneten uns zwei Frauen, die uns mit bösen Blicken von oben nach unten musterten, um dann in ihrer Landessprache laut zu fluchen und uns zu bespucken. Erschrocken und peinlich berührt machten wir uns so schnell wie möglich aus dem Staub. Offensichtlich hatte man Anstoß an unseren Mini-Kleidchen genommen. Wieder etwas dazugelernt!

Die alten Koranschulen aus dem Mittelalter hätten wir gerne von innen gesehen, doch sie waren für uns „Ungläubige" leider tabu.

Weiter sollte es nach Duschanbe in Tadschikistan gehen.

Unser Propellerflugzeug, das etwa 40 - 50 Passagiere fasste, wurde auf dem Taschkenter Flughafen abgefertigt, rollte auf das Flugfeld und blieb dort stehen. Nichts rührte sich mehr. Die Zeit verging und wir wurden langsam unruhig, denn bei Kurzflügen mit kleineren Maschinen wurden in der Kabine nicht nur Personen befördert, sondern auch Nutztiere in Rucksäcken und Körben mit auf die Reise genommen. Die Klimaanlage, sofern es überhaupt eine gab, war defekt oder nicht angestellt und in der Kabine wurde es langsam unerträglich heiß und stickig. Auch der Gestank der Tiere wurde immer beißender. Unsere Maschine stand bereits über eine dreiviertel Stunde am Boden und wir wurden über den Grund der Verzögerung nicht informiert. Die schäbigen Sitze waren schmuddelig, die Kleidung klebte inzwischen an unseren Körpern und wir Mädels wedelten mit unseren Miniröcken, um unseren wertvollen Beinen etwas Luft zu verschaffen. Die Hühner gackerten, Enten quakten, kleine Kinder plärrten und das laute Sprachdurcheinander zerrte an meinen Nerven. Ich fragte mich, wie die Einheimischen es schafften, alles in solch stoischer Ruhe hinzunehmen.

Völlig derangiert kamen wir nach zweistündigem Flug am Flughafen von Duschanbe an. Ich lief matt mit den anderen Passagieren über das Flugfeld zur Passkontrolle und war verblüfft, dass offensichtlich niemand außer mir Anzeichen von Ermüdung oder Schweiß aufwies – im Gegenteil. Nach der Passkontrolle gab es in der kleinen Halle ein Riesenpalaver der Wiedersehensfreude mit Omas, Opas, Babys, Onkel, Tanten in einer für uns unverständlichen Sprache. Hühner, Enten und Kaninchen wechselten den Besitzer, Obst und Gemüse wurde durchgereicht – kurzum, diese Herzlichkeit in Gesten und Worten in einem Clan mitzuerleben, das war für mich schon eine neue und großartige Erfahrung.

Wie immer brachte man uns mit dem Bus in ein sehr gutes Hotel, das für die nächsten Tage unser Zuhause sein sollte. Anja und ich erhielten sogar eine Suite.

Mein erster Gedanke war, sofort unter die Dusche zu springen. Denn schon während des Fluges und der Busfahrt hatte mich ein seltsames Jucken im Intimbereich gequält. Erst unter der Dusche wagte ich, mich genauer zu betrachten. Ich war übersät mit dunklen Punkten, die sich inzwischen schon auf meinen Oberschenkeln breitgemacht hatten. Voller Schrecken rief ich nach Anja. Auch sie war im Flieger von irgendwelchen Biestern gebissen worden. Aufgelöst riefen wir unseren Chef an und wurden daraufhin umgehend von einem Dolmetscher zur Hotelärztin begleitet.

Laut Diagnose der Ärztin hatten wir beide uns auf dem Flugzeugsitz Filzläuse eingefangen! Daraufhin sollten wir mit einer stark riechenden, lilafarbenen Tinktur eingepinselt werden. Irrwitzig dabei war, dass die Konzertleitung darauf bestand, dass die farbige Flüssigkeit keinesfalls über die Höschen unsres Abendkostüms hinausreichen und eventuell unsere Po- und Oberschenkelhaut mit lila Farbe verunzieren durfte. Daher sollten wir unsere Kostümhöschen anziehen und die Ärztin malte deren Kontur auf unserer Haut mittels eines Ölkreidestifts nach, bevor gepinselt wurde. So etwas hatte sie bestimmt in ihrer beruflichen Laufbahn auch noch nie gemacht! Drei Tage hintereinander musste diese Prozedur durchgezogen werden, dann war unser Martyrium zu Ende und die Biester fielen einfach ab. Sie hinterließen auf der Haut winzig kleine Löcher.

Der Vorfall wurde vertuscht, denn dieses Vorkommnis bei ausländischen Gästen war den Veranstaltern ausgesprochen peinlich. Anja und ich durften nicht über den Vorfall sprechen. Das war für uns kein großes Problem, denn noch waren wir unverdorben und flexibel genug, um locker über solche Vorkommnisse hinweg zu gehen.

In Duschanbe feierte ich meinen 30. Geburtstag und wie schön, es war ein arbeitsfreier Tag. Ich beabsichtigte, alle meine Kollegen einzuladen und es sollte ein besonderer Abend werden. Schon recht früh am Tag bat ich einige Kolleginnen, mit mir auf den Markt zu gehen, um alles Nötige für das abendliche Fest zu besorgen.

Welch' ein Gewusel!

Exotische Gesichter drängten sich an uns vorbei, Frauen in wunderschönen Trachten, Männer mit allen möglichen Kopfbedeckungen, dazwischen immer wieder die Händler, die durch lautes Zurufen ihre orientalischen Leckereien feilboten. Das war derart verwirrend, dass ich mich kaum entscheiden konnte, was ich zuerst kaufen sollte. Zu groß war das Angebot an noch nie gesehenen, geschweige denn gegessenen Delikatessen: Datteln, Feigen, Trauben, kandierte Früchte, unbekannte Käsesorten, abenteuerlich aussehende und streng riechende Würste aus irgendeinem Fleisch, Gewürze, die mir fast die Sinne raubten, viele verschiedene Brotsorten, honigtriefendes Gebäck, die Vielfalt nahm einfach kein Ende. Plötzlich tat sich ein riesiger Melonenberg vor mir auf. Wassermelonen waren für DDR-Bürger etwas Seltenes und Köstliches zugleich und hier lagen sie auf einem riesigen Haufen herum. Ich beobachtete einige Männer, die sich beim Kauf sehr viel Zeit nahmen, um die reifste Melone zu finden. Sie schnippten den Mittelfinger gegen die Frucht und nur, wenn die Melone den richtigen Klang besaß, war sie reif und süß. Ich bemühte meine kläglichen Russischkenntnisse, aber niemand wollte oder konnte mich verstehen. Es gelang mir aber trotzdem, dem Händler klar zu machen, für mich die wohlschmeckendste Melone zu finden. Noch viele weitere Köstlichkeiten des Landes landeten in unseren Körben und schwer bepackt, aber hochzufrieden, fuhren wir per Taxi zurück in unser Hotel.

Ich hatte mir vorgenommen, meine Gäste auf dem großen Balkon unserer Suite zu bewirten und schleppte alle mir zur Verfügung stehenden Kissen und Decken heran, um den Balkonboden zu bedecken. Dann schmückte ich das Balkongeländer mit bunten Papierblumen und stellte viele Kerzen auf. Die wunderschöne, für unsere Ohren wohlklingende einheimische Musik aus dem Radio sollte das Ambiente abrunden.

In warmer Luft unter sternenklarem Himmel ließen es sich meine Gäste gut gehen. Nachdem ich die vielen Gratulanten überstanden hatte, aßen sie alle mit großem Appetit und tranken viel, und so manche gut erzählte, lustige Begebenheit aus unserem Tournee-Alltag wurde von lautem Gelächter begleitet. Erst als der Morgen dämmerte, kamen wir in unsere Betten, und wir waren uns alle einig: Das war eine ausgesprochen schöne und fröhliche Geburtstagsfeier gewesen! Noch heute nach so vielen Jahren erinnere ich mich mit großer Freude daran.

Unser nächster Auftritt führte uns rund 1300 km nach Westen in die Hauptstadt Turkmeniens, Ashgabat.

Architektonisch war die Metropole für mich etwas enttäuschend, da die meisten historischen Gebäude der Stadt dem Erdbeben von 1948 zum Opfer gefallen waren. An der historischen Seidenstraße gelegen, hatte die Oasenstadt außer der üblichen Personenkultarchitektur wenig zu bieten. Viele schöne Gebäude in den Grundfarben Marmor und Gold, die heute das Stadtbild prägen, gab es damals noch nicht.

Dafür lockte die Wüste Karakum. Ein Ausflug mit Bus und Reiseführer machte es möglich, dass ich zum ersten Mal in meinem Leben eine Wüste sehen durfte. In den Sechzigerjahren war der von Russland gebaute Karakumkanal fertiggestellt worden, der Wasser vom Aralsee über eine Strecke von fast 1500 km nach Ashgabat leitet und damit den Anbau von Reis und Baumwolle mitten in der Wüste ermöglicht. Was mir damals sehr imponierte, würde ich heute als Todsünde an der Umwelt ansehen! Das Wasser des Kanals geht wegen der starken Verdunstung in der Wüste und wegen baulicher Mängel des Kanals zu mehr als der Hälfte nutzlos verloren und wegen der hohen Wasserentnahme ist der Pegels des Aralsees inzwischen um mehr als 40% gesunken.

Als ich mir, geweckt von den Sonnenstrahlen, die in unser Hotelzimmer fielen, die Augen gerieben hatte, sah ich auf dem Teppich in unserm Hotelzimmer einen länglichen Körper liegen, der am Abend davor hier noch nicht gelegen hatte. Vorsichtshalber rieb ich mir nochmals die Augen, und erkannte in dem Körper meine Zimmergenossin Anja.

Das Gesicht vom gestrigen Makeup noch reichlich verschmiert, die Perücke mit den langen blonden Haaren, die sie manchmal trug, wenn sie abends ausging, schief auf dem Kopf, die künstlichen Wimpern noch angeklebt, so schlief sie mit halb geöffneten Mund tief und fest. Anscheinend hatte sie ihr rettendes Bett nicht mehr erreicht! Das passierte – im Gegensatz zu mir, die ich meinen Schlaf benötigte und auch nicht sonderlich trinkfest war - bei Anja ab und zu. Deshalb wunderte ich mich auch nicht und ließ sie, weil ich aus Erfahrung wusste, dass sie vor dem Mittag voraussichtlich nicht ansprechbar war, einfach liegen und stieg vorsichtig über sie hinweg. Sie würde mir schon noch erzählen, was heute Nacht wieder los gewesen war.

Nachdem sie geduscht hatte und nach der dritten Tasse starken Kaffees kehrte Anja langsam wieder in die Realität zurück.

„Dado ist wieder da!"

„Wer?" Ich hatte den Namen noch nie gehört!

„Dado ist ein aberseipanischer Oli..- Dings, ein reicher."

„Anja, ich versteh' kein Wort, ein was?

„„Hab' ich dir doch gerade gesagt – aus Aberseitsch...- aus Baku!"

„Aus Aserbeidschan?"

„Sag ich doch!"

„Und was ist er?"

„Ein Champagner-Fuzzi!"

„Ist er ein reicher Oligarch?"

„Sehr reich!"

„Und was hat der mit dir zu tun?"

„Der besucht das Hansa-Ballett jedes Jahr und fliegt uns immer nach - mit seinem eigenen Flieger!"

„Warum macht er das?"

„Wegen mir!"

„Wegen dir??"

„Natürlich gefällt ihm auch unsere Show. Aber weil ich blond bin, will er unbedingt mit mir zusammen sein. Und damit er an mich rankommt, muss er immer die ganze Truppe einladen!"

Anja wirkte belustigt. Davon hatte mir noch niemand erzählt. Was lief da ab?

Dado war ein etwa 40 -jähriger, schwerreicher Geschäftsmann aus Baku. Er trug edelste Maßanzüge und sah gut aus. Vor allem durch den Handel seines Vaters mit Spirituosen war Dado zu Reichtum gekommen. Er hatte sich vor einigen Jahren bei einem Konzertauftritt der Truppe in Baku hoffnungslos in Anja verguckt, von der er annahm, dass ihre schönen langen blonden Haare echt seien. Seit diesem Tag war er bei jedem ersten Konzert dabei, das wir in einer Hauptstadt einer Sowjetrepublik gaben und flog uns mit seinem Privatflugzeug so lange nach, wie es seine Geschäfte zu ließen. In aller Regel lud er dann nach dem ersten Auftritt die ganze Truppe zum Essen ein und hielt sie mit seinem Champagner frei, indem er einfach für eine Nacht das ganze Lokal mietete und durchfeierte. Gleichgültig, um welches Lokal es sich handelte, Dado verfügte zu diesem Zweck über ein Netzwerk von Beziehungen, hin bis zu den höchsten Kreisen in Wirtschaft und Politik. Tagsüber war Dado nie zu sehen, da musste er vermutlich das Geld verdienen, das er nachts wieder ausgab.

Dies alles erzählte mir Anja in treuherzigem Ton und ich glaubte zunächst, sie würde mir Märchen auftischen.

„Du gehst doch nicht mit ihm ins Bett, damit es sich die Truppe gut gehen lassen kann?!"

„Ach wo, wo denkst du hin, da tut sich bisher nix. Der Claus passt immer auf mich auf und sorgt jedes Mal dafür, dass ich in mein eigenes Bett komme!"

Das mit dem eigenen Bett hatte Claus letzte Nacht offensichtlich nicht geschafft!

Nach unseren Auftritten in Ashgabat flogen wir weiter in das etwa 800 km Luftlinie entfernte Baku, dem wirtschaftlichen Zentrum und der Hauptstadt von Aserbaidschan.

Traumhaft am Kaspischen Binnenmeer und rund 30 Meter unter dem Meeresspiegel gelegen, war es hier im September mit durchschnittlich 25 Grad vom Klima her äußerst angenehm. Weniger schön empfanden wir den ölverschmutzten Strand, und Baden war leider nicht möglich.

Nachdem wir am späten Nachmittag unser Hotel in der Altstadt bezogen hatten, war es schon bald Zeit für unseren ersten Auftritt. Die Bühnentechniker montierten unser Equipment und die Instrumente, das Mischpult, die Mikrophone und die Lautsprecherboxen wurden angeschlossen. Dann folgte die Sprechprobe. Oh Gott, die Lautsprecherboxen funktionierten nicht, das war das Schlimmste, was passieren konnte. Sofort sprangen die Techniker wieder herbei, es wurde herumprobiert, Stecker gezogen, Schalter gedrückt, Stecker wieder eingeschoben - nichts! Inzwischen war es 20:00 Uhr und das Konzert sollte beginnen.

Geduldig warteten etwa 5000 vor allem junge Menschen in der Arena darauf, dass es endlich losging.

„Der Starkstromverteiler ist defekt!" stellte der Bühnentechniker fest. „Wir brauchen sofort einen neuen Verteiler"

Der aserbaidschanische Elektriker raste mit seinem Motorrad los und kam, nach einer Viertelstunde, den neuen Verteiler auf dem wackligen Gepäckträger balancierend und mit einer Zigarette im Mundwinkel einhändig fahrend zurück. Im Publikum war inzwischen Unruhe entstanden. Aber noch mussten alle Anschlüsse gesteckt und getestet werden.

Schon erschollen deutsche Rufe aus dem Publikum „Anfangen! Anfangen!"

„Tu was, Horst!" raunte Claus Chmura dem Chef der Band zu. Horst Krüger schnappte sich das erste Mikrophon, das Strom bekam und rief der Menge auf Deutsch zu:

„Wir begrüßen recht herzlich alle unsere Landsleute!"

Mehrere hundert junge Männer und Frauen begannen zu johlen. Baku war fest in ostdeutscher Hand! Es waren Studenten, die an der Technischen Hochschule Bakus studieren durften und die über unser Auftreten mehr als glücklich waren.

Unsere Techniker bekamen das Stromproblem in den Griff und wir gaben, nun hochmotiviert, eine tolle Vorstellung ab. Unser Publikum geriet außer Rand und Band. Nach etlichen Zugaben waren wir gründlich ausgepowert. Doch es gab noch kein Ende, denn der Andrang war groß und unsere Autogrammkarten gingen weg wie warme Brötchen.

Nachdem wir nach der Vorstellung erschöpft und müde in unser Hotel zurückgefahren waren, kam der Hunger. In der berühmten, mittelalterlichen, befestigten Altstadt Bakus gab es zahlreiche Restaurants, in denen man köstliche Kleinigkeiten zu sich nehmen konnte. Also kurz unter die Dusche, umgezogen und wieder raus ins pralle Leben! Einige unserer ostdeutschen Fans hatten vor dem Hotel auf uns gewartet und zogen mit uns los, denn es war üblich, dass in diversen Lokalen ab 23 Uhr eine Live Band für die Gäste zum Tanz aufspielte. Das Essen hatte uns wieder gestärkt. Wir waren voll einsatzbereit, tanzten die halbe Nacht mit unseren neuen Freunden durch und kamen wieder einmal erst frühmorgens in die Betten.

Die geplante Besichtigung des Wahrzeichens der Stadt, dem steinernen Jungfrauenturm und des Palasts der Schirwanschahs musste auf ein andermal verschoben werden, denn Tiflis, die Hauptstadt Georgiens, war unser nächstes Ziel!

Georgien war in den 70er-Jahren für Deutsche kein Reiseland. Eigentlich zu Unrecht, denn das Land ist wunderschön! Es liegt ebenfalls an der Seidenstraße und war schon immer Knotenpunkt vieler Karawanenrouten. Was die Reiselustigen möglicherweise störte, war die ausgeprägte Kriminalität und die Korruption in diesem Land.

Unsere Truppe wurde wie immer in einem sehr guten Hotel untergebracht. Es lag oberhalb der Altstadt und wir konnten leicht zu Fuß in das kopfsteingepflasterte alte Zentrum hinunterlaufen. Tagsüber hatten wir viel Zeit, um in das Getümmel von „Tiblissi" einzutauchen. Unsere Betreuer warnten uns davor, allein in die Innenstadt zu gehen

– Taschendiebe und Trickbetrüger hätten es vor allem auf die vermeintlich reichen Mitteleuropäer abgesehen. Doch wir waren aufeinander eingespielt und die Gruppe war unsere Familie. Meistens waren wir daher ohnehin gemeinsam mit „unseren Männern" unterwegs.

Die Georgier lieben ihre traditionelle Kleidung und so konnte man vor allem auf den Basaren gelegentlich junge und alte Frauen, aber auch Männer in ihrer herkömmlichen Tracht erleben, Wie edel und stolz diese Menschen doch aussahen! Die Frauen trugen ihre typischen, oben flachen Hauben, aus denen manchmal ein langer Zopf auf den Rücken fiel, dazu ein langärmliges Jäckchen und darunter einen knöchellangen schwarzen oder gemusterten Rock. Die alten Männer trugen stolz ihre „Tschocha", einen grauen oder schwarzen taillierten Kurzmantel mit einem Gürtel und darunter Stiefelhosen in Lederstiefeln.

Unsere Gruppe lief an einem Bretterzaun vorbei und wir erlebten Absurdes. Schon von weitem hörten wir das Geschrei aufgeregter Menschen. Neugierig geworden mischten wir uns unter sie. Und plötzlich tat sich innerhalb des Bretterzaunes eine Luke auf. Ein Paar beliebiger Schuhe wurden herausgereicht und ein Mann griff nach ihnen und schob einige Geldscheine durch die Luke, worauf diese schnell wieder geschlossen wurde. Der glückliche Käufer probierte rasch die Schuhe an, passten sie, war alles gut, und er verschwand. Passten sie nicht, dann reichte er sie einfach in der wartenden Menge zum Kauf weiter. Das Spiel wiederholte sich etwa jede Minute. Geradezu fassungslos sah ich zu, wie ständig das gleiche Modell, aber manchmal auch zwei linke Schuhe oder Schuhe in zwei verschiedenen Größen oder Farben herausgereicht wurden. Danach fingen die Glücklichen, die ein Schuhpaar ergattert hatten, mit der Tauschaktion an, bis jeder der Interessenten das richtige Paar besaß.

Ich kam mir in diesen Moment so unheimlich privilegiert vor – wie konnte man nur auf diese Weise Schuhe kaufen müssen?! Nun wurde mir klar, warum wir so oft von jungen Frauen auf der Straße angesprochen wurden, ob wir ihnen nicht eines von unseren Kleidungstücken verkaufen wollten.

Als „Schmuck-Elster" war es für mich fast Pflicht, den legendären Goldbasar zu besuchen, doch zwei Probleme machten es mir schwer. Erstens war das Angebot an Schmuck und Gold- und Silberwaren aller Art unübersehbar groß. Stände und Steinschleifereien reihten endlos aneinander, ohne dass irgendein System zu erkennen war. Zweitens hinderten mich die fehlenden Sprachkenntnisse, etwas zu kaufen und dabei, was ja Zweck der Sache gewesen wäre, einen guten Preis zu erzielen.

An einem Tag, wir hatten spielfrei, luden uns unsere Betreuer auf eine Busfahrt ins südwestliche Hinterland von Tiflis ein. Wir sollten zum Tzalka-Plateau im Trialeti-Gebirge im Kleinen Kaukasus gefahren werden. Im Gegensatz zum Großen Kaukasus, bei dem die Berge mit dem Elbrus bis zu über 5600 m in die Höhe ragen, befanden wir uns hier in einer mit Eichen und Buchen bewaldeten Hügel- und Berglandschaft. Auf dem Plateau liegt die Bezirksstadt Tetrizkaro, um die sich zahlreiche historische Sehenswürdigkeiten scharen, darunter die historische Stadt Samschwilde und die Kirche Pitareti, sowie eine mittelalterliche Festungsanlage.

Ich war nicht unbedingt ein Freund uralter Festungen – zu viele Menschen hatten hier schon gekämpft und ihr Leben grausam verloren. Wegen Land oder Gold, es war immer dasselbe!

Viel interessanter fand ich dagegen, als unser Tagesausflug langsam zu Ende ging, dass einer unserer Musiker etwas köstlich Riechendes an einem Stand am Straßenrand erschnupperte. Mitten im Nichts wurden die längsten Schaschlikspieße, die ich je gesehen hatte, auf einem offenen Feuer gegrillt. Spieße, auf denen sich ganze Knoblauchknollen, riesige Fleischstücke, Zwiebeln, und viele Scheiben uns nicht bekannter Gemüsesorten befanden.

„Sofort anhalten!!" rief der Kollege dem Busfahrer zu.

Diesem köstlichen Duft konnte keiner widerstehen. Selbst ich, der vor halbrohem Fleisch graute, vergaß alle meine Vorbehalte und langte stattdessen für wenige Rubel tüchtig zu. Es schmeckte einfach köstlich! Und so fand dieser Tag im Gebirge ein wunderbares Ende mit einem Festmahl vom Allerfeinsten. Über unsere Ausdünstungen auf der Rückfahrt im Bus und später im Hotel möchte ich jedoch an dieser Stelle den Mantel des Schweigens legen. In Georgien war Knoblauch eine normale Zutat zu fast jedem Gericht.

Wir flogen weiter nach Leningrad, wo wir einige letzte Konzerte absolvierten. Am Vormittag hatten wir üblicherweise frei und wieder nutzten wir diese Zeit, um die wunderschöne Stadt - heute wie ursprünglich St. Petersburg genannt - mit ihren imposanten Palästen anzusehen. Als Enkelin einer Malerin trieb es mich für einige Stunden in die

Eremitage. Ich stand vor den riesigen Gemälden von Rembrandt, van Gogh, Goya, Greco und vielen anderen bekannten Malern und fühlte mich plötzlich sehr klein und total unbedeutend.

Mit einem unserer Musiker-Kollegen ging es dann weiter auf Entdeckungstour. Eine Gruppe junger Russen wurde wegen unserer Kleidung auf uns aufmerksam und sie fragten uns wie üblich

„Wo kommt ihr her, was macht ihr?"

Gerne outeten wir uns als Künstler. Diese Menschen waren voller Begeisterung, wenn sie von unseren Konzerten hörten. Sie waren ja so ausgehungert, was Rock- und Popmusik anbelangte und moderne Schlagermusik war ihnen zur damaligen Zeit weitestgehend fremd. Sie machten uns den Vorschlag, gemeinsam in ein typisches Lokal zu gehen. Kunst macht hungrig und so gingen wir sehr gern mit den jungen Leuten mit. Es war ein recht gut besuchtes Gasthaus, aber einer unserer neuen Freunde machte es möglich, dass man uns einen freien Tisch anbot. Unser Russisch war nicht gut genug, um die Speisekarte lesen zu können und so bestellten die Burschen für uns. Zuerst für jeden von uns „Sto gramm vodka". Unsere Bedenken, dass wir keinen Alkohol trinken dürften, weil wir an diesem Tag noch eine Nachmittagsvorstellung hätten, wischten sie vom Tisch. „Druschba", auf die Freundschaft und einer geht noch! Dann zum Essen einige Vorspeisen, eine scharfe Suppe, Blinis, die russischen Pfannkuchen, jede Menge verschiedener kleiner Fleischgerichte, alles sehr knoblauchlastig und mit vielen anderen Gewürzen verfeinert. Natürlich wollten wir unsere Rechnung selbst begleichen.

„Wollt ihr uns beleidigen?" fragten sie uns.

Angeheitert vom Wodka lagen wir uns anschließend in den Armen und versprachen ihnen Freikarten für unser Konzert. Die Nachmittagsvorstellung begann um 15 Uhr und leider half auch der stärkste Kaffee wenig, um wieder ausreichend nüchtern zu werden. Gleich zu Anfang mussten wir Tänzerinnen auf sehr hohen Absätzen auf die Bühne und eine Girl-Reihe mit hohen Battementes war auch ohne Alkohol schon schwer genug. Mit Alkoholpegel dagegen war es fast ein Ding der Unmöglichkeit, das Bein gestreckt in Überkopfhöhe zu werfen. Waren die Beine meiner rechten und linken Nachbarin oben, dann fühlte sich mein eigenes Bein zentnerschwer an und befand sich stark in Verzug. Das blieb natürlich nicht unbemerkt und ich bekam großen Ärger, weil ich die Girl-Reihe „geschmissen" hatte. Die Standpauke meines Chefs ist mir bis heute in schlechter Erinnerung.

Die köstlichen Speisen die uns offeriert worden waren, hatten, wie gesagt, alle reichlich Knoblauch enthalten. Unser Posaunist, der mit von der Partie gewesen war, blies mit jedem Ton eine stattliche Knoblauchfahne von sich, die, gemixt mit Alkoholschwaden. über die Bühne waberte und die Tänzerinnen sowie die restlichen Musiker einhüllte.

Erst nach einer Flasche Wodka als Wiedergutmachung nach dem Auftritt waren die Musikerkollegen wieder versöhnt.

Solche netten Erlebnisse waren das Salz in der Suppe der täglichen Anstrengungen. In den späteren Erzählungen wurde die Knoblauch-Alkohol-Wolke auf der Bühne immer größer und die Heiterkeit darüber immer lauter.

Mit dem Nachtzug ging es von Leningrad nach Moskau zurück und von da aus erschöpft, aber glücklich, mit dem Flugzeug in das heimatliche Berlin.

Was ich auf diesen Reisen erfahren und gelernt habe, war einfach überwältigend. Die Menschen, die uns während der sechswöchigen Tour begleiteten, waren immer mit größtem Eifer und Stolz dabei, uns so viel wie möglich von den Städten, der Landschaft und von der Kultur ihres Landes zu vermitteln. Auch boten sie uns, wann immer es die Zeit erlaubte, die Möglichkeit, in den Nationaltheatern grandiose Ballett- oder Opernabende zu erleben. Wenn wir uns an einem solchen Abend aufhübschten und voller Erwartung das Theater betraten, hatte man eigens für uns immer in der ersten Reihe die besten Plätze reserviert. Und in der Regel konnten wir Solisten der Weltklasse erleben!

Fragten uns gewöhnliche Menschen auf der Straße aufgrund unserer europäischen Kleidung, von wo wir herkämen und was wir hier machen würden, dann versuchten wir den Leuten zu erklären, was das Hansa-Ballett und das Horst-Krüger-Septett so trieben und auszeichnete. Meist wurden wir interessiert gemustert und stets kam das bewundernde Erkennen: „Aaah, Artistka!" Die Kultur, so war mein Eindruck, hatte in diesen fernen Ländern einen viel höheren Stellenwert, und die Künstler wurden viel mehr beachtet und vor allem geachtet, als bei uns. Wie das heute im Zeitalter des Satelliten-Fernsehens ist, in dem beinahe in jeder Nomadenjurte ein Farbfernseher anzutreffen ist, vermag ich nicht zu beurteilen.

*

Als ich wieder zuhause bei Michael ankam, schien er mir über Gebühr zurückhaltend, ja sogar ein wenig unglücklich zu sein. Obwohl er ursprünglich mit meinem Engagement einverstanden war, so wollte er doch künftig solch eine lange Zeit nicht mehr von mir getrennt sein.

„Ich möchte nicht, dass du weiterhin mit dem Ballett unterwegs bist. Was du da machst, wird zu einer Gefahr für unsere Ehe!"

Natürlich hatte er recht! Ich wollte Michael nicht verlieren, hatte aber, was unser künftiges Zusammenleben betraf, andere Vorstellungen als mein Mann. Denn ich war inzwischen nicht mehr die kleine, anhängliche „dumme Jule", die für einen Mann alles getan hätte. Ich hatte unglaublich viel erlebt und ich hatte Blut geleckt. Ich wollte endlich etwas nur für mich tun und wollte mich selbst von meinem Ehemann, den ich liebte, nicht mehr verbiegen lassen. Hätte ich auf all das Schöne und Aufregende, das mir durch das Ballett geboten wurde, verzichten sollen? Was wäre die Alternative gewesen? Ich hätte Hausfrau werden können und unsere Kinder großgezogen, während mein Mann sich in der großen Welt des Fernsehens bewegt hätte. Das war für mich nach dem Erlebten keine Option mehr.

Gegen seinen Wunsch entschied ich daher, beim Hansa-Ballett zu bleiben!

Und so reihte sich für mich ein Gastspiel an das andere, während Michael in Berlin blieb und für den Deutschen Fernsehfunk arbeitete. Für ein paar wenige Tage kam ich jeweils zurück, brachte meine Klamotten in Ordnung, und hatte kaum Zeit, mich mit Freunden zu treffen. Aber so war mein neues Leben und nur das wollte ich haben! Michael begann nun, sich langsam von mir zu entfernen. Nächtelang diskutierten wir, wie es uns doch noch gelingen könnte, unsere Ehe mit unseren Berufen in Einklang zu bringen, und weil wir uns im Grunde immer noch sehr mochten, schoben wir eine Trennung immer wieder hinaus.

Ich hatte mir so sehr gewünscht, dass er mich verstehen könnte und mir einfach für eine gewisse Zeit mein neues Leben gönnen würde. Ich war ja fürs Ballett nicht mehr die Jüngste und würde ohnehin den Beruf nicht mehr lange ausüben können. Doch ich hatte mit meinen Plänen seine Pläne einer intakten Familie mit vielen Kindern durchkreuzt. Ich spürte, wie er mir zunehmend entglitt.

Und so kam unvermeidlich der Tag, an dem wir beide trotz all unserer Bemühungen feststellen mussten, dass es besser für uns wäre, uns zu trennen - zumal wir uns sicher waren, Freunde bleiben zu wollen.

Es dauerte nicht lange und ich hatte eine kleine Wohnung für mich gefunden Als wir 1970 das Gerichtsgebäude verließen, in dem wir uns scheiden ließen, fragte Michael:

„Und jetzt?"

Es war eine filmreife Situation! „Keine Ahnung!" sagte ich und wir beschlossen, erst mal einen Kaffee trinken zu gehen. Danach fuhren wir zu unserer Wohnung, setzten uns auf den Teppich und teilten brüderlich unser gesamtes Besitztum: Bettwäsche, Handtücher, Geschirr, alles, was die Wohnung enthielt. Dann umarmten wir uns, ich wünschte Michael ein Lebewohl, schnappte mein Bündel und fuhr zu meiner neuen Wohnung.

Friedlicher konnte man eine Ehe nicht beenden und ich begab mich auf den Weg zu neuen Abenteuern mit meinem Ballett.

*

Im Februar 1971 arbeitete das Hansa-Ballett für vier Wochen in der Lucerna Bar in Prag. Ich konnte mein neues Leben immer noch nicht so recht fassen. Obwohl es kalt war, bewunderten wir in unserer Freizeit die „Goldene Stadt" und bummelten gemeinsam durch die Altstadt über die Karlsbrücke zum Hradschin. Wir wärmten uns im U-Fleku bei einem deftigen Gulasch mit Knödeln und einem Schwarzbier wieder auf, shoppten uns bis zum Wenzelsplatz durch diverse Klamottenläden, bewunderten danach die uralte Astronomische Uhr am Altstädter Ring und die Veitskirche. Oft fragte ich mich morgens beim Aufwachen, ob das alles nur ein Traum sei! Eine bessere Zeit war für mich angebrochen und damit ein Leben voller neuer Eindrücke, interessanter Kollegen, Applaus und gutem Honorar. Bei jeder Probe und bei den abendlichen Vorstellungen kniete ich mich so richtig rein, wollte ich doch mindestens ebenso gut sein wie meine Kollegen, wenn nicht besser.

Das „Lucerna" kennt man heute nur noch als Diskothek, vor allem für die jüngere Generation. In den 70er-Jahren war sie dagegen als Varieté und Edel-Nachtbar bekannt und jenem Publikum vorbehalten, das über ausreichend Devisen verfügte. Wir spielten aus diesem Grund fast immer vor Besuchern aus dem westlichen Ausland.

Die Nachtprogramme waren international mit Sängern, Artisten, Illusionisten und mit uns als Ballett besetzt. Es wurde von uns erwartet, dass unser Programm im Stile des Deutschen Fernsehballetts modern getanzt und opulent ausgestattet wurde. Unsere Kostüme entsprachen daher stets den neuesten Trends der Showszene. Alles was die Truppe zu tragen hatte, wurde eigens für uns in der Schneiderei im Friedrichstadt Palast Berlin angefertigt. Unser Fundus bestand bei diesem Hintergrund aus den aufwendigsten Kostümen, die wir während der Show in unserer kleinen Garderobe jeweils so rasch wie möglich wechseln mussten. Natürlich waren sie auf eine Weise gefertigt, dass ein Kleiderwechsel unkompliziert vor sich gehen konnte, denn wir hatten aus Kostengründen bei solchen Gastspielen keine eigene Garderobiere und daher keinerlei Hilfe. Meist blieben uns nur wenige Minuten für einen kompletten Umzug und wir halfen uns, falls einmal eine Kollegin Schwierigkeiten bekam, gegenseitig. Denn ab und zu musste noch ein riesiger Federnkopfputz mit gefühlt einem Dutzend Haarklammern an der Perücke befestigt werden. Zwischen Bergen von Perücken verschiedenster Farben und Ausprägung, Straußenfedern, Höschen, Netzstrumpfhosen, weißen Stiefeln, roten Stiefeln, Pumps, Fellmützen und langen weißen Handschuhen war das alles andere als eine leichte Aufgabe und für die Akteure Stress pur.

Aber gleichgültig wie anstrengend das alles war: Der Applaus war uns immer der schönste Lohn.

Eines Abends machte das Gerücht die Runde, dass als krönender Abschluss des Abendprogramms zu später Stunde eine Stripteasetänzerin auftreten sollte. Als Landei und streng erzogen, war ich so schockiert, dass ich es fast nicht glauben konnte. Wir befanden uns doch in einem sozialistischen Land! Wurde so etwas überhaupt geduldet? Und wie konnte eine Frau es wagen, sich völlig unbekleidet fremden Leuten, die Mehrzahl davon Männer, zu zeigen?

Meine Kollegin Anja sah das weit weniger eng als ich.

„Willst du sie sehen?" fragte sie mich.

Natürlich wollte ich! Als der Zeitpunkt gekommen war, nahm sie mich an der Hand und führte mich hinter die Bühne. Sie schob den Vorhang nur wenige Zentimeter auseinander, so dass ich - zappelig vor Erwartung - durch einen kleinen Schlitz auf die Bühne sehen konnte.

„Leyla - die Persische Prinzessin" war keine gewöhnliche Frau – sie war eine Erscheinung. Schlank und langbeinig, auf hohen Absätzen! Das volle schwarze Haar reichte ihr bis zu den Hüften und ihre schwarzen Augen schimmerten unergründlich in einem feingeschnittenen Gesicht - für mich war sie in diesem Augenblick eine der schönsten Frauen der Welt! Mit größter Anmut sich lasziv zu arabischen Klängen bewegend, zog sie gekonnt langsam ein Kleidungsstück nach dem anderen aus und warf es elegant von sich. Fasziniert fragte ich mich die ganze Zeit, ob Leyla es zum Schluss wagen würde, ihr winziges Höschen auch noch auszuziehen und hielt den Atem an. Ich traute meinen Augen nicht, als sie das kleine Nichts plötzlich blitzschnell und geschickt zu Boden fallen ließ. Im gleichen Augenblick wurde die Bar für wenige Sekunden in völlige Dunkelheit gehüllt und als das Licht wieder anging, war Leyla verschwunden. Der Beifall war verdient und wollte nicht enden.

Ich war seltsam aufgewühlt. Als junge Frau, die eigentlich prüde erzogen worden war, fand ich das Gesehene in keiner Weise obszön. Ich hatte den Auftritt als echte Kunst empfunden!

Die Frauen, die spät am Abend die Bar bevölkerten und sich wie Gäste bewegten, waren durchwegs bildhübsch und sehr gepflegt und schon von weitem erkannte man, dass alles, was sie am Leibe trugen, aus dem Westen stammte. Raffinierte Kleider, elegante Schuhe, edler Schmuck - sie besaßen alles, was sich eine ostdeutsche Frau nur in ihren kühnsten Träumen wünschen konnte.

Es waren Edelhuren, die zur Lucerna Bar gehörten und die sich von reichen und/oder einflussreichen westdeutschen Männern aushalten ließen.

Ich hatte überhaupt keinen Anlass, den moralischen Aspekt ihres Daseins zu beurteilen, denn Prostitution gibt es, seit es Menschen gibt. Und wenn man die Prostitution nüchtern betrachtet, so war ja der Bedarf zuerst da und dessen Befriedigung war nur die Folge. Ich beneidete diese Damen auch nicht wegen ihres Lebensstandards.

Ich dachte mir nur: „Wenn du als Frau in deinem Beruf nur auf „das Eine" reduziert wirst: Was für ein elender Job!" Da gefiel mir mein eigener Beruf tausendmal besser!

Den Sommer 1971 verbrachten wir zwei Monate in Budapest. Jede von uns Mädels hatte sich im I. Budapester Bezirk eine private Unterkunft gesucht und zur abendlichen Vorstellung auf der Margareteninsel mitten in der Donau war es nicht weit. Zum Übersetzen benutzten wir die

Fähre, die im ständigen Einsatz hin und her pendelte. Wieder einmal waren wir Teil eines Programms mit vielen internationalen Künstlern.

In der reichlichen Freizeit, die uns nach Proben und Vorstellungen noch blieb, erkundeten wir die wunderschöne Stadt. Wir schlenderten über die Kettenbrücke am Parlament vorbei, stöberten in der Vaci-Utca, der Fußgängerzone Budapests, sowie in den keinen Buchläden, in denen man sogar Schriftsteller wie Heinrich Böll, Wolfgang Borchert, Stephan Zweig, und Günter Grass für wenige Forint kaufen konnte. Ein neues Leseerlebnis tat sich auf, das uns in der DDR verwehrt war.

Der Palast der Burg von Buda bot eine wunderbare Aussicht! Von hier aus konnte man den schönsten Ausblick auf die Sehenswürdigkeiten Budapests genießen. Wieder in der Stadt belohnten wir uns im „Ruszwurm", einer der ältesten Konditoreien der Stadt, mit einem „Gedeck". Das wohl imposanteste Gebäude des Pester Donauufers war das im neugotischen Stil erbaute Parlament. Was für ein gewaltiger Bau!

Im Winter 1971 gastierten wir zum zweiten Mal in Budapest und es war leider bitter kalt. Überall wurde in den Straßenbahnen mit Schildern vor der Influenza gewarnt. Ich machte mich schlau und erfuhr, dass es sich bei dem Grippevirus, der grassierte, um eine besonders gefährliche Form handelte. Wir Tänzerinnen durften keinesfalls krank werden und wir beschlossen ein Programm zu Stärkung unserer Immunabwehr.

Dreimal in der Woche lief ich durch die Stadt zum Gellert-Bad, dessen „wunderwirkende Quellen" schon von den Türken geschätzt wurden. Der herrliche, 1918 eröffnete Jugendstil-Bau des Heilbades hatte es mir angetan - wenn ich täglich schwimmen und einige Saunagänge machen würde, so dachte ich, müsste der Kelch an mir vorübergehen. Aber der Kelch tat mir den Gefallen nicht!

Ich hatte mich beim Chef unserer Truppe krankgemeldet und lag lange mit hohem Fieber im Bett meines Privatzimmers. Vermutlich dachten alle, ich käme bald wieder und niemand kümmerte sich um mich. Damals glaubte ich, sterben zu müssen. Nach einer Woche suchte mich dann doch noch eine beunruhigte Maria auf, um nach mir zu sehen. Ich hatte seit Tagen nichts gegessen und so gut wie nichts getrunken und war völlig dehydriert. Ich muss so erbärmlich ausgesehen haben, dass sie zu Tode erschrocken zu meiner Vermieterin lief. Die vollkommen überraschte Frau erklärte, sie habe sich nichts dabei gedacht, als sie mich tagelang nicht mehr gesehen hatte. Vielmehr glaubte sie, ich wäre, wie üblich mit meiner Truppe für einige Tage verreist. Maria bat sie, mir sofort eine Suppe zu kochen und sich fortan um mich zu kümmern, gegen ein Entgelt natürlich. Die kräftige Hühnerbrühe und spätere Mahlzeiten, sowie der Besuch eines verständigten Arztes brachten mich langsam wieder auf Genesungskurs. Nach drei Wochen stand ich, noch ziemlich wackelig, erneut bei Proben auf der Bühne. Dabei konnte ich mich auf den hohen Pumps kaum auf den Beinen halten – zu viel von meiner Kraft war auf der Strecke geblieben. Aber mein Arbeitgeber verhielt sich großzügig: Obwohl sie mich ersetzen mussten, erhielt ich meine Gage weiterhin.

Im Sommer 1972 wurden wir nach Warnemünde in das noch neue „Neptun" engagiert. Das Neptun, damals eine der berühmtesten Luxusherbergen der DDR, gibt es heute noch. Es gingen zwar Gerüchte um, das Hotel wäre ein Stasi-Projekt zur Ausspähung westlicher Gäste, aber das hatte uns nicht zu interessieren – wir mussten unseren Job machen. Im obersten Stockwerk des „Neptun" befand sich die legendäre Sky-Bar. Seinerzeit hochmodern, war sie mit halbrunden edlen Stühlen aus Federstahl ausgestattet. In der Mitte des Saales befand sich die Tanzfläche mit einer Glaskuppel. Wenn es dunkel wurde und die Kuppel sich öffnete, konnten die Gäste unter dem Sternenhimmel tanzen. Die Bar war nachts meist voll von Westgästen aus Wirtschaft und Politik, sowie vermögenden DDR-Bürgern und Funktionären, die die Kabarettprogramme mit Sängern, Artisten und darunter eben auch das in der DDR bekannte und geschätzte Hansa-Ballett genossen.

Dieser ungeheure Luxus in unserem eher tristen heimatlichen DDR-Umfeld haute mich fast um. Südfrüchte wie Ananas und Bananen, die wir nur vom Hörensagen kannten, waren zum Beispiel, ebenso wie der Ausschank von Krimsekt, fester Bestandteil des Frühstücksbuffets. Sobald wir unseren abendlichen Auftritt beendet hatten, bekamen wir allerdings zu spüren, dass wir in diesem speziellen Haus gleichwohl nur „gewöhnliches Volk" waren, denn sich in die Sky-Bar zu setzen, was die überwiegend männlichen Gäste vielleicht begrüßt hätten, war für uns streng verboten. Meine Kolleginnen und ich durften, nachdem wir uns abgeschminkt und umgezogen hatten, allenfalls die Diskothek im Keller besuchen. In blauen Jeans, weißer Bluse und flachen Schuhen fühlte ich mich dort auch wohler. Es hatte sich zur Gewohnheit entwickelt, dass die Besucher der Disco, wenn sie die breite Treppe zum Untergeschoss betraten, einen Pfennig die Treppe hinunterwarfen.

Die ganze Treppe war daher silbrig von Aluminium-Pfennigen bedeckt. Ich hatte so etwas vorher noch nie gesehen und empfand es als einen tollen Gag.

*

So manchen Sommer hatten wir das große Glück, in Bulgarien am Schwarzen Meer arbeiten zu können. In den 60er-Jahren hatte man in kurzer Zeit einen neuen Ferienort, das Seebad Albena, aus dem Boden gestampft. Dieser Ort konnte meines Erachtens in puncto Luxus und Sauberkeit nicht mit den anderen Ferienzentren, wie z.B. dem Sonnenstrand oder Goldstrand konkurrieren. Für unsere Balletttruppe war es trotzdem ein äußerst lukratives und erfreuliches Engagement. Das „Gorski Zar", im angenehm kühlen Wald Baltata im südlichen Teil des Seebad-Komplexes gelegen, sah eher einer modernen Kirche aus Holz ähnlich. An einem zentralen Turmgebäude aus Dreiecken waren außenseitig weitere dreieckige Dachgebilde angebracht. Eines davon bildete mit einem großen Tor den Eingang. Auch der Innenbereich war ungewöhnlich und originell mit Holzschnitzereien, Glas und Marmor ausgestaltet. Vier Monate lang traten wir darin jeden Abend ab 21.00 Uhr zusammen mit anderen Künstlern aus dem Ostblock auf. Das Hansa Ballett war zu jener Zeit so beliebt, dass wir später jeden Sommer aufs Neue engagiert wurden. Was war das für eine tolle Zeit! Wir wohnten in einem Hotel ohne Verpflegung und jeder von uns brachte einen kleinen Kocher von zu Hause mit, sowie Bratpfanne und Topf. Ein Mini-Tauchsieder durfte auch nicht fehlen. Denn es ging uns wie vielen Leuten, die sich längere Zeit im Ausland aufhalten müssen: So gut das bulgarische Essen in den diversen Lokalen auch war, irgendwann konnten wir Gegrilltes einfach nicht mehr riechen und begannen von unseren heimatlichen Einfach-Speisen zu träumen. Die Sehnsucht nach dunklem deutschem Brot, dick bestrichen mit Butter und Harzer Roller oben drauf oder ein einfaches Brot mit Schweinefett und Salz, wurde täglich größer. Und so kam meist nach wenigen Wochen der Tag, an dem wir ein paar Spiegeleier in die Pfanne schlugen, oder uns Spaghetti mit Tomatensoße zubereiteten und mit großem Appetit verzehrten. Diese einfachen Gerichte wurden für uns Mädels dann stets zum Festmahl.

Wir hatten den Tag, wenn keine Proben anstanden, zur freien Verfügung und verbrachten unsere Freizeit überwiegend am Strand. Nach drei Tagen Sonnenbad war ich knackig braun. Unsere Kostüme waren fast immer recht knapp und ein Sonnenbrand oder helle Stellen auf der Haut waren absolut nicht erwünscht. Meine Kolleginnen und ich fanden eine einfache Lösung dieses Problems: Wir hielten uns hinter dem streng abgeschirmten, 6 x 10 m großen Bretterverhau auf, der Eintritt kostete und offiziell als FKK-Strand bezeichnet wurde. Befürchtungen, einen Sonnenbrand zu bekommen, musste ich im Gegensatz zu meinen Kolleginnen nicht haben, denn meine ohnehin etwas dunklere Haut war gegen die Strahlung nahezu immun. Und das war gut so, denn einen Sonnenschutzfaktor 30 oder gar 50 kannte man damals noch nicht. Erstmals in meinem Leben erwies sich die Tatsache, dass ich einen Vater mit mexikanisch-indianischem Blut hatte, als Vorteil!

Unser Ballett absolvierte innerhalb des Abendprogramms sechs bis acht Auftritte. Ein Tanz jedoch durfte dabei nie fehlen. Dafür sorgten schon unsere russischen

„Brüder und Schwestern", die, kaum dass sie Platz genommen hatten, im Chor „Kalinka, Kalinka" riefen. Doch sie mussten sich gedulden! Das Volkslied „Kalinka", getanzt als Kasatschok, gehörte natürlich zu unserem Repertoire, bildete aber in der Regel den Abschluss unseres Programms. Die Gäste des „Gorski Zar" stammten überwiegend aus der UdSSR und aus Westdeutschland. DDR-Bürger sah man im „Gorski Zar" dagegen nur selten. Dies hatte leider seinen Grund - sie konnten pro Tag maximal 20 Ostmark gegen ca. fünf Lewa tauschen. Dafür bekam man im Restaurant des „Gorski Zar" ein bescheidenes Fleischspießessen mit einem Glas Mavrud, dem herben, aber bekömmlichen Rotwein Bulgariens. Ein Besuch im Varieté hingegen war für einen DDR-Bürger fast unbezahlbar.

Beiden Volksgruppen, den Sowjetbürgern und den Deutschen, war das Lied natürlich gut bekannt. Wenn unsere männlichen Tänzer mit vor der Brust gekreuzten Armen die Absätze ihrer Stiefel zusammenschlugen und mit der sogenannten „Prisjadka", dem Wechselsprung zwischen gestrecktem und angewinkelten Bein aus der Hocke über die Bühne stürmten, war im Publikum die Hölle los. Ohne zwei bis drei Zugaben ließ man uns an keinem Abend von der Bühne. Danach war unsere Truppe immer völlig erschöpft. Noch in der Garderobe hörten wir das Publikum skandieren: „Kalinka, Kalinka, Kalinka..."

Eine bulgarische Folklore-Gruppe mit großartigen Tänzern in wunderschönen Kostümen und sehr temperamentvollen Tänzen rundeten abendlich das Programm ab. Sie eröffneten und beschlossen stets das gesamte Abendprogramm. In den vier Monaten unserer Zusammenarbeit wuchsen diese Tänzer und wir zu einer großartigen Truppe zusammen. So manches kleine Fest schloss sich spät abends noch an. Wir lernten recht schnell die nötigsten bulgarischen Wörter und Begriffe, um uns mit den Kollegen, mit viel Zeichensprache untermalt, verständigen zu können. Wie schön war es dann, wenn wir ein Jahr später die Truppe jeweils wiedersahen und uns lautstark und mit vielen Umarmungen begrüßten.

Nach einigen Wochen in Albena bekam unser Chef ein Angebot für einen zweiten täglichen Auftritt in einer Bar am Goldstrand und damit war es mit den „Festchen danach" natürlich zu Ende. Nach dem Auftritt im „Gorski Zar" rafften wir schnell unsere Kostüme, Schuhe und Perücken zusammen und eilten zu dem wartenden Kleintransporter, der uns zu dem etwa 30 km entfernten Goldstrand beförderte. Die Fahrt durch die späte Nacht glich auf der gefährlichen unbeleuchteten Uferstraße jedes Mal einem Höllenritt. Entgegenkommende Schrott-LKWs mit nur einem oder auch keinem Scheinwerfer, unbeleuchtete Motorräder und Tiere auf der Straße, ganz zu schweigen von Horror-Fahrern ohne oder mit gefälschtem Führerschein, machten unfallfreies Fahren auf dieser Straße zu einem Lotteriespiel. Unser zusätzliches Honorar war angesichts der Gefahren und unserer Angst schwer verdientes Geld.

Wenn wir dann endlich irgendwann am frühen Morgen in unsere Betten fielen, brachte ich manchmal kaum noch die Disziplin auf, mich gründlich abzuschminken.

Da unsere Gagen mehr als zufriedenstellend ausfielen, konnten wir nach jedem Sommer viele gute Lewa auf unser GENEX-Konto überweisen. Und weil wir gut verdienten, horteten wir auch manchmal Geld vorübergehend in unserem Hotelzimmer, was immer mit großem Risiko behaftet war. Safes gab es natürlich nicht. Täglich dachten wir uns neue Verstecke aus. Meine Kollegin Maria war die sparsamste von uns allen. Sie hockte gewissermaßen auf ihrem Geld. Ging die Truppe mal gemeinsam zum Essen, bestellte sie grundsätzlich für sich kein Gericht. Sie trank ganz bescheiden ein Wasser, und wenn einer von uns auf seinem Teller etwas übrigließ, fragte sie mit ihrer piepsigen Stimme:

„Meine Liebe, isst du das nicht mehr?"

Lautete die Antwort: „Nein, ich bin satt!", dann schnappte sie sich den Teller und, kaum hatte man sich versehen, waren die Reste auch schon aufgefuttert.

Eines Tages jedoch, wir waren gerade vom Strand gekommen, kam uns Maria weinend und wehklagend schon auf dem Flur entgegen. Sie hatte ihr gesamtes Geld unter dem Teppich ihres Hotelzimmers versteckt. Auch sie war wohl unterwegs gewesen und als sie Stunden später zurückkehrte, schwammen ihre vielen schönen Lewa nicht nur im Zimmer herum, sondern hatten sich auch ihren Weg in den Hotelflur gesucht.

Was war passiert?

In den Hotels gab es nicht jederzeit fließendes Wasser. Es konnte daher geschehen, dass das Wasser unerwartet für viele Stunden abgestellt wurde. Mit der Zeit stellte man sich darauf ein und wenn es morgens nicht möglich war, so erledigte man das Duschen halt am Abend. Und so musste es wohl gewesen sein, als Maria vormittags unter der Dusche stand und der Duschkopf nur tröpfelte. Leider schien sie vergessen zu haben, den Wasserhahn wieder zuzudrehen und verließ im Laufe des Tages das Hotel. Irgendwann wurde dann das Wasser wieder angestellt und floss und floss so lange, bis das Zimmer unter Wasser stand. Der Teppich, unter dem Marias Geld versteckt war, hatte sich schwimmend vom Boden abgehoben und das ganze Geld freigegeben, das nun im 10 cm hohen Wasser schwamm. Als die Putzkraft die Zimmertür öffnete, strömte ihr das Wasser samt Geld entgegen.

Natürlich halfen wir Maria, die Reste ihres Vermögens zu bergen, alles andere hatte sich „verflüchtigt". Wir spannten eine Wäscheleine quer durch ihr Zimmer und die Scheine durften, mit Wäscheklammern notdürftig befestigt, trocknen. Wenn ich ganz ehrlich sein soll, so tat mir Maria mit ihrem Geiz zunächst gar nicht so schrecklich leid.

Doch Maria hatte erneut Pech. Wir hatten einige Tage frei und flogen nach Berlin, wo wir beide wohnten. Maria besaß bei ihrer Mutter noch ihr altes Kinderzimmer. Warum sie den Rest ihres Verdienstes eines ganzen Sommers nicht sofort zur Bank brachte, habe ich nie verstanden. Fakt war, sie ließ das Geld bei ihrer Mutter und damit es nicht gestohlen werden konnte, versteckte sie es im Ofen. Als der Herbst kam, und die Abende kühler wurden, vergaß sie der Mutter mitzuteilen, dass sie ihre Scheine im Ofen versteckt hatte. Ihre liebe Mutti machte sich ein Feuerchen und Marias Erspartes ging in Flammen auf. Wir waren längst schon wieder in Albena, um den Herbst dort zu nutzen und zu arbeiten, als der Brief von Marias Mutti eintraf, in dem sie über das Missgeschick berichtete. Maria war außer sich und nun tat sie mir wirklich leid! Es schien auch noch andere zu geben, die die Bezeichnung „dumme Jule" verdienten!

Nach einem Zwischenengagement von vier Wochen im Staatszirkus der bulgarischen Hauptstadt Sofia wurden wir in der zweiten Julihälfte 1973, wie alle Künstler der DDR, nach Ostberlin beordert, um die „Weltfestspiele der Jugend" mitzugestalten. Unsere für eine Weltveranstaltung zu kleine Truppe wurde durch weitere, vom Metropol-Theater ausgeliehene Tänzer verstärkt. Es war gigantisch: An diesen Tagen war Ost-Berlin in eine bunte Farbenpracht gehüllt wie noch nie und voller Frohsinn und Heiterkeit. Junge Menschen aller Hautfarben trafen sich in Frieden und Freundschaft, und die Veranstaltung geriet zum „Woodstock des Ostens". Noch nie hatte ich auf dem Alexanderplatz so viele junge Menschen in Hippielook erlebt – es müssen Zehntausende aus aller Welt gewesen sein. In ganz Ostberlin waren auf allen Plätzen Bühnen aufgebaut, die größten davon auf dem „Alex". Wir traten innerhalb einer Großveranstaltung am Alexanderplatz auf und unsere Mitstreiter waren Künstler mit großem Namen. So traf ich zum ersten Mal Frank Schöbel, einen der bekanntesten Schlagersänger der DDR. Wie alle Frauen schwärmte ich für diesen smarten und sehr gut aussehenden Typen. Er war gerade von der Bühne gekommen und hatte seine großen Hits „Wie ein Stern in einer Sommernacht" und „Es war Gold in ihren Augen" gesungen, als ich praktisch in ihn oder er in mich hineinlief. Ich nutzte seine kurze Verwirrung und bat ihn um ein Autogramm. Da ich noch in meinem Kostüm vor ihm stand, beäugte er mich etwas genauer und fragte mich dann:

„Wer bist denn du? Gehörst du zum Hansa Ballett?"

Ich bejahte und dann plauderten wir ein paar Minuten. Frank war unkompliziert und freundlich und wurde mir von Minute zu Minute sympathischer, während mir gleichzeitig bewusst wurde, welch' Großer sich da in aller Gelassenheit mit mir unterhielt. Doch schon nach wenigen Tagen mit weiteren Auftritten musste unsere Truppe zurück nach Albena und wir verloren uns wieder aus den Augen.

Sein Autogramm habe ich aber heute noch!

*

Immer noch in Ostberlin klingelte es plötzlich Sturm an meiner Wohnungstür und als ich öffnete, sah ich zunächst nur Grün. Ich guckte und guckte, dann entdeckte ich unter all dem Grünzeug ein menschliches Wesen – es war Michael!

„Hallo Michael, was machst du denn hier? Komm rein!"

Michael machte einer weiteren Person Platz.

„Das ist Verena!"

„Hallo Verena!"

Das Grünzeug wurde in meiner Küche abgeladen und erst dann ergab sich die Gelegenheit, mir diese Verena näher anzuschauen. Whow! Was für eine Schöne! Jung, schlank, schwarzer Bubikopf, und wunderbare dunkle Augen. Erst auf den zweiten Blick erkannte ich, dass sie etwa im 8. Monat schwanger sein musste. Ich spürte keinerlei

Eifersucht und konnte meine Blicke kaum von diesem hübschen Geschöpf lösen. Beide waren völlig unbefangen und wir verbrachten einen netten Nachmittag zusammen. Später wurde Verena meine beste Freundin und wann immer ich Zeit hatte, übernahm ich gern das Amt einer Babysitterin. Michael wiederum hatte sich zur Aufgabe gemacht, dafür zu sorgen, dass immer die passenden Blumen auf meinem kleinen Küchenbalkon blühten. Eines Tages kam er mit seinem Sohn Stephan und Angelzeug bei mir vorbei, um mich zu einem Picknick an einem Berliner See zu überreden. Wir waren uns vertraut und konnten ehrlich und offen miteinander umgehen. Es wurde ein wunderschöner Nachmittag, der mir sehr gut tat. Ja, wir hatten es geschafft, wir waren wirklich beste Freunde geworden.

*

Das Engagement in Budapest 1973 war, wie so viele andere zuvor, eine schöne Zeit. Wir traten jeden Abend unter Mitwirkung vieler Künstler des sozialistischen Auslands in einem neu eröffneten Nachtclub auf. Auch hier bestand das Publikum überwiegend aus Gästen, die sich die horrenden Preise leisten konnten. Nach einigen Abenden bemerkte ich einen jungen Mann, der an unserer Vorstellung sehr interessiert zu sein schien. Schon auf den ersten Blick konnte man erkennen, dass es sich um einen Westdeutschen handeln musste. Alles an dem schlanken Mann war außergewöhnlich. Hippielook, Schlangenlederstiefel, feinste Lederjacke, Jeans mit bunten Schmetterlingsapplikationen, Brille mit gelben Gläsern. Seine schwarzen, gelockten Haare trug er bis fast an die Schulter. Er schien über genügend Geld zu verfügen, um jeden Abend den Club besuchen zu können. Mit gepflegtem Oberlippenbart stand Markus immer an der Bar. Ich war damals noch überzeugt, alle Westdeutschen wären alles andere als arm, dennoch war ich überrascht, als er ab und zu auch noch sehr großzügig meine männlichen Kollegen nach der Vorstellung an der Bar einlud!

Erst viel später fiel mir auf, dass **ich** das Ziel seiner Bestrebungen sein musste, da er mich auf der Bühne ständig mit seinen Blicken verschlang. Auf seinen Wunsch hin machte Claus mich mit ihm bekannt und ich war gespannt darauf, den interessanten Typen kennen zu lernen. Wir verabredeten uns auf einen Spaziergang. Als wir am Donauufer entlangschlenderten und Erlebnisse austauschten, hatte Markus plötzlich das Bedürfnis, mir sein Herz auszuschütten und begann, von sich und seiner Familie zu erzählen.

„Während der Zeit des Nationalsozialismus lebten meine Eltern in Prag. Mein Vater ist Deutscher, meine Mutter war Jüdin. In der Zeit der Judenverfolgung sagten die Nazis zu meinem Vater, wenn er unbehelligt bleiben wolle, so sollte er sich von seiner Frau scheiden lassen. Das kam natürlich für meinen Vater überhaupt nicht in Frage und so wurden beide in Prag verhaftet und nach Bergen-Belsen verschleppt. Sie überlebten den Holocaust und zogen nach der Befreiung durch die Alliierten nach Prag zurück, wo mein Bruder Paul und ich geboren wurden. Meine Mutter wollte weder in Prag bleiben noch in Deutschland - sie war nach dem KZ-Aufenthalt traumatisiert und bestand gegenüber meinem Vater darauf, nach Israel auswandern zu dürfen. Die Familie lebte dann einige Jahre in Haifa, wo wir Kinder später zur Schule gingen. Mein Vater fand Arbeit bei einer Firma, die Aufzüge baute und betrieb und verdiente so das Geld für die Familie. Doch Vater konnte sich nicht einleben und war unglücklich. Wir Kinder wurden ebenfalls nicht sehr glücklich. Wir mussten unsere Pflichtjahre im Kibbuz ableisten und als wir älter wurden, drohte der Einzug zum Militärdienst.

Stell dir vor, ich liege als knapp 18-jähriger in der Sonne am Strand von Haifa und hatte die Augen geschlossen. Plötzlich stoßen mich zwei Soldaten mit ihren Stiefeln an und einer sagt zu mir:

'Hallo mein Freund, was machst du hier, weißt du denn nicht, dass wir mit Ägypten im Krieg sind?'

'Nein', sage ich!

'Du kommst jetzt mit und kämpfst für dein Volk!'.

Einen Tag später saß ich bereits mit voller Kampfausrüstung auf dem Lastwagen und kam zum Einsatz auf dem Sinai. Nach sechs Tagen war der Spuk vorbei. Israel war siegreich und ich durfte zu meiner Familie zurück.

Mein Vater und wir Jungs wollten nach diesem Kriegserlebnis gegen den Willen unserer Mutter nach Deutschland zurück und wohnten die kommenden Jahre in Aachen, wo mein Bruder Paul und ich unser Abitur machten. Meine Mutter bekam Unterleibskrebs und das, was sie stets behauptet hatte, aber was niemand glauben wollte, weil es so schrecklich war, konnte nun im Aachener Krankenhaus nachgewiesen werden: Die Unmenschen hatten an ihr im KZ gefährliche Unterleibsexperimente vorgenommen! Nach dem Tod meiner Mutter war die Zeit für die Familie sehr schwer, doch mein Vater kämpfte verbissen mit den

Behörden um Wiedergutmachung und wir bekamen schließlich von der BRD eine hohe Entschädigung. Paul kaufte sich davon sofort ein flottes Auto, das er kurz danach gegen eine Mauer setzte. Totalschaden! Ich kaufte mir eine teure Spiegelreflexkamera und hippe Stiefel in verschiedenen Farben und voilà - hier bin ich!"

Die Herkunft des Geldes, mit dem Markus um sich warf, störte mich sehr und demgemäß wusste ich nicht so recht, wie ich ihn einschätzen sollte. Hatte ich es nach Gerhard, Bobby und Michael nun mit einer neuen Spezies, einem „Bruder Leichtfuß" zu tun? Doch dann schob ich meine Bedenken zur Seite. Er war ja nett und was sollte ich mir große Gedanken machen - Markus musste ohnehin bald wieder zurück nach Aachen und damit wäre diese Bekanntschaft lediglich eine Episode! Ich glaubte nicht an seine Versprechungen und hatte auch nicht ernsthaft vor, mich in ihn zu verlieben.

Doch als sich meine Zeit in Budapest ebenfalls langsam zu Ende neigte, spürte ich, wie dieser schillernde Typ mich ganz gegen meine Vorsätze bereits in seinen Bann gezogen hatte.

Markus ließ mich wissen, es sei ihm sehr ernst und so versprachen wir uns gegenseitig ein Wiedersehen in Berlin.

Er suchte sich tatsächlich, um mir nahe zu sein, in Westberlin ein kleines Zimmer und bekam dort bei der Firma Siemens eine Anstellung. Immer wenn ich mich in Ostberlin aufhielt, besuchte er mich, manchmal nur mit einem Tagesvisum oder gelegentlich auch über ein paar Tage. Alle meine Freunde und Kollegen mochten ihn sehr. Gerne erfüllte er beim Aufenthalt in Westberlin kleinere Wünsche

185

nach Artikeln, die im Ostteil der Stadt nicht zu bekommen waren und für die Ostmark, die er als Gegenleistung bekam, lud er dann die Freunde in eine Kneipe ein.

In unserem Haus wohnten unter anderem zwei alte Schwestern und selbst die waren in kürzester Zeit seine Freundinnen geworden. Wenn er ihnen einen bestimmten koffeinfreien Kaffee mitbrachte, waren sie für diesen jungen Mann des Lobes voll. Für sie wurde er der Sohn, den beide im Leben nicht bekommen hatten und während meiner Auslandsaufenthalte versorgten die beiden Alten meine Wohnung, hegten und pflegen sie, putzten die Fenster und wenn ich zurückkehrte, brannte in meinem Berliner Kachelofen bereits ein Feuerchen. Ich denke voller Rührung an diese lieben alten Damen zurück.

Markus lernte durch meine Kollegen und mich einige Musiker kennen und auch diesen tat er den einen oder anderen Gefallen, indem er für sie in Westberlin eine bestimmte Schallplatte oder Kassette besorgte.

Der Leader einer uns nahestehenden Band fragte ihn eines Tages, ob er ihnen nicht einen Synthesizer besorgen könne - Geld spiele keine Rolle. Natürlich erwachte in Markus der Ehrgeiz, das hinzubekommen. Doch mal eben das Ding in Westberlin kaufen, unter den Arm klemmen und über den Kontrollpunkt Friedrichstraße zu tragen, das ging gar nicht!

Markus entwickelte deshalb einen Plan. Ich sollte mit ihm von Berlin-Schönefeld - er von Westberlin, ich von Ostberlin kommend - nach Prag fliegen. Da er einen tschechischen Pass besaß, sollte es kein Problem sein, wenn er den in Westberlin gekauften und gut verpackten Synthesizer bei der Einreisekontrolle am Flughafen als Reisegepäck in Richtung Prag deklarierte. Er wollte die große Reisetasche mit dem Gerät dann bei der Gepäckaufbewahrung im Flughafen Schönefeld unterbringen, bevor wir uns in der Abflughalle treffen würden. Während des Aufenthalts in Prag wollte er mir dann den Beleg dazu aushändigen. Nach der Wiedereinreise aus Prag sollte ich die Tasche einfach bei der Gepäckaufbewahrung abholen, den Flughafen mit dem Bus in Richtung Ostberlin verlassen und die Tasche für ein paar Tage in meiner Wohnung deponieren.

Der Plan schien simpel. Markus freute sich wie ein kleiner Junge, mal wieder für ein paar Tage in seiner alten Heimat zu sein. Er war glücklich und schenkte mir in Prag ein schönes Kaffeeservice im Zwiebelmusterdesign als Ersatz für mein Geschirr, das in meiner Eisenacher Wohnung von der Wand gefallen war. Außerdem beglückte er mich mit einem kleinen Anhänger mit böhmischen Granaten.

Auf dem Heimflug beschlich mich jedoch ein mulmiges Gefühl. War Markus' Plan wirklich wasserdicht? Der Flughafen Schönefeld war ja im Prinzip eine Festung! Jeder Quadratmeter wurde ausgeleuchtet und selbst die Toiletten mit verborgenen Kameras überwacht. Sie hatten Markus bestimmt beobachtet, als er die Reisetasche in die Gepäckaufbewahrung gab. Markus focht das alles nicht an - er brauchte ja als Westdeutscher mit tschechischem Pass nur von mir getrennt normal durch die Ankunftshalle in Richtung Ostberlin zu gehen und niemand würde ihn verdächtigen, etwas Illegales im Schilde zu führen.

Wenn überhaupt, dann war ich diejenige, die das volle Risiko zu tragen hatte!!

Wir hatten gerade unser Reisegepäck vom Band geholt und die Passkontrolle hinter uns gebracht. Markus tat, als kenne er mich nicht und lief 20 Meter vor mir in Richtung Ausgang, als zwei Zollbeamte auf mich zukamen.

„Kommen Sie mit!"

Mir klopfte das Herz zum Zerspringen! Wo war Markus? Der Schuft war einfach weitergegangen und hatte mich, um seinen Hintern zu retten, den Staatsorganen zum Fraß vorgeworfen! Vielleicht hatte er auch gar nichts von dem Vorfall bemerkt. Aber ich fühlte mich in diesem Augenblick ausgenutzt und allein gelassen und schwankte zwischen schrecklicher Angst und Zorn auf Markus. Die Beamten führten mich in einen Raum und wiesen mich an, mein gesamtes Reisegepäck auf dem Tisch auszubreiten.

Einem der Zollbeamten war sofort aufgefallen, dass ich als DDR-Bürgerin westliche Kleidung trug und auch mein teurer Weißgold-Schmuck an meinen Fingern war ihm nicht entgangen.

„Wo haben Sie diese Kleidungsstücke gekauft?"

„Die hat mir mein Freund geschenkt!"

„Die Personalien Ihres Freundes!"

Oh Gott, verzeih mir Markus, aber ich muss deine Personalien angeben! Jetzt kriegen sie dich auch!

„Ihr Freund besitzt also die tschechische Staatsangehörigkeit?"

„Ja"

„Und zusätzlich die westdeutsche Staatsangehörigkeit?"

„Ja, ich denke schon!"

„Hat Ihnen Ihr Freund das alles in Prag geschenkt?"

Er wies auf das Zwiebelmuster-Service. Ich bejahte erneut.

„Wissen Sie denn nicht, dass man Porzellan nicht einfach in die DDR einführen darf?"

Nein, das wusste ich nicht!

Nun nahmen sie mich in die Mangel. Ständig wechselten sich die Zollbeamten ab und ich musste meine Aussage wiederholen und nochmals wiederholen. Das hatte Methode! Dann nahmen sie mir meinen ganzen Schmuck ab. Den teuren Weißgoldschmuck an meinen Fingern musste ich ablegen. Meine Halskette, meine Ringe mit Saphiren, Rubinen, Smaragden und Brillanten sowie meine silberne Spangenuhr verschwanden in Beuteln und mit ihnen für längere Zeit auch die Zöllner. Ich saß da mit der Vorstellung, Gauner hätten mich auf offener Straße ausgeraubt und fühlte mich an Mamis Erlebnisse bei ihren Schmuggeltouren erinnert. Ich verfluchte Markus innerlich, dass er mich wegen seiner Angeberei vor den Musikerfreunden in diese kritische Situation gebracht hatte. Nach langem Warten tauchten die Zöllner wieder auf. Der Wert des Schmucks war geprüft und für sehr teuer befunden worden und nun teilten sie mir mit, mein Preziosen würden von mir in die DDR eingeführt und müssten daher von mir, so wie das in Prag gekaufte Service auch, verzollt werden - „natürlich" in West-Mark und innerhalb von drei Tagen!

Als ich den Betrag einschließlich der zu erwartenden Strafe wegen Verdachts der illegalen Einfuhr hörte, wurde mir ganz schlecht und ich dachte: 'Oh Gott, ein Vermögen!'

Zermürbt sagte ich jedoch zu allem Ja und Amen. Dann kam der nächste Schock.

„Sie führen in Ihrer Geldbörse einen Beleg der Gepäckaufbewahrung mit. Besitzen Sie weiteres Reisegepäck?"

So langsam begann ich meine Fassung zu verlieren, Nicht das auch noch! Ich wollte spontan verneinen, bemerkte aber glücklicherweise noch rechtzeitig den überlegenen Blick des Zöllners. Sicherlich wussten die hinterhältigen Kerle schon längst Bescheid, schließlich hatten sie ja alles mit ihren Kameras beobachtet. Markus' Spielchen wurden langsam extrem teuer.

„Ja, in der Gepäckaufbewahrung liegt noch eine Reisetasche von mir"

„Kommen Sie mit!"

Zehn Minuten später lag die große Reisetasche auf dem Tisch und der Zöllner öffnete den Reißverschluss. Ich dachte: 'Jetzt haben sie dich!' Furchtbare Angst kroch in mir hoch – Angst, für Monate oder Jahre wegen illegaler Einfuhr von Westware in einem DDR-Gefängnis zu landen. Wie sollte ich aus dieser Nummer nur wieder herauskommen?

Die zwei Zöllner guckten verdutzt.

„Was ist das?" wurde ich gefragt.

Mein Herz hämmerte und das Blut pochte in meinen Ohren. Ich konnte doch nicht eingestehen, dass ich versucht hatte, einen westdeutschen Synthesizer in die DDR zu schmuggeln!

„Können Sie nicht hören? Was ist das in Ihrer Tasche?"

„Ein Kinderklavier!"

„Ein Kinderklavier? Haben Sie Kinder?"

„Nein, aber ich bin Tänzerin und Tanzlehrerin. Ich muss meine kleinen Eleven rhythmisch ausbilden. Dazu benutze ich ein Kinderklavier!"

Die Zöllner waren verunsichert. Etwas, was sie noch nie im Leben gesehen hatten, sollte ein Klavier sein? Wie sollten sie mich nach dieser dreisten Behauptung behandeln? Sie verließen den Raum und ließen mich wieder lange warten. Dann kam ihr Chef persönlich. In der Zwischenzeit hatte ich mir bereits einen ganzen Roman an Ausreden ausgedacht. Doch das erwies sich glücklicherweise als unnötig, denn ich wurde lediglich belehrt, dass ich auch das „Kinderklavier", für das ich keinen Kaufbeleg vorweisen konnte, mit einem Schätzwert von 2500 Ostmark zu verzollen hätte. Ich unterschrieb jede Menge bedruckten Papiers und wurde anschließend mit all meinem Gepäck einschließlich Schmuck entlassen. Als ich den vor dem Flughafen wartenden Bus in die Ostberliner Innenstadt bestieg, zitterte ich immer noch am ganzen Leib.

Keine Ahnung, was ich eigentlich unterschrieben hatte!

Um nicht aufzufallen, war Markus, ohne sich nach mir umzudrehen, auf dem direkten Wege zu meiner Wohnung gefahren. Als er nun den flüchtig wieder eingepackten Synthesizer erblickte, mit dem ich mich abgeschleppt hatte, trank er seelenruhig sein Bierchen aus, stellte das Glas auf meinen Couchtisch zurück, drückte seine Zigarette im Aschenbecher aus und kam auf mich zu.

„Wo bleibst du denn so lange? Was hast du denn die ganze Zeit getrieben?"

Jetzt reichte es mir. Ich zitterte erneut, diesmal vor Ärger, weil er mich für seine leichtsinnigen Angebereien benutzt hatte und nun auch noch vorwurfsvolle Fragen stellte.

„So etwas machst du nie wieder mit mir!" fauchte ich ihn empört an. „Ich bin tausend Tode gestorben vor Angst!"

Mit einem Anflug von Rachegefühl erzählte ich ihm die ganze Tragik seines Schmuggelversuchs besonders ausführlich. Dann zeigte ich ihm die Kopien der von mir unterschriebenen Papiere und Erklärungen.

„Da, lies! Ich begreife das Zeug ja doch nicht!"

Markus vertiefte sich in den Packen behördlichen Papiers, seine Mundwinkel sanken immer weiter nach unten und sein Gesicht wurde lang und immer länger.

„Verdammte Sch......" entfuhr es ihm.

Die fälligen Einfuhr- und Strafgebühren in Höhe von rund 1000 DM, die ich für den Synthesizer schuldete, waren inzwischen selbst für ihn ein schwer verdaulicher Brocken. Weitere 1000 DM musste ich selbst für das Service und den Schmuck aufbringen und bei einem miesen Umtauschkurs von meinem GENEX-Konto abbuchen. Das tat richtig weh! Die Schuld nicht zu bezahlen und dem Fluchtreflex in den Westen nachzugeben, wäre zwar naheliegend gewesen, aber vermutlich das Dümmste, was ich hätte tun können!

Möglicherweise gab es längst eine Stasi-Akte von mir! Schließlich war ich die Ex eines in der DDR inzwischen sehr bekannten Schauspielers, dessen Filme im Kino und im Fernsehen gezeigt wurden und dessen maskulines Konterfei in Ostberlin immer häufiger auf Plakaten prangte. Und ich hatte viele Westkontakte - das wurde gar nicht gern gesehen! Diese Phantasien spielten in meinem Gehirn in immer neuen Variationen Karussell. Ich machte mich so verrückt, dass ich kaum mehr schlafen konnte. Schließlich besorgten wir das Geld und zahlten es innerhalb der drei Tage ein.

Doch meine Erleichterung darüber hielt nur kurz an, denn spätestens nach diesem Vorfall – das wurde mir nun klar - war ich definitiv aktenkundig und musste damit rechnen, überwacht zu werden. Vielleicht stand ich auch schon längst unter Beobachtung, wer konnte das schon wissen?! Mir kam die Situation nach Katjas Tod in Erinnerung, als ich mir geschworen hatte, der DDR eines Tages den Rücken zu kehren.

Markus kannte die Verhältnisse in der DDR nicht so gut wie ich und riet mir blauäugig, ich solle einen offiziellen Ausreiseantrag in den Westen stellen.

„Wie soll das gehen?" fragte ich, denn ich musste damit rechnen, dass ich, auch wenn der Antrag genehmigt würde, unter Umständen mit entsprechenden Schikanen und Repressalien seitens des Ministeriums für Staatssicherheit rechnen musste.

Wir saßen den ganzen Nachmittag zusammen und suchten nach einer Lösung.

„Ich könnte als Begründung meines Antrags behaupten, ich hätte einen Verlobten im Westen, den ich bald heiraten und von dem ich Kinder haben möchte und dabei deine tragische Familiengeschichte anführen. Das klingt harmlos und wäre auch verständlich!"

Markus fand den Vorschlag gut.

Dann entwarf ich auf vielen Seiten die Begründung meines Ausreiseantrags und am Ende bat ich die dafür zuständige Abteilung Inneres des Ostberliner Rates noch, diesem Mann doch endlich die Möglichkeit zu geben, zur Ruhe zu kommen und eine Familie zu gründen.

Was extrem unwahrscheinlich schien, klappte auf Anhieb! Schon neun Monate nach meinem Antrag wurde ich vorgeladen und bekam die Ausreise genehmigt. Ich hatte nicht die geringste Ahnung, warum das so einfach ging, wo doch den meisten Menschen die Ausreise versagt blieb, die noch weit bessere Argumente aufführen konnten als ich. War ich so wenig wert, dass sie mich loswerden wollten oder hatten sie etwas mit mir vor? Wollten sie mich gar im Westen haben, damit ich für sie dort Informationen sammelte? Siemens war ja in Erlangen, wo ich hinwollte, ein interessanter Hightech-Konzern! Das alles ging mir durch den Kopf, aber ich kam natürlich zu keinem Ergebnis.

Alle mein Freunde rieten mir von einer Ausreise ab, zumal ich in der Zwischenzeit die Möglichkeit erhalten hatte, in der Kinder- und Jugendarbeit tätig zu werden. Meine Freundin Verena bat mich ebenfalls inständig, nicht in den Westen zu gehen.

„Du weißt doch gar nicht, was dich da drüben erwartet!" versuchte sie mich umzustimmen. Meine Mutter dagegen war über meine Ausreise überglücklich, denn sie wollte auch nicht mehr länger als nötig in der DDR leben und in den Westen übersiedeln, sobald sie in Rente ging.

Schon in jenen Tagen keimte in mir der Verdacht, dass es zwischen mir und Markus auf Dauer nicht gutgehen konnte. Ich kam von einer Tournee durch Polen zurück und eine Freundin erzählte mir, dass mein Bruder Leichtfuß es während meines letzten Engagements mit der Treue nicht so genau genommen und ein Verhältnis mit einem sehr jungen Mädchen gehabt habe. Ich konnte es nicht glauben, da Markus mir doch immer wieder beteuerte, wie sehr er mich liebte. Ich begann, unser gemeinsames Vorhaben in Frage zu stellen. Um die Sache zu klären, traf ich mich mit Markus am Alexanderplatz in einem Café.

„Markus, ich werde mit dir nicht nach Westdeutschland gehen!"

„Was ist los?"

„Ich möchte von dem Mann, den ich liebe, nicht betrogen werden!"

Markus brach buchstäblich zusammen.

„Jule, bitte lass mich jetzt nicht so im Regen stehen! Es tut mir unendlich leid und ich entschuldige mich auch bei dir – so etwas wird nie wieder vorkommen. Ich verspreche es dir! Außerdem habe ich bereits meinen Job in West-Berlin und meinen Mietvertrag für mein Zimmer gekündigt. Bitte lass mich jetzt nicht im Stich!" bettelte er.

Es stimmte ja – wir hatten eine Absprache. Außerdem hatte ich bereits die Ausreisegenehmigung. Andere würden dafür den Boden küssen! Die Kündigungen musste ich als Argument gelten lassen. Mein Entschluss, ihn zu verlassen, kam ins Wanken und ich wollte fair sein und ihm nochmals eine Chance geben. Wieder einmal siegte bei mir das Gefühl über den Verstand und ich versprach:

„Also gut, lass uns in den Westen gehen!"

Als ich meine Ausreiseurkunde endlich in den Händen hielt, blieben mir nur noch wenige Stunden, um die DDR zu verlassen. Ich hatte mir schon Wochen vor meinem Ausreiseantrag die auf meinem GENEX-Konto lagernden restlichen 30 000 Ostmark abgehoben und in bar aufbewahrt. Anderenfalls wäre das Geld bei meiner Ausreise für mich nun verloren gewesen. Nachdem ich mich Markus gegenüber loyal verhalten hatte, war er mir nun etwas schuldig. Ich bat ihn, mein Bargeld für mich außer Landes nach Westberlin zu bringen und dort in Westmark umzutauschen. Es sollte mein Startgeld für mein Leben im Westen werden.

Wir rollten die Scheine fest zusammen, umwickelten sie mit Klebeband und fixierten sie unter seinen Achseln. Markus und ich vereinbarten, dass er mir ein Lichtzeichen geben solle, wenn ihm der Grenzübergang an der Friedrichstraße gelungen war. Dies wäre, nachdem ihn die Beamten bereits vom Sehen kannten und zuletzt meist durchwinkten, kein großes Problem. Er würde, so der Plan, dann im Amerikanischen Sektor mit dem Taxi zur Oberbaumbrücke fahren und mit der Taschenlampe drei mal zweifach kurz in Richtung Osten blinken. Als Zeitpunkt hatten wir zwischen 21.50 und 22.00 Uhr festgelegt. So wie besprochen, fand ich mich um 21.50 Uhr bei Dunkelheit in unverdächtigem Abstand auf Ost-Berliner Seite in der Nähe der Oberbaumbrücke ein. Von hier aus hatte ich entlang einer schmalen Lücke einen halbwegs freien Blick in Richtung

Grenzübergang Um 21.58 Uhr sah ich seine Taschenlampe in etwa 400 Meter Entfernung drei mal zweifach aufblinken. Nun wusste ich, dass unser Abenteuer erfolgreich verlaufen war.

Freude über das Erreichte und Zweifel, ob Markus sein Versprechen tatsächlich einlösen und mir bei meinem Neuanfang im Westen zur Seite stehen würde, kämpften immer noch in mir. Ich hatte fünf schöne Jahre in Berlin verbracht und wunderbare Freunde gefunden, die immer für mich da waren. Mir war mulmig zumute, denn nun würde ich meine geliebte Stadt verlassen und zu einem neuen Lebensabschnitt aufbrechen, ohne dass ich die geringste Ahnung hatte, was mich erwartete. Würde mir Markus „Leichtfuß", der mit meinem ganzen Geldvermögen getrennt von mir unterwegs war, wirklich Halt bieten?

Im Interzonenzug von Berlin nach München wurde ich mehrmals kontrolliert, auf DDR-Boden zuletzt in Probstzella, dann in Ludwigstadt erneut von der westdeutschen Grenzpolizei.

Die Beamten studierten meine Papiere und kamen damit nicht klar.

„Steigen Sie bitte aus!"

Was war jetzt schon wieder? Hörte das denn nie auf? Sehr höflich wurde ich in ein Büro geführt und meine Ausreisepapiere erneut studiert.

„Sie müssen sich erst in Friedland registrieren lassen!"

„Wieso denn das?"

„Sie können doch nicht hin, wo Sie wollen. Sie bekommen einen vorläufigen Aufenthaltsort zugewiesen."

„Das ist nicht nötig!" sagte ich. „Meine Schwester und mein Schwager wohnen in Erlangen. Dort habe ich meinen festen Wohnsitz und werde mich beim Einwohnermeldeamt sofort anmelden."

„Wir klären das sofort! Sie müssen sich aber später trotzdem in Friedland melden."

Als meine Behauptungen mittels Telefonaten geprüft waren, ließen sie mich wieder laufen. Mein Zug war natürlich weg und ich hatte kein Westgeld, um meine Schwester anzurufen. Der Beamte hatte Mitleid mit mir und schenkte mir eine Mark, damit ich sie von der Telefonzelle aus anrufen konnte. Ich erreichte meinen Schwager und er versprach, mich in ca. 2 Stunden mit dem Auto am Bahnhof in Ludwigsstadt abzuholen.

Ich stellte mein Gepäck bei den Grenzbeamten ab und machte einen kleinen Spaziergang durch den 3000-Einwohner-Ort. Alles war ungewohnt sauber und grün. Die Astern blühten in jedem Garten und es roch nach Spätsommer – ach, wie ging nach den maroden Städten und dem Dreck und Staub in der DDR mein Herz auf!

Dann kam mein Schwager mit seinem dunkelgrünen Mercedes angebraust und ich fiel ihm glückselig um den Hals.

Ich war im Westen!

4

Endlich kam auch Markus aus West-Berlin angereist. Das eingetauschte Geld hatte er für mich mitgebracht. Meine Schwester Ingrid und ihr Mann in Erlangen boten uns an, für kurze Zeit bei ihnen zu wohnen, dann suchte sich Markus eine Pension. Mein Schwager holte sein altes Fahrrad aus dem Keller und stellte es ihm zur Verfügung, damit dieser die vielen Strecken, die in den ersten Tagen zu den verschiedensten Behörden zurückzulegen waren, nicht alle zu Fuß bewältigen musste.

Es begann nicht gut! Schon nach wenigen Tagen wurde das Fahrrad gestohlen.

Markus und ich sprachen gemeinsam beim Arbeitsamt vor.

„Wie alt sind Sie denn, Frau Niebüll?" fragte mich die Arbeitsvermittlerin

„Vierunddreißig!"

„Mit diesem Alter haben Sie voraussichtlich keine Chance mehr, an irgendeinem Theater engagiert zu werden. Ich kann Ihnen eine Tätigkeit als Kassiererin an der Kasse einer Edeka-Filiale anbieten!"

Kasse lag mir nicht. Ich hatte immer noch Schwierigkeiten mit Zahlen.

Auch Markus bekam in Erlangen nichts angeboten, was ihm gefallen hätte. Enttäuscht erzählte ich von diesem zweiten Rückschlag beim gemeinsamen Abendessen mit meiner Schwester und meinem Schwager.

Mein hilfsbereiter Schwager hatte eine Idee. Er war Teilhaber einer Radiologischen Praxis in Nürnberg und versprach, alle Kollegen aus seiner Branche anzurufen und nachzufragen, ob sie eine Helferin in ihrer Praxis benötigten.

Mein umgetauschtes Geld reichte gerade mal für die nötigsten Anschaffungen. Einen Kühlschrank konnte ich mir jedoch noch nicht leisten. Also bat ich meine Schwester Ingrid, bei ihren Bekannten zu fragen, ob diese nicht ein ausrangiertes Gerät im Keller hätten. Einen alten Kühlschrank hatten zwar viele, aber nicht gerne für eine, die aus dem Osten kam. Ich war ihnen einfach suspekt! Nicht nur einmal musste Ingrid sich anhören, dass mit mir etwas nicht stimmen könne.

„Das muss eine „Politische" sein! Normalerweise entlässt der Osten keine so jungen Leute in den Westen."

„Was will die hier? Das ist bestimmt eine von der Stasi angeheuerte Subversive!"

Statt mit mir zu reden, verunglimpften sie mich einfach!

Wenn ich Zeit hatte, spielte ich mit den beiden Kindern meiner Schwester im Sandkasten der Wohnanlage. Als einmal schönes Wetter war und ich die beiden von weitem entdeckte, nahm ich einfach eine Abkürzung über den Rasen. In Ostberlin gab es so gut wie keinen Privatrasen – die Umgebungsflächen der Plattenbauten waren im weitesten Sinne Allgemeineigentum.

Der Hausmeister der Wohnanlage hatte mich schon seit Tagen hinter dem Vorhang aus seiner Erdgeschoßwohnung beobachtet. Jetzt schoss er heraus, stellte sich breitbeinig vor mich hin und herrschte mich an:

„Hat man Ihnen **da drüben** nicht beigebracht, dass der Rasen nicht betreten werden darf?"

So ein unhöflicher Klotz! Ärger stieg in mir auf.

„**Da drüben** war der Rasen nicht halb so gefährlich wie Ihrer hier. Den konnte man jederzeit betreten!"

„Werns net frech!" fränkelte er mich an.

Ich merkte, dass ironische Logik das falsche Mittel war und entschuldigte mich bei dem Blockwart-Typ. Später beklagte ich mich bei Ingrid über dessen Unverschämtheit.

„Moment, den schnappe ich mir!"

Ingrid war empört und lief los.

„Sie werden von uns bezahlt!", schäumte sie „Wagen Sie ja nicht mehr, meiner Schwester so arrogant und unhöflich zu kommen!"

Was sie ihm sonst noch alles „mitteilte" entzieht sich meiner Kenntnis, aber fortan grüßte er mich überaus freundlich.

Ich begann mich zu fragen, ob ich mich auf Dauer im „freien Westen" wohlfühlen würde. Ich stand in Ingrids Küche, kochte und war unglücklich. Die menschliche Wärme, die Verlässlichkeit von Freunden oder Nachbarn bei kleinen Hilfeleistungen im Osten fehlten mir hier und meine anfängliche Euphorie war verflogen.

„Ich will wieder nach Hause!", klagte ich „ich fahre zurück nach Berlin."

„Nun gib doch nicht so schnell auf!" versuchte Ingrid zu beschwichtigen. „Jeder braucht eine gewisse Zeit, um sich in neuer Umgebung einzuleben."

Und so blieb ich - mit Zweifeln!

Vier Wochen später trat ich meine erste Stellung in der vom Schwager vermittelten Radiologischen Praxis in Nürnberg an. Markus und ich suchten uns parallel dazu eine billige Wohnung. Wir fanden sie zu meiner großen Erleichterung in der gleichen Straße, in der auch meine neue Arbeitsstelle lag. Das verkürzte meinen täglichen Weg zur Arbeit enorm und ersparte mir Fahrtkosten. Mein neuer Chef kündigte mich in der Praxis an und auf die Frage einer Mitarbeiterin, was ich „da drüben" früher gemacht hätte, antwortete er:

„Sie war Tänzerin."

„Die soll nur kommen, der werden wir das Tanzen schon beibringen!", bemerkte daraufhin eine meiner künftigen Kolleginnen. Aber sie begrüßten mich alle höflich.

Ich stand vom ersten Augenblick an unter Beobachtung und wurde von meinem neuen Chef nicht geschont. Wenn etwas schnell zu erledigen war, musste ich ran. Mein Dankgefühl dafür, dass er mich genommen hatte, war der Motor, dass ich alles machte, was von mir verlangt wurde. Dabei versuchte ich mit Raffinesse und zahlreichen Tricks zu verbergen, dass ich eigentlich kein Zahlenmensch war und erst recht nicht gut Schreibmaschine schreiben konnte. Ich beherrschte nur das Zweifingersystem „Geier": Erst über der Tastatur kreisen und dann mit dem linken oder rechten Zeigefinger auf den entdeckten Buchstaben herabstoßen.

Zufälligerweise fiel bald danach eine Mitarbeiterin in der Röntgenabteilung aus und mein Chef beorderte mich sofort vom Empfang als Vertretung in die Röntgenkammer. Nach einer kurzen Einweisung sollte ich loslegen.

Die erste Patientin, mit der ich es zu tun bekam, war eine nach Aussehen und Dialekt sehr einfache Frau, bei der eine Darmuntersuchung anstand. Als ich ihr den Vorgang der Darmreinigung erklärt und die entsprechenden Pülverchen ausgehändigt hatte, war sie im Begriff, wieder zu gehen. Ich bemerkte zum Abschied noch:

„Also bis morgen früh um acht – nüchtern!"

Sie drehte sich nochmals um und antwortete vorwurfsvoll:

„Aber ich trinke doch gar nicht!"

Weniger heiter ging es zu, wenn ich es mit älteren türkischen Frauen zu tun bekam. Sie kamen regelmäßig in Begleitung ihrer Männer in die Praxis. Diesen Männern versuchte ich - meist vergeblich - zu erklären, dass bei einer Röntgenuntersuchung der weiblichen Brust die Anwesenheit des Mannes unerwünscht und auch wegen der gefährlichen Röntgenstrahlung gar nicht zulässig sei. Diese Machos wollten sich aber von einer jungen Frau wie mir nichts vorschreiben lassen und ich war froh, dass ich kein Türkisch verstand, sonst hätte ich vermutlich Grund für zahllose Beleidigungsklagen gehabt. In solchen Fällen mussten wir Hilfskräfte stets unseren Chef bitten, einzugreifen, der den jeweiligen Mann dann schnell auf Kurs brachte und ins Wartezimmer komplimentierte.

Vermutlich brach für diese türkischen Männer in solchen Momenten ihre ganze bislang heile Welt zusammen! Sie hielten es zwar für ihr Recht, die Annehmlichkeiten der westdeutschen Medizin zu genießen, aber die zugehörigen Regeln zu befolgen war ihnen aus Traditions- und Religionsgründen fremd und unverständlich– ein Problem, das eine erfolgreiche Integration muslimischer Türken bis heute verhindert hat und sicherlich auch weiterhin verhindern wird!

Welche Tücherberge eine ältere türkische Frau unter ihrer äußeren Kleidung trug, merkte ich spätestes, wenn ich die zu untersuchende Brust freilegen sollte und nur mühsam zum Ziel kam. Und obwohl es bei den Mammographien notwendig war, die Brust zu pressen, war viel Überzeugungsarbeit notwendig, diese berühren zu dürfen. Manche Frauen bestanden darauf, dass ich sie nur durch ein Tuch hindurch anfasste.

Es war nicht nur wegen des Umgangs mit anderen Kulturen eine sehr harte Zeit! Ich war ja bereit, mir mit ehrlicher Arbeit meinen Lebensunterhalt zu verdienen und erledigte meine neue Tätigkeit mit großem persönlichem Einsatz. Ich wollte es den Jüngeren zeigen. Doch unser Chef hatte sehr kurze Patientenfolgen und jagte uns den ganzen Tag. Er verlangte von mir extrem schnelles und sicheres Arbeiten und wenn die Qualität eine Röntgenaufnahme mal nicht hundertprozentig seinen Vorstellungen entsprach, konnte er auch sehr ungnädig und ungerecht werden und warf mir die Kassette einfach vor die Füße.

Nach Dienstschluss war ich oft nicht nur körperlich, sondern auch mental so erschöpft, dass ich kaum mehr einen Bissen essen konnte. Für ein normales Bett hatte mein Geld bisher nicht gereicht und ich musste seit Monaten die Nacht auf einer ausgeklappten Campingliege der Marke DDR verbringen.

Wenn mich in der Nacht ausnahmsweise keine Albträume quälten, träumte ich, ich stünde in Berlin wieder auf der Bühne. Dann war ich glücklich wie früher, frei und leicht wie eine Feder. Wenn ich dann erwachte, sprang mich die harte Realität wieder an wie ein bösartiges Tier. War das wirklich der ersehnte Westen, wenn man so hart arbeiten musste und bei tariflich geregelter, geringer Bezahlung den ganzen Tag gehetzt wurde? Sollte ich mein junges Leben in einer Stadt verschwenden, wo niemand aus meiner Generation mit mir befreundet sein wollte und keine Anstalten machte, mit mir über das hinaus zu plaudern, was ohnehin besprochen werden musste?

Leider musste ich zu allem Überfluss feststellen, dass es mein lieber Markus mit seiner Suche nach geregelter Arbeit überhaupt nicht ernst nahm. Er schien auch ohne Arbeit über ausreichende Geldmittel zu verfügen. Seine neuen Freunde waren vor allem junge amerikanische Soldaten, die dem 2. Kavallerieregiment in Nürnberg angehörten und die in der alten SS-Kaserne stationiert waren. John, sein ständiger Begleiter, war eigentlich ein netter Kerl und hielt sich häufig in unserer Wohnung auf. Markus und John hatten den gleichen Musikgeschmack und wenn ich nach Hause kam, so hörte ich schon im Treppenhaus die Bässe der neuen, teuren Musikanlage wummern und es roch nach

Joints. Es gefiel mir nicht, dass Markus so in den Tag hineinlebte und sich keinerlei Gedanken über seine berufliche Zukunft machte.

So hatte ich mir unser Zusammenleben nicht vorgestellt!

Von seinen Versprechungen, immer für mich da zu sein und für uns zu sorgen, war nicht viel übriggeblieben. Markus hatte sein Leben nie sehr ernst genommen, das war mir schon klar! Aber im Gegensatz zu mir war er nicht erwachsen geworden! Statt eine vernünftige Arbeit anzunehmen, besuchte er Musikfestivals oder traf sich in der Stadt mit anderen Musikern. Andererseits war er aber auch, wenn er über Geldmittel verfügte, sehr großzügig. Wenn Markus durch diverse, vermutlich illegale Geschäfte wie dem Handel mit Artikeln aus den PX-Läden der amerikanischen Streitkräfte, zu D-Mark oder Dollars gekommen war, ging es auch seinen Freunden gut. Er lud sie alle ein und da er gerne kochte, gab es ab und zu das eine oder andere Fest. Nach dem Essen wurde wie immer „seine" Musik gehört, jede Menge geraucht oder gekifft und etliche Bierchen dabei gezischt.

Dies war nicht meine Welt!

Ich beschloss, Markus den Laufpass zu geben. Wieder einmal packte ich meine Siebensachen und zog aus unserer gemeinsamen Wohnung aus, um ein kleines Appartement im dritten Stock eines Hauses in einem anderen Stadtteil anzumieten. Wir blieben zwar Kumpels, so lange er in Nürnberg wohnte, doch als die Truppe seines Freundes John in die USA zurückverlegt wurde, folgte Markus ihm mit einem Besuchervisum nach Louisiana. Anschließend löste er sich einfach in Luft auf!

Viele Monate später versuchte sein Vermieter in Nürnberg die Miete für unsere Wohnung, die Markus nach unserer Trennung allein bewohnt, aber bei seinem Verschwinden nicht gekündigt hatte, einzuklagen. Und als die Deutsche Bundespost versuchte, die aufgelaufenen Gebühren für sein nicht abgemeldetes Telefon in unserer ehemals gemeinsamen Wohnung einzutreiben, tauchte eines Tages nach vermutlich langen Recherchen der Gerichtsvollzieher mit einem Vollstreckungsbescheid bei mir auf. Doch ich konnte nachweisen, dass die Telefongebühren bis zu meinem Auszug ordnungsgemäß abgeführt worden waren und, da ich nur Markus' Freundin war, musste ich für dessen Nachlässigkeiten nicht haften. Aber selbst wenn ich gewollt hätte, hätte ich nicht sagen können, wo sich Markus tatsächlich aufhielt und so musste auch die Deutsche Bundespost wohl oder übel den geforderten Betrag abschreiben.

Als Markus mich dann nach vielen, vielen Jahren völlig überraschend anrief, erfuhr ich endlich, dass es ihm offensichtlich gut ging. Er hatte sein großes Glück mit einer hübschen Puerto-Ricanerin gefunden. Carmen studierte Medizin und wurde nach Beendigung ihres Studiums Kinderärztin. Im Gegensatz zu mir schien sie sich an Markus' Art zu leben nicht zu stören. Wir blieben in sehr lockerer Verbindung. Als mir dann Markus am Telefon von seiner unheilbaren Krebserkrankung erzählte und keine Chance mehr für sich sah, da war ich trotzdem sehr traurig.

Kurz danach starb er.

*

Ich lebte nun schon seit Jahren als Single und außer meiner Arbeit und abends Fernsehen gab es für mich nichts, was irgendwie Abwechslung bot. Die Wochenenden waren eine einzige Tristesse und oft lief ich ziellos durch die Straßen der Nürnberger Altstadt, nur um meinen eigenen vier Wänden zu entfliehen und Menschen zu sehen. Leider schaffte ich es noch immer nicht, Anschluss zu finden. Meine Kolleginnen besaßen fast alle Familie und hatten eigene Freunde. Für eine Freundschaft mit mir hatte niemand Bedarf.

Eine Kollegin aus der Praxis, Erika, hatte wohl bemerkt, wie ich unter meiner grausamen Einsamkeit litt. An einem Freitagabend fragte sie mich:

„Sag' mal, Juliane, hast du Lust, mit mir zur Kaiserburg auf ein Bierchen zu gehen?"

„Oh ja, das wäre schön!" stimmte ich mit Freuden zu.

Endlich eine Abwechslung, endlich mal raus ins Leben und mit jemanden reden können! Wir setzten uns an die Bar und Erika erzählte mir aus ihrem Leben. Auch sie hatte in ihrer aufregenden Vergangenheit viele Schicksalsschläge hinnehmen müssen. Sie wurde mir von Minute zu Minute sympathischer.

„Hallo Mädels, was macht ihr so alleine hier? Darf ich mich vorstellen - ich bin Alain" Ein jugendlicher Mann stand vor uns und lächelte uns dabei an.

Ich ließ mich gewöhnlich nicht von irgendwelchen Typen anquatschen und war zunächst unangenehm berührt, weil der Abend doch uns beiden Frauen gehören sollte.

„Klingt ziemlich einsam!" bemerkte ich todernst

„Wieso?" Der jugendliche Mann war irritiert.

„Naja, weil Sie gesagt haben: ' Ich bin „allaa" – aus dem Fränkischen übersetzt: allein!"

Nun hatte er verstanden und lachte gequält.

„Ich finde meinen Namen schön!"

Alain war selbstbewusst, ihn konnte man nicht klein kriegen. Und meine Situation war nicht so, dass ich auf dem hohen Ross sitzen sollte. Erika gefiel die Art, wie er in der Folge charmant mit uns plauderte. Alain wurde während der folgenden Stunden geduldet! Als Erika sich verabschiedete, bot er sich an, mich mit dem Auto nach Hause zu bringen. Erika war aus Erfahrung vorsichtiger als ich. Sie fragte noch nach Alains Nachnamen.

„Weidner - Alain Weidner. Meine Mutter ist Französin. Mein Vater hat sie während des Frankreichfeldzugs kennen gelernt. Ich bin aber in Nürnberg geboren."

Ich hielt ihn in seiner unbekümmerten Art für einen Studenten in einem höheren Semester. Nun staunte ich nicht schlecht, als er seinen Autoschlüssel vor einem dicken Mercedes aus der Hosentasche holte und für mich die Beifahrertür öffnete. Galant setzte er mich vor meiner Haustür ab und auf seine Frage, ob man sich mal wiedersehen könne, antwortete ich mit einem „Warum nicht?"

Als ich wochenlang nichts mehr von ihm hörte, begann ich die kleine Episode aus meinem Gedächtnis zu verdrängen. Zu oft schon in meinem Leben hatten sich Männer als unzuverlässig erwiesen, immer auf der Jagd nach noch besserer Beute!

Dann klingelte plötzlich das Telefon und eine unglaublich weiche Stimme fragte:

„Hallo Juliane, darf ich dich heute Abend zum Essen einladen?"

Diesem Timbre bei dem Wort „Hallo", dieser Stimme, die mich zutiefst berührte, konnte ich nicht widerstehen und voller Freude sagte ich spontan zu. Ich konnte nicht anders, ich wollte diesen Abend mit Alain verbringen. Er stellte mir seinen besten Freund vor und wir verbrachten zu dritt einige Stunden voller Geschichten, Scherze und Übertreibungen. Wiederum fuhr mich Alain nach Hause, doch diesmal bat er mich um einen letzten Kaffee in meiner Wohnung und blieb. In dieser Nacht wurden wir ein Paar und er versprach mir beim Abschied, mich wieder anzurufen.

Leider hatte er mir nicht mitgeteilt, wann er das zu tun beabsichtigte und er ließ mich zappeln. Jeden Abend nach der Arbeit lief ich ganz schnell nach Hause in der Hoffnung, das Telefon würde klingeln. Ich wollte so gerne mit ihm zusammen sein, hasste mich aber inzwischen auch dafür, dass ich so schnell und ohne lange zu überlegen, seinem drängenden Werben nachgegeben hatte. Gleichzeitig hatte ich keine Lust, die nicht enden wollenden Abende weiterhin in Wartestellung zu verbringen.

Nur weil ich mich immer noch für schutzbedürftig hielt, war ich wieder in eine emotionale Abhängigkeit von einem Mann geraten und ließ aus diesem Grund dieses etwas eigenartige Verhältnis fast ein Jahr lang einfach zu.

Ich hatte unterstellt, dass er mir zu angemessener Zeit seine Adresse mitteilen oder zumindest seine Telefonnummer geben würde, damit ich ihn anrufen und auch einmal eine Gegeneinladung aussprechen könne. Dass er nicht im Traum daran dachte, hätte mich eigentlich stutzig machen müssen.

Dann ging alles sehr schnell!

Ich saß an einem Mittwoch wieder einmal allein vor meinem kleinen Fernseher, als gegen 21 Uhr das Telefon klingelte. In der Annahme, Alain wolle sich mit mir verabreden, sagte ich erfreut und munter in den Hörer:

„Hallo, mein Lieber!"

Nichts! Verunsichert fragte ich nach.

„Halloooh??"

Dann hörte ich jemand atmen – ein unbekannter Mann! Mir wurde ganz mulmig.

„Wer ist am Apparat?"

„Du bist Juliane – ich kenne dich!"

Mir lief es eiskalt den Rücken hinunter.

„Wer sind Sie? Was wollen Sie von mir?" Ich konnte vor Angst kaum reden.

„Ich beobachte dich schon lange! Ich will, dass du dich jetzt ausziehst, verstehst du, ganz ausziehst! Klar? Ich komme jetzt zu dir rauf!"

Dann legte er auf.

Mir war ganz schlecht vor Angst. Sollte ich rasch die Polizei anrufen und um Hilfe bitten? Wie lautete denn die Notrufnummer? Vergessen! Die Aufregung machte mich ganz kirre. Aber die konnten mir alle sowieso nicht helfen! Also ganz schnell Alain anrufen. Aber von dem hatte ich auch keine Nummer! Was sollte ich jetzt nur tun? Klar, erst mal die Wohnung verrammeln: Vorhänge zuziehen, Wohnungsschlüssel zweimal nach rechts drehen und einen Stuhl mit der Lehne unter die Klinke stellen. So machten es die furchtsamen Frauen in den Hitchcock-Filmen auch immer.

Ich wartete und wartete und starrte auf die Tür und wieder zum Telefon. Nichts rührte sich mehr. In dieser Nacht machte ich kaum ein Auge zu.

Donnerstagabend war ich immer noch voller Angst. Todmüde saß ich in meiner verrammelten Wohnung und beobachtete die ganze Zeit unruhig das Telefon. Nichts! Als ich fröstelnd um drei Uhr frühmorgens erwachte, saß ich immer noch in voller Kleidung auf meiner Couch!

Ich war kaputt und sämtliche Knochen taten mir weh, als ich am Freitagnachmittag meinen Dienst beendet hatte. Deshalb wollte ich ein bisschen auf meinem Sofa ausspannen und musste vor Erschöpfung eingeschlafen sein, als mich das Telefon gegen 21 Uhr aus meinen Träumen riss.

Mit heftig klopfenden Herzen nahm ich den Hörer ab.

„Niebüll!"

„Bist du nackt und bereit? Ich komme jetzt zu dir rauf!"

Wieder fuhr mir der Schreck durch alle Glieder und ich warf den Hörer blitzartig auf das Telefon, als hätte er mir die Hand verbrannt. Es war klar, ich hatte neben meinen vielen anderen Problemen nun auch noch einen Psychopathen an der Backe, der wahrscheinlich in unmittelbarer Nähe wohnte und mich täglich heimlich beobachtete. Ich musste dringend mit Alain sprechen und ihn um Rat und Hilfe bitten.

Am Samstagvormittag nahm ich all meinen Mut zusammen und beschloss, alle Weidners in Nürnberg und nötigenfalls auch Umgebung anzurufen und, wenn ich die Stimme nicht kannte, mich mit der Begründung, falsch gewählt zu haben, zu entschuldigen.

Nach gut 20 Minuten war es dann so weit.

„Alain Weidner!" Plötzlich hatte ich ihn am Apparat.

„Hier ist Juliane!"

Ich merkte sofort, dass ihm mein Anruf sehr ungelegen kam. Er sprach leise und vermied, meinen Namen auszusprechen.

„Alain, komm' bitte sofort zu mir! Ich muss dringend mit dir reden!"

„Was gibt's denn so Wichtiges?"

Ich spürte wachsendes Unbehagen und hatte schließlich den Verdacht, Alain könnte eine Frau in seiner Wohnung haben!

„Ich habe ein großes Problem. Komm schnell!"

Nach einer knappen Stunde tauchte er bei mir auf. Ich berichtete ihm von dem unbekannten Anrufer. Doch meine Erzählung schien ihn nicht sonderlich zu berühren.

„Warum rufst du eigentlich mich und nicht die Polizei an?"

Sollte ich ihm sagen: „Weil es dich als meinen Freund zu interessieren hat!"

Hatte es nicht! Deshalb war ich verstimmt und fragte ihn spontan:

„Sag mal, Alain, bist du eigentlich verheiratet?"

Die Frage war ihm sichtlich unangenehm und er dachte einige Sekunden lang nach. Dann entschied er sich für die Wahrheit.

„Nein, ich bin geschieden!"

„Hast du neben mir noch eine andere?"

„Nein, äh......jaaa....doch....gelegentlich!"

„Du wohnst also mit einer Frau zusammen?"

„Ja!" Alain rang mit sich selbst und ich sah es ihm an, dass er ärgerlich wurde. Wenn er sich sehr ärgerte, verlor er meist die Kontrolle über sich. Deshalb war Vorsicht geboten.

„Wenn du es genau wissen willst:" schnappte er beleidigt „Ich habe zwei Frauen!!"

Ich traute meinen Ohren nicht und rang um meine Fassung.

„Du schläfst – mich mitgezählt - gleichzeitig mit drei Frauen?"

Wenigstens gab er es zu!

„Ja, wenn du es unbedingt wissen willst! Ich brauche einfach täglich Sex. Aber meine Lebenspartnerin arbeitet auswärts und hat nur am Wochenende für mich Zeit. Deshalb bin ich unter der Woche mit einer anderen Frau zusammen, die ihrerseits wieder an den Wochenenden zu ihren Eltern fährt!"

Es klang, als wäre er darauf fast stolz! Drei Frauen gleichzeitig - ich war zutiefst gekränkt, denn mein Rang in dieser Frauenriege war eindeutig: Er traf sich immer nur dann mit mir, wenn ihm die beiden anderen nicht zur Verfügung standen! Und ich hatte ihm nicht nur meine Gefühle geschenkt – ich hatte mich in der Annahme, dass er ähnlich empfand, ehrlich und mit ganzem Herzen hingegeben. Was war das nur für ein Mensch? Es war ihm gar nicht um mich, sondern nur um die Befriedigung seiner exzessiven sexuellen Bedürfnisse gegangen! Wie konnte ich nur immer so blöd sein! Ich spürte, wie etwas in mir hochkochte. Wut auf ihn und vor allem Wut auf mich selbst und meine ewige Leichtgläubigkeit!

„Du elender Mistkerl!" schrie ich außer mir und erhob mich drohend, „verlass' sofort meine Wohnung und wage es ja nicht, mich nochmals anzurufen!"

Er spürte, dass er mich soeben verlor und wollte kämpfen.

„Aber…aber ich liebe dich doch!"

„Verschwinde! Raus!!!"

Er schlich aus meiner Wohnung wie ein geprügelter Hund.

Auch der Psychopath ließ – eigenartiger Zufall? - von diesem Augenblick an nichts mehr von sich hören.

*

Meine Einsamkeit machte mich krank. Doch diese allein konnte nicht der Grund sein – es war auch mein Kopf oder meine Mentalität die Ursache dafür, dass ich wieder ich in ein tiefes emotionales Loch gefallen war. Warum nur hatte ich ständig Pech mit meinen Partnern? Wer war ich denn, dass die Männer glaubten, mich so behandeln zu können? War ich nicht intelligent genug, die Gründe hierfür zu erkennen? Mein gutes Aussehen lockte sie zweifellos an. Aber dann? Ich war gepflegt, interessierte mich für Theater, Kunst und Politik und ich konnte gut kochen. Ich war ein Highlight auf jeder Party, konnte sehr lustig und ausgelassen sein und auf dem Volksfest stand ich im Bierzelt mit wildfremden Leuten auf der Bank oder gar auf dem Tisch und rockte und klatschte mit.

Was also suchten sie noch bei mir, was ich scheinbar nicht hatte? Trotz allen Grübelns kam ich nicht dahinter.

Erneut reihten sich die Tage ereignislos aneinander, als eines Abends mein Telefon klingelte.

„Frau Niebüll, ich habe gehört, dass Sie ein Faible für Kunst haben!"

„Ja, in gewisser Weise – schon!"

„Meine Frau und ich besuchen morgen Abend eine Vernissage. Haben Sie Lust mitzukommen? Es wird bestimmt sehr interessant!"

Der Anrufer war mein Chef und ich war einigermaßen überrascht, dass er an mich dachte! Nachdem ich beruflich bisher eher den Eindruck hatte, es wäre klüger, ihn und seine dominante Art zu meiden, waren das ungewohnte Töne. Welchen Grund er wohl hatte, eine kleine Mitarbeiterin einzuladen? Bestimmte Zweifel nagten kurz an mir. Aber wenn seine Frau mitkam, konnte es so schlimm nicht werden.

Da ich froh über jede Abwechslung war, sagte ich zu.

Er holte mich zusammen mit seiner Frau mit dem Auto an meiner Wohnung ab. Die Ausstellung fand in einem umgebauten Stall des ländlichen Umfelds von Nürnberg statt. Gezeigt wurden junge Maler - die Werke sehr modern und farbenfroh. Meine anfängliche Zurückhaltung verflog und ich erzählte meinem Chef ein paar Geschichten über meine inzwischen verstorbene, malende Großmutter Ottilie, die ihn sehr interessierten. Unerwartet tauchte auch sein alter Freund Bernd auf. Wir wurden einander vorgestellt, und später, im Bauerngarten, gab es noch den obligatorischen kleinen Imbiss mit Schmalzbroten, Bier und Frankenwein. Bernd war ein paar Jahre älter als ich und wir plauderten heiter und gelöst miteinander.

„Ein netter lustiger Typ", dachte ich für mich. Später bestand Bernd darauf, mich nach Hause zu fahren.

Er war Abteilungsleiter in einem Nürnberger Industriebetrieb und in jeder Hinsicht ein sehr großzügiger Mensch.

Ein weit gereister Mann, gut situiert, mit einer schönen Eigentumswohnung in der nobelsten Gegend Nürnbergs. Als er mir Tage später seine Wohnung zeigte, war ich sehr beeindruckt. Sie war so ganz anders als gewöhnlich: Lichtdurchflutet, im Grundton weiß! Schöne Mitbringsel aus aller Welt harmonierten mit farbenfrohen Bildern an weißen Wänden. In dem großen Wohnzimmer lagen variable Sitzkissen auf dem Boden, die je nach Bedarf zu Sesseln umgestaltet werden konnten. Alles in dieser Wohnung war exquisit! Das gefiel mir sehr - Bernd musste ein durchaus interessanter Mensch sein.

Nach einer monatelangen Phase des Kennenlernens lud er mich zu einer Reise mit dem Autodachzelt in das mir noch unbekannte beliebteste Urlaubsziel der Deutschen ein: Italien. Ich freute mich sehr darauf und was mich betraf, so hatte ich mir vorgenommen, uns diese Reise so schön wie möglich gestalten.

Wer Rom besuchte, musste bei teuren Karossen damit rechnen, dass das Auto sich, sofern man es im falschen Viertel parkte, bis zur Rückkehr möglicherweise „verselbständigt" hatte. Deshalb stellte Bernd seinen schicken BMW unmittelbar vor einer Kirche ab.

Nachdem das Kolosseum, der Petersdom, der Trevi-Brunnen, die Spanische Treppe und das Forum Romanum abgehakt waren, ging es zurück zu Bernds Schmuckstück. Schon von weitem konnten wir erleichtert feststellen, dass das Auto noch an der Stelle stand, wo es hingehörte. Der Weiterfahrt in den Süden Italiens stand nichts mehr im Wege.

Aber dann: Oh Schreck!! Der Kofferraum war gewaltsam aufgebrochen, mitten auf dem Kirchenvorplatz. Und ich hatte immer gedacht, die Italiener wären gottesfürchtiger als wir! Die Diebe waren sehr speziell vorgegangen. Bernds alte Reisetasche lag noch unangetastet neben anderem Reisegepäck im Kofferraum. Die Gauner hatten ausschließlich meine Kleider, meine Schuhe, meinen Schmuck und meine Toilettenartikel mitgehen lassen! In diesem Augenblick brach in mir eine Welt zusammen: Ich besaß nichts mehr außer dem, was ich auf dem Leib trug. Wütend und ohnmächtig zugleich fühlte ich mich plötzlich arm wie eine Kirchenmaus!

Natürlich zeigten wir den Fall bei der nächsten Polizeidienststelle an. Bernd sprach leidlich Italienisch, doch der Polizeibeamte zuckte nur mit den Schultern. Vermutlich waren wir heute nicht die Ersten, die einen Autoaufbruch meldeten. Ohne sich für unsere Namen oder das Autokennzeichen überhaupt zu interessieren riet er uns lapidar, am nächsten Tag nach Trastevere auf den Markt zu gehen, da könne ich meine Sachen voraussichtlich zurückkaufen. Was für ein Schlag ins Gesicht eines normalen, ehrlichen Menschen! Wie konnte ein Polizist nur so argumentieren? Warum schlug er nicht vor, uns am nächsten Tag in Zivil nach Trastevere zu begleiten und die Hehler zu verhaften? Ich war außer mir! Diese „Staatsdiener" steckten sicher mit den Gaunern unter einer Decke! Die hatten ja keine Ahnung, was für eine Katastrophe der Diebstahl für mich war. Jetzt, wo der Sommer gerade begann, da waren meine schönsten, extra neu gekauften Kleider weg. Meine Schwester Ingrid hatte mir vor unserer Reise noch ein sehr apartes weißes Leinenkleid geliehen und auch das hatten die Diebe mitgenommen. Ich hatte im Augenblick auch keine Vorstellung, wie der Schaden ersetzt werden konnte.

Ich war so außer mir und wurde so laut, dass die Polizisten drohten, mich einzusperren! Ja, dafür hätten sie sicherlich die Zeit erübrigt, diese seltsamen „Hüter des Gesetzes" in Italien – die Italienreise war damit beendet und Rom würde mich so schnell nicht wiedersehen.

Als wir wieder in Nürnberg ankamen, war ich immer noch wütend! Und das werde ich auch heute noch, wenn ich nur daran denke!

*

Ich blieb für viele Jahre an Bernds Seite. Immer häufiger jedoch hatte ich das eigenartige Gefühl, dass etwas mit ihm nicht stimmen konnte. Als ich einmal beim Aufbau des Dachzeltes die Zeltbahn nicht hoch und weit genug über den Wagen auf die Gegenseite schleudern konnte, weil mir die Kraft dazu fehlte, bekam er plötzlich einen Wutanfall und beschimpfte mich unflätig. Ich war tief gekränkt, aber auch verstört, weil ich mir seine Aussetzer nicht erklären konnte. Die Leute um uns herum hatten die Szene mitbekommen, schüttelten ungläubig den Kopf und äußerten lauthals, dass sie solch einen unmöglichen Menschen schon längst in die Wüste geschickt hätten. Das war für mich noch viel peinlicher als für Bernd selbst!

Wenn wir mit seinem Wagen auf der Autobahn fuhren, geschah es ab zu, dass er lange Zeit entspannt mit 120 km/h fuhr und dann unvermittelt Vollgas gab. Wenn er dann mit fast 200 km/h über die Autobahn jagte, krallte ich vor lauter Angst unwillkürlich meine Fingernägel in das Sitzpolster. Meine Einwände, ich hätte Angst, bei dem unnötig hohen Tempo zu Tode zu kommen, erreichten ihn nicht.

Ab und zu fielen mir auch sonderbare unkontrollierte Bewegungen seiner Arme auf. Ich konnte mir diese Auffälligkeiten nicht erklären und bat eines Tages seine geschiedene Frau Franzi um ein Gespräch.

„Juliane, das weißt du nicht? Hat er dir nie etwas gesagt? Bernd hat das Chorea Huntington- Syndrom!"

„Nein, davon hat er nie gesprochen! Von solch einer Krankheit habe ich noch nie gehört!"

„Das ist eine unheilbare, vererbliche Störung des Gehirns. Seine Mutter ist bereits daran gestorben und seine Schwester hat es auch."

Vielleicht wusste Bernd ja gar nichts davon! Als die Symptome sich weiter häuften, versuchte ich ihn darauf anzusprechen, in der Hoffnung er würde sich in ärztliche Behandlung begeben.

Ich hatte ausgesprochen, was er einfach nicht wahrhaben wollte. Schon im alten Griechenland wurden die Überbringer schlechter Nachrichten umgebracht! So schlimm erging es mir zwar nicht, aber Bernd wollte es einfach nicht hören und war böse auf mich. Mein armer Freund! Wie hätte ich ihm helfen können? Er wurde zunehmend zu einem unlösbaren Problem. Besuchten wir unseren Stammtisch mit Freunden, so setzte ich mich im Lokal stets unmittelbar an seine Seite, um Missgeschicke, die durch solche unvorhersehbaren Bewegungen ausgelöst wurden, rechtzeitig abfangen zu können. Bedingt durch meine ständige Anspannung in seiner Nähe konnte ich unseren

Stammtisch kaum noch genießen, da ein unbeschwertes Gespräch nicht mehr möglich war.

Doch es kam immer noch schlimmer. Sein Persönlichkeitsverlust, der mit seiner Erkrankung einherging, wurde für mich am Ende beinahe unerträglich. Denn die Leute nahmen natürlich an, ich sei Bernds Ehefrau, und machten mich deshalb zur Zielscheibe ihrer Frustration.

Jedes Jahr im September wird auf vielen Straßen und Plätzen das Nürnberger Altstadtfest gefeiert. Auf dem Hauptmarkt werden von den verschiedenen Brauereien und Restaurants Tische und Bänke aufgestellt. Die vielen köstlichen Gerüche, die sich von den Ständen über den Markt verbreiteten, machten es dem Besucher nicht ganz leicht, sich schließlich für einen Ausschank zu entscheiden. Bernd mochte diese Feste, konnte er an solchen Tagen doch viele Stunden durch die Stadt schlendern.

„Treffen wir uns am Abend am Schönen Brunnen!" war sein Vorschlag. Ich stimmte schweren Herzens zu.

Wir wanderten zuerst zur Insel Schütt, bummelten an der Pegnitz entlang zur Königstraße und bogen anschließend in die Kaiserstraße ein, dann über die Fleischbrücke zum Henkerssteg und von hier über den Trödelmarkt zum Kettensteg und bis zur Weißgerber Gasse. Es war eine Route, die auch die Stadtführer oft nehmen, um den Touristen die schönsten Ecken des mittelalterlichen Nürnberg zu zeigen.

Dann suchten wir uns auf dem Hauptmarkt einen guten Platz. Nach längerem Suchen fanden wir schließlich an einem fast voll besetzen Tisch noch zwei freie Plätze.

„Jule, such' dir was Feines zum Essen aus! Wie wäre es mit einer halben gegrillten Ente? Und dazu besorge ich uns einen fränkischen Silvaner!"

Schon stürmte er los. An solchen Tagen war mein lieber Freund glücklich, weit weg von allen Schwierigkeiten, die sonst seinen Alltag belasteten. Unsere Tischgegenüber musterten mich während Bernds kurzer Abwesenheit unentwegt und der Mann fragte mich schließlich brüsk:

„Gehören Sie etwa zu diesem gestörten Idioten?"

Ich geriet in Zorn.

„Schämen Sie sich denn nicht, so über einen kranken Menschen herzuziehen?"

„Naja, was heißt hier „krank"? Der ist einfach nicht normal! Wir beobachten ihn fast jeden Samstag, wenn er im Café auf dem Hauptmarkt sitzt und fremde Leute und junge Frauen anspricht. Dabei macht er immer so komische heftige Bewegungen mit seiner Zeitung und zieht Grimassen."

Ich wollte Bernd verteidigen, aber was wussten solche Leute schon von „Chorea Huntington"? Es war so sinnlos, dass ich mir eine Antwort sparte. Trotzdem war mir der Tag verleidet und als ich Bernd mit seinem Tablett mit unseren köstlichen Enten mühsam-vorsichtig auf uns zukommen sah, lief ich ihm entgegen, nahm ihm das Tablett ab und sagte zu ihm:

„Komm, wir suchen uns einen anderen Tisch!"

Natürlich verstand er meinen Sinneswandel nicht, aber eine Erklärung wollte ich ihm auch nicht geben, um ihn nicht zu verletzen. Diese mehr als schlichten Menschen hatten es geschafft, mich wütend und gleichzeitig unendlich traurig zu machen. Als ich später allein zu Hause war, konnte ich lange Zeit meine Tränen nicht bändigen. Von Tag zu Tag verlor ich meinen besten Freund ein bisschen mehr und konnte ihm nicht helfen.

Viele Wochen waren inzwischen vergangen und Bernds Erkrankung war bereits weit vorangeschritten. Dabei fehlte ihm jegliche Einsicht in seine eigene Krankheit und was er mir damit alles antat. Eigentlich gehörte er längst in professionelle Hände und hätte es sich auch leisten können. Ich besaß einfach nicht mehr die Kraft, sein Verhalten zu ertragen und Dritten gegenüber zu verteidigen. Natürlich war es unverantwortlich, ihn in diesem Zustand allein zu lassen! Aber wenn ich nicht selbst daran zerbrechen wollte, musste ich diesen Schritt gehen und die Partnerschaft mit ihm beenden. Es war für uns beide in hohem Maße unerfreulich!

Ungeachtet der Trennung rief Bernd mich unbekümmert jedes Wochenende schon am frühen Vormittag an, um mich zu einem Spaziergang auf dem Land zu überreden und um mich anschließend in einem Lokal großzügig zum Mittagessen einzuladen. Das war die Zeit, wo er mich bat, seinen heißgeliebten weißen BMW zu steuern, weil er registrierte, dass er selbst nicht mehr dazu in der Lage war. Unter der Woche fuhr er jetzt oft mit dem Fahrrad in die Stadt und leider geschah es immer häufiger, dass er dabei stürzte und sich irgendwelche Verletzungen zuzog. Wenn ich ihn dann nach einigen Tagen wiedersah, hatte er entweder ein blaues Auge, eine Platzwunde im Gesicht, oder in einem Fall gar einen gebrochenen Unterarm. Aber trotz aller Schwierigkeiten blieb er stets ein gut gelaunter

Mensch, der, obwohl er inzwischen tägliche Infusionen benötigte und zudem einen Hörsturz erlitt, mit allen Mitteln versuchte, seinen Alltag zu meistern.

Seine Krankheit verschlimmerte sich nun mit rasender Geschwindigkeit! Ich begann, mit ihm über den Tod zu sprechen und auch darüber, dass er ein Testament schreiben müsse, wenn er nicht wollte, dass sein Vermögen dem Staat anheimfiele. Ein Hilfsprojekt lag ihm besonders am Herzen. Er hatte auf einer seiner Reisen die vielen blinden Menschen in Bangladesch und auch in Indien erlebt.

„Für nur 12,50 DM kann man einem Blinden ein Auge operieren und somit vielen Menschen dort helfen, wieder ein halbwegs normales Leben zu führen. Erfahrene Chirurgen aus der Gruppe „Ärzten ohne Grenzen" führen derartige Operationen durch." klärte er mich auf.

Für dieses Projekt wollte er sein Vermögen zur Verfügung stellen. Ich war davon höchst angetan - was für ein toller Plan! Ich weiß nicht mehr, wie oft ich ihn daran erinnert habe, genau diesen Willen testamentarisch zu verfügen. Er versprach es jedes Mal! Hat er seine Krankheit derart unterschätzt, dass er glaubte, noch viele Jahre zu leben?

Meine Stammtischfreundin Doro rief mich an einem Samstagvormittag an und sie klang sehr besorgt. Sie hatte Bernd einige Male versucht anzurufen, ihn aber nicht erreicht. Ich sprang sofort in mein Auto und traf Doro vor Bernds Haustür. Wir klingelten, klopften, riefen seinen Namen, nichts rührte sich. Eine Nachbarin wurde auf uns aufmerksam.

„Sind Sie Angehörige von Herrn Lutz?"

„Wir sind Freunde von ihm! Was ist geschehen?"

„Ich hörte die ganze Nacht im Haus das Wasser laufen und vermutete, dass das Geräusch aus dem Bad von Herrn Lutz kommen müsste. Ich habe bei ihm geklingelt, aber niemand hat reagiert. Schließlich habe ich die Polizei verständigt. Die Polizisten haben gleich einen Handwerker mitgebracht, der die Wohnungstür geöffnet hat. Herr Lutz lag tot in seinem Badezimmer!"

Da Bernd keine Kinder oder Verwandte hatte, fühlten wir, seine Freunde, uns veranlasst, seine Beerdigung zu organisieren. Aber die vermeintlich einfache Aufgabe wurde aufgrund seines exotischen Wunsches zu einer nicht leicht zu bewältigenden Angelegenheit.

„Sie möchten, dass der Verstorbene verbrannt und seine Asche auf dem Himalaja verstreut wird! Ja was glauben Sie denn, wie das gehen soll? Sie können doch nicht mit einer Urne in Nepal einreisen und dort menschliche Asche verstreuen. Urnen-Tourismus! Alles verboten!"

Der Bestatter sorgte für reichlich Frustration und so kamen wir, seine Freunde, überein, für Bernd wegen seiner Vorliebe für die Farbe Weiß wenigstens eine „Weiße Beerdigung" zu arrangieren.

„Wo denken Sie denn hin! Weiße Särge gibt es nur für Kinder!" korrigierte mich der Bestatter erneut.

Daraus wurde also auch nichts. Ein gewöhnlicher Sarg war Pflicht.

Aber Doro hatte eine Idee und so gelang es ihr und mir, trotz all der behördlichen Widrigkeiten eine stimmungsvolle Beerdigung zu organisieren! Aus dem alten kreolischen Viertel von New Orleans kennt man ja die Leichenzüge, bei denen die Trauernden mit Gesang und Tanz-schritten den Jazzmusikern durch die Straßen folgen. Und ähnlich wollten wir Freunde unseren armen Bernd auf sei-ner letzten Reise begleiten. Doro erinnerte sich, dass er über Jahrzehnte Mitglied im Jazzclub gewesen war. Diesen Klub riefen wir an. Einige Musiker, die Bernd noch von früher gut kannten, stellten sich gern zur Verfügung und geleiteten den Trauerzug mit ihren Instrumenten vom Friedhofseingang bis hinunter zum Krematorium. Natür-lich waren wir alle in Weiß gekleidet. Einen Pfarrer gab es nicht, aber ein alter Freund Bernds sprach noch ein paar einfühlsame Worte über ihn und wagte es sogar, eine kleine Anekdote zu erzählen. Dem Friedhofswärter hatte diese Beerdigung sehr gut gefallen und er meinte anschlie-ßend, eine derart außergewöhnliche Beerdigung mit so tol-ler Musik hätte er noch nie erlebt.

Als mögliches Testament konnte lediglich ein hand-schriftlicher, von Bernd unterzeichneter Zettel aufgefun-den werden. Das Nachlassgericht bestimmte deshalb, dem Zetteltext entsprechend, Bernds Exfrau Franzi, die sich nach der Scheidung eigentlich nie mehr um ihn gekümmert hatte, zur rechtmäßigen Erbin.

Diese Wendung hinterließ bei mir einen sehr schalen Nachgeschmack, weil ich damit nicht in die Lage war, wie mit Bernd vereinbart, als Testamentsvollstreckerin den Blinden in Bangladesch und Indien zu helfen! Nach mei-nem moralischen Empfinden war Bernds Vermögen in die falschen Hände gelangt.

Sein Urnengrab findet man auf dem schönsten Friedhof Nürnbergs, dem Johannisfriedhof und ich denke, er hat kein Problem damit, mit all den berühmten Söhnen Nürnbergs, wie Albrecht Dürer oder Veit Stoß, in friedlicher Eintracht zu ruhen. Immer wenn mich die Sehnsucht wieder nach Nürnberg treibt und meine Zeit es zulässt, besuche ich Bernds Grab. Schon von weitem erkenne ich den Rosenstock, den wir damals als winziges Stöckchen gepflanzt haben und aus dem inzwischen ein großer Rosenbusch geworden ist. Der Busch macht mich nachdenklich, denn ich erkenne daran, wie schnell und unerbittlich doch die Zeit vergeht.

Mit Bernds Tod wurde es in meinem Privatleben wieder sehr still. Im Rückblick ist mir klar, dass wir ein bemerkenswertes Paar gebildet hatten. Er hatte mich gebraucht, weil er vermutlich um seine Krankheit von Anfang an wusste. Schließlich hatte seine Scheidung von Franzi einen Grund gehabt, aber er wollte nicht allein bleiben. Mit seinem Schweigen bezüglich seiner Erkrankung und andererseits durch seine Großzügigkeit und Weltgewandtheit konnte er davon ausgehen, dass ich an seiner Seite blieb.

Ich hatte ihn anfänglich ebenfalls gebraucht, um meine Einsamkeit zu bewältigen und durch mein Verhalten dafür gesorgt, dass er sich gut fühlte. Als er mir aufgrund seiner Erkrankung langsam entglitt, war er in seiner Persönlichkeit nicht mehr derjenige, den ich kennen und schätzen gelernt hatte. Lange fragte ich mich, ob ich mich an ihm versündigte, als ich ihn just in dem Augenblick verließ, als es ihm am schlechtesten ging. Oberflächlich gesehen mag das für Außenstehende kalt und egoistisch gewirkt haben. Es war mir jedoch „nur als Freundin" nicht möglich, ihn zu einer medikamentösen Therapie zur Abmilderung seiner Überbewegungen oder in eine Form von Betreuung zu bewegen, die andere sich vor ihm und ihn vor sich selbst hätten schützen können. Es war juristisch und auch persönlich nicht machbar gewesen und es hatte ihm die ganze Zeit die Einsicht hierfür gefehlt.

*

Als Mami 1979 sechzig Jahre alt geworden war, stellte sie einen Ausreiseantrag in den Westen. Dem Antrag wurde 1982 endlich entsprochen und wenige Monate später konnte ich sie am Nürnberger Hauptbahnhof in Empfang nehmen. Ihr Leben war nie so verlaufen, wie sie sich das gewünscht hätte und der Mangel war stets ihr täglicher Begleiter gewesen. Nun freute sie sich auf ihren letzten Lebensabschnitt im Westen und auf ihre Töchter und Enkel. Und obwohl sie an uns sicherlich viele Erziehungsfehler begangen hatte, so liebte ich meine Mutter ganz besonders, nicht zuletzt, weil sie mir mein ganzes Leben lang uneigennützig beigestanden hatte. Deshalb freute ich mich ebenfalls!

Bis ich für sie eine kleine Wohnung gefunden hätte, bot ich ihr mein Ein-Zimmer-Appartement als Domizil an, während ich mir selbst rechtzeitig eine kleine, billige Dachwohnung gesucht hatte.

Mami musste die verschiedensten westdeutschen Gepflogenheiten erst erlernen, deshalb war ich reichlich mit ihr beschäftigt. Ich ging mit ihr zum Einwohnermeldeamt und kümmerte mich um ihre Anmeldung und ihren künftigen Personalausweis. Ich übte mit ihr, wie sie mit den schaffnerlosen Straßenbahnen und Bussen die verschiedensten Ziele in der Stadt erreichen konnte und wie man den Fahrscheinautomaten den passenden Fahrschein entlocken konnte. Vor dem Erreichen der Zielhaltestelle musste man einen Knopf drücken, damit der Fahrer auch anhielt, und ich machte zumindest den Versuch, ihr das komplexe System der Tarifzonen zu erklären. Da sie bis dahin lediglich Toiletten mit Kettenspülung kannte, musste ich sie auch darüber aufklären, wie die modernen westlichen Toilettenspülungen funktionierten. Dann ging ich mit ihr in ihrem neuen Wohnumfeld einkaufen.

Stets wollte sie, wenn ich sie besuchte, mit mir reden und von früheren Zeiten erzählen und wir kamen uns nach der langen Trennungsphase immer näher. Auch unsere Gespräche wurden immer persönlicher.

„Sag mal, Mami, warum ist Papi damals nach Kriegsende nicht mehr zu uns zurückgekommen? Was ist tatsächlich passiert?"

„Oh Gott, Kind, das ist doch schon eine Ewigkeit her! Warum willst du das wissen?"

„Weil ich zwar einen Vater hatte und doch keinen besaß. Ich hätte ihn so sehr gebraucht! Warum hat er uns das angetan?"

„Ach Julchen, euer Vater und ich, wir haben uns sehr geliebt. Aber er trug offenbar das Erbe des alten Suchocki in sich, der ein Weiberheld ohne Verantwortungsgefühl war."

„Wie meinst du denn das?"

„Er hat mich mit meiner besten Freundin betrogen! Das hat mich damals tief getroffen! Schließlich hatte er zuhause eine Frau und drei Kinder und trug die Verantwortung für seine Familie."

„Und wie hast du reagiert?"

„Ich hätte ihm vermutlich verziehen, wenn er zu uns zurückgekommen wäre, aber Ottilie mochte mich nicht sehr und war die treibende Kraft, dass er nach Berlin ging, statt zurück zu seiner Familie. Berlin war für ihn – natürlich auch beruflich - ein besseres Pflaster als Nordhausen."

„Und dann?"

„Ich war gerade erst 30 Jahre geworden! Hätte ich den Rest meines Lebens wie eine Nonne leben sollen?"

„Gab es für dich auch noch einen anderen Mann in deinem Leben?"

„Weißt Du, ich war auch nicht ohne!" antwortete sie, und lächelte still in sich hinein. Vielleicht schwelgte sie in diesem Augenblick in uralten Erinnerungen.

Was ich für mich als legal und selbstverständlich ansah, wollte ich mir bei meiner eigenen Mutter erst gar nicht vorstellen. Gottseidank hatte sie kein zweites Mal geheiratet. Es war für mich leichter zu ertragen, dass Mami „gelegentliche Bekanntschaften" pflegte, als dass sie uns eines Tages einen Stiefvater vor die Nase gesetzt hätte.

Mami tat mir leid. Eigentlich hatte sie, von kurzen besseren Zeiten abgesehen, ein erbärmliches Leben gelebt. Das begann schon bei ihrer Geburt. Omi Mine wurde unverheiratet und natürlich ungewollt von einem einfachen Fabrikarbeiter schwanger. Ihr Vater hätte sie wegen dieser

„Schande" möglicherweise totgeschlagen, wenn er es rechtzeitig mitbekommen hätte. Doch Mine gelang es, die Schwangerschaft durch das Tragen weiter Röcke und Schürzen bis zur viel zu frühen Niederkunft zu verheimlichen. Beide Eltern waren zufällig außer Haus, als sie völlig allein in der Küche ihrer Eltern ihr erstes und einziges Kind – ein Mädchen – auf dem nackten Fliesenboden zur Welt brachte. Frau Hammer, die Nachbarin, wurde auf Mines Schreien und Stöhnen aufmerksam, und suchte nach der Ursache. Als sie Mine und das Baby in einer Blutlache am Boden liegend entdeckte, war sie zwar sehr erschrocken, griff aber sofort ein und wickelte das nackt auf den kalten Fliesen liegende Neugeborene in rasch herbeigeholte Leintuchfetzen. Dann verständigte sie einen Arzt, der schließlich das Kind abnabelte.

„Das kleine Mädchen ist eine Frühgeburt und muss sofort ins Krankenhaus!" konstatierte der Arzt. „Und die Mutter kommt gleich mit."

Frau Hammer säuberte noch den Fußboden und verschwand wieder. Als Mines Eltern abends zurückkehrten. deutete, außer dass Mine nicht zuhause war, nichts mehr auf das Geschehene hin.

Die freundliche Frau Hammer berichtete, was passiert war. Mines Vater raste vor Wut, doch seine Frau Auguste sorgte dafür, dass er sich langsam wieder beruhigte.

„Von Schande kann gar keine Rede sein, Heinrich, denn niemand wird etwas erfahren. Wir nennen die Kleine Gertrud und geben es als unser neuntes Kind aus. Und Frau Hammer wird schweigen, dafür sorge ich schon!"

Und so geschah es! Frau Hammer bekam für ihre Hilfe und ihr Schweigen eine kleine Zuwendung und die kleine Trude wurde als neuntes Kind der Familie großgezogen und auch so behandelt.

Als Mine den Opi kennenlernte und heiratete, kam Mami – vierjährig - mit in die neue Familie. Opi adoptierte sie sofort und nun erst dämmerte ihr, dass Mine gar nicht ihre ältere Schwester, sondern ihre Mutter war.

Was für ein schreckliches Familien-Kuddelmuddel!!

*

Mutterseelenallein sitze ich in meiner Bude. Es ist Ende Juni und mir graut vor jedem Wochenende. So auch heute. Ich habe ausgiebig Körperpflege betrieben, danach wegen des Erhalts der Figur schmal gefrühstückt. Jetzt schaue ich ein bisschen aus dem Fenster, wie sich das Wetter entwickeln wird. Was soll ich bloß tun? Soll ich bei dieser Schwüle schon wieder durch die Stadt laufen und meinen Gedanken nachhängen? Meine Wohnung ist blitzsauber geputzt, kein Stäubchen am Boden, die Bücher in meiner Stollenwand im Wohnzimmer alle gelesen und wie die Soldaten in Reih und Glied aufgereiht! Hier in der Wohnung gibt es nichts mehr zu tun. Auch meine CD-Sammlung ist durchgespielt. Der Song von Max Raabe „Kein Schwein ruft mich an, keine Sau interessiert sich für mich....." geht mir nicht mehr aus dem Kopf und verfolgt mich seit Tagen!

Als das Telefon plötzlich läutet, zucke ich erschrocken zusammen. Ich hebe ab und höre voller Schreck eine bekannte Stimme. Sofort zittern meine Knie und ich muss mich auf den Boden setzen.

„Hallo Juliane, hier ist Alain!"

Der Mann, der mir vor sieben Jahren unter Druck seine „Vielweiberei" gestanden hat, der mich bis aufs Blut gedemütigt hat, dem ich verboten habe, mich jemals wieder anzurufen, wagt es, sich wieder in mein Leben einzuschleichen!

Ich glaubte, die „dumme Jule" überwunden zu haben und stark zu sein. Aber jetzt bin ich schon wieder übernervös und im Begriff, die nächste Dummheit zu begehen. Er trifft meinen empfindlichsten Nerv zu einem Zeitpunkt, als ich dringend jemanden um mich herum brauche. Es mag verrückt klingen, aber kein Mann konnte meinen Namen so melodisch und sanft ins Telefon hauchen wie Alain. Deshalb höre ich ihm zu, statt ihn sofort aus der Leitung zu werfen.

„Es gibt so viel zu erzählen, Juliane, wenn du keine Pläne für das Wochenende hast, könnten wir uns doch in der Stadt treffen!"

Überall in der und rund um die Stadt gibt es Johannimärkte, Sonnwendfeiern, Feste und Frohsinn. Und ich fürchtete die ganze Zeit, entweder allein oder gar nicht dabei zu sein!

Noch habe ich am Telefon keinen Ton geantwortet und schon beginnt mein Fundament aus Standhaftigkeit zu bröckeln.

„Juliane, bist du noch dran?"

Mein Kopf spielt Karussell. Soll ich oder soll ich nicht? Der Mistkerl wird mir sicherlich nur wieder wehtun! Du bist zu nichts verpflichtet! Mach dir ein schönes Wochen-ende! Lass die Finger von ihm!........

„Juliane, hallo, was ist mit dir, bist du noch dran?"

Ich weiß wirklich nicht, wie ich auf seinen Anruf rea-gieren soll.

„Gib mir deine Nummer, ich ruf dich zurück!" sage ich kurz angebunden. Nachdem er mir seine neue Telefonnum-mer herausgerückt hat, lege ich schweigend auf.

Wie immer, wenn ich im Leben ein Problem habe, rufe ich meine Mami an und frage sie um Rat.

„Julchen, dieser Mann hat meiner Meinung nach keinen guten Charakter. Wenn du mit ihm einen Abend verbrin-gen möchtest, dann tu es. Aber sei äußerst vorsichtig!"

Mami hält mich für standfest. Sie hätte mich besser ken-nen müssen! Denn nach einem wunderbaren Abend am Sonnwendfeuer habe ich mich erneut in diesen Mann ver-liebt.

Zum ersten Mal bittet er mich in sein Haus und wir re-den die halbe Nacht und ich fühlte mich in seinen Armen unbeschwert und geborgen. Ich erfahre, dass er nicht nur geschieden, sondern auch Vater einer süßen Tochter ist.

„Glaub mir, ich habe dich nie vergessen und habe sogar meine Tochter nach dir benannt." säuselt er. „Ich bin ein völlig anderer, reiferer Mann geworden und weiß inzwi-schen, was im Leben wirklich wichtig ist!"

Das höre ich mit großer Genugtuung

Mein Eindruck verstärkt sich, dass Alain inzwischen solide geworden ist. Er hat sich im Nürnberger Umland dieses kleine Häuschen mit schönem Garten gekauft. Es ist natürlich noch nicht abbezahlt, was ihm aber keinerlei Sorgen bereiten muss, da er als Angestellter im Öffentlichen Dienst ein regelmäßiges Gehalt bezieht.

Mein Papi hatte inzwischen sein Haus verkauft und mir aus dem Erlös als vorweggenommenes Erbe 10 000.- DM vermacht. Er mahnte mich:

„Julchen, leg' es gut an, und lass dich dabei beraten! Auf keinen Fall an der Börse spekulieren, denn davon verstehst du nichts!"

Da hatte Papi sicherlich recht. Aber mein Freund Alain behauptet, er wüsste sehr gut, wie man Geld am besten anlegt. Überglücklich erzähle ich Alain von meinem neuen „Reichtum", denn so viel Geld hatte ich noch nie auf meinem Konto.

„Du wirst dich doch nicht mit lumpigen zweieinhalb Prozent Zinsen auf einem Sparbuch begnügen!"

Alain klingt überzeugend.

„Ich kenne mich an der Börse gut aus und weiß um Papiere mit einer Gewinnchance von mehreren 100%!"

Das klingt verlockend, vor allem für eine „dumme Jule"! Alain kennt sich bestens aus - warum also sollte ich ihm misstrauen? Er schreibt mir die Wertpapierkennnummer und die Zahl 50 000 auf und ich gehe am nächsten Tag zum Bankberater.

„Sind Sie sich darüber klar, was Sie da kaufen?", fragt mich der Berater, nachdem ich ein Depot angelegt habe.

Ich bejahe – Alain würde sich nicht irren! – und unterschreibe, dass ich über das Risiko aufgeklärt wäre. Dann kaufe ich 50 000 „endlos-Calls" zu 19 Pfennig das Stück auf eine kanadische Silbermine und freue mich auf die Verdoppelung meines Vermögens.

Monate sind vergangen, als Alain mir vorschlägt, zu ihm in sein Haus zu ziehen. Ich stehe vor einer bedeutsamen Entscheidung, die mein Leben entscheidend verändern kann. Kleine Zweifel melden sich in meinem Unterbewusstsein. Dann siegt mein Optimismus: Waren das nicht Anzeichen dafür, dass er dieses Mal alles richtigmachen wollte und es für ihn nur noch eine Frau gab, nämlich mich?

Warum ich mir überhaupt noch den Rat von Ingrid und Papi dazu einhole, obwohl ich mich eigentlich bereits entschieden habe, zu Alain zu ziehen, kann ich heute nicht mehr nachvollziehen. Sowohl meine Schwester als auch mein Vater haben ihn bereits kennengelernt und sehen ihn mit völlig anderen Augen als ich. Ich sehe nur das, was ich sehen möchte. Nämlich den Mann, der sich zu mir bekennt und der mit mir gemeinsam in seinem Haus leben will. Diesbezüglich prallen alle Einwände Ingrids und Papis an mir ab. Sie raten mir beide dringend, wenigstens meine Wohnung nicht sofort zu kündigen.

„Warte doch erst mal ab, wie eure Sache sich entwickelt" beschwört mich Ingrid buchstäblich.

Aber mein lieber Alain lässt mir keine Ruhe, er bearbeitet mich regelrecht, bis ich schließlich in sein Haus einziehe. Ich bin tatsächlich überzeugt, ab jetzt stünde ein Leben wie im Traum vor mir.

*

Nach sechs Jahren in Nürnberg, von denen Mami später behauptete: „Julchen, das waren die schönsten Jahre meines Lebens, du warst mir so eine liebe Tochter!" begann sie als Folge ihres ständigen Rauchens zu kränkeln. Sie litt an Herzasthma und keuchte manchmal wie eine Erstickende. Ich sprach mit ihrem Hausarzt, der ihr eine Kur in Bad Reichenhall verschrieb. In der Kurklinik wurde zunächst eine Röntgenaufnahme der Lunge vorgenommen. Nach einer Woche kam ein Brief von Mami:

'Ich werde vorzeitig nach Nürnberg entlassen, das Weitere erzähle ich dir dann mündlich.'

Ich ahnte nichts Gutes!

„Sie sagen, ich hätte unheilbaren Lungenkrebs - eine Kur wäre völlig sinnlos!"

Eine weitere Untersuchung ergab, dass Mamis Lunge bereits zu 80% zerstört war. Sie hatte nur noch kurze Zeit zu leben.

Im Gegensatz zu mir war sie in den ihr noch verbleibenden Monaten nie traurig oder gar verzweifelt, sondern sie nahm ihr Schicksal einfach an.

„Ich möchte noch einmal meine Kirche besuchen!"

Wir saßen nebeneinander auf einer Bank in der Neuapostolischen Kirche und sangen und beteten gemeinsam. Mami war gelassen und wie beseelt. Ich selbst aber war das heulende Elend in Person. Mami war in jener Zeit alles, was mir noch geblieben war. Sie war meine lebendige Erinnerung an meine Jugend. Ich hatte sie mein Leben lang gebraucht. Ein Weiterleben ohne sie war für mich unvorstellbar und ich war nahe dran, den Verstand zu verlieren. Die Kehle tat mir weh und ich versuchte verzweifelt, ihr meine Emotionen und meinen Schmerz nicht spüren zu lassen. Plötzlich suchte sie meine Hand, sah mich an und sagte zu mir:

„Julchen, weine nicht! Es ist gut so."

Zuhause bei Mami tranken wir noch einen Kaffee zusammen. Sie wollte sich noch etwas von der Seele reden.

„Ich bin mir bewusst, dass ich mich an meinen Kindern schuldig gemacht habe und jetzt dafür büßen muss."

„Wie meinst du das?"

„Ich habe euch Kinder in meiner Not und weil ich mir nicht besser zu helfen wusste, viel zu oft geschlagen! Heute weiß ich, dass ihr eigentlich nie etwas wirklich Schlimmes angestellt habt, aber ich musste meine Nerven schonen und glaubte, mir damit die Erziehung leichter zu machen."

„Ja, Mami, weißt du noch, wie du mir einmal gezeigt hast, wie das deutsche „i" geschrieben werden muss: 'Hoch, runter, rauf, Pünktchen oben drauf.' 10-mal, 20-mal hintereinander! Und ich schaffte es einfach nicht!"

„Ja, das war nicht einfach mit dir!"

„Und ich sage dir auch, warum ich es nicht konnte: Der Kochlöffel lag neben mir auf dem Tisch schon zum Schlagen bereit und ich fürchtete mich derartig davor, dass ich an nichts mehr Anderes denken konnte!"

„Da habe ich bei euch Kindern sicherlich große Fehler gemacht! Das tut mir heute leid."

Als es mit ihr zu Ende ging, schlief ich auf einer Matte im Flur ihres kleinen Appartements, um ihr nahe zu sein und gegebenenfalls helfen zu können.

Sie lag im Todeskoma, als ich im März 1989 an einem Freitag von meinen Wochenendbesorgungen in Mamis Wohnung zurückkehrte und ich verständigte ihren Arzt.

Als ihr Tod eingetreten war, fühlte ich mich leerer als je in meinem Leben zuvor! Am kalten, regnerischen Mittwoch darauf trugen wir sie unter Anwesenheit ihrer Kinder und ihrer Glaubensbrüder feierlich zu Grabe.

*

Wie sich doch die Wörter „Traum" und „Trauma" ähnelten! Für Alain war es selbstverständlich, dass ich Miete zahlte, auch wenn ich den Betrag, den er mir nannte, als sehr hoch empfand.

„Ich habe schließlich noch Schulden auf dem Haus, auf die ich Zinsen zahlen muss!" war seine Erklärung. Als Mieterin hätte mir das egal sein können – es waren **seine** Schulden auf **seinem** Haus, die ich nicht verpflichtet war, mit abzubezahlen! Doch solche nüchternen Betrachtungen waren mir fremd.

Alain war ein sehr ordentlicher Mensch und bestand darauf, dass in seinem Haus immer alles picobello sauber war. Das war für mich kein Problem, weil mir Ordnung und Sauberkeit auch in meinen eigenen vier Wänden immer ein Anliegen waren. Aber dass ich jeden Freitagnachmittag, wenn ich von der Arbeit nachhause kam, das gesamte Haus putzen sollte, in dieser Hinsicht hatte ich mir die Freundschaft doch etwas anders vorgestellt. Aber wenn es denn so sein sollte, wollte ich unser glückliches Zusammenleben wegen solcher „Lappalien" nicht aufs Spiel setzen.

Der Preis für mich wurde hoch und immer höher. Wenn ich den Wunsch äußerte, mal in den Urlaub zu fliegen, sagte er stets, er habe dafür kein Geld. Damals glaubte ich ihm noch jedes Wort und hätte mich geschämt, überhaupt an den Verdacht zu denken, er könne mich lediglich benutzen. Ich lud ihn und seine Tochter mehrmals in den Urlaub ein und er nahm jede Einladung mit Freuden an.

Wenn ich anlässlich eines Besuchs bei meiner Schwester ein bisschen aus dem Nähkästchen plauderte, warnte mich Ingrid immer wieder.

„Das hört sich ja an, als würdest du dir seine Liebe erkaufen! So etwas hat noch nie auf Dauer funktioniert!"

Wie recht sie doch hatte! Aber ich blieb blind. All die Jahre unseres Zusammenlebens hatte ich immer größte Freude, meinem Alain geschmackvolle Geschenke zu machen. Ob es sich um eine in unserem Türkeiurlaub gekaufte schicke Lederjacke oder um eine stylische Uhr auf Gran Canaria handelte: Stets verschenkte ich von ganzem Herzen! Danach war ich für ihn immer die beste und die tollste Frau. Er vermittelte mir in solchen Phasen das Gefühl, genau die Partnerin an seiner Seite zu sein, nach der er sein Leben lang gesucht hatte. Längst war ich in seinen Freundeskreis aufgenommen worden und da Alain ein guter

Gastgeber war, wurden auch ausgelassene Feste bei uns gefeiert. Er kochte fantastisch und an solchen Abenden be-
wirtete er seine Freunde aufs Vortrefflichste. Das waren
die Momente, an denen ich glaubte, ich hätte richtig gehan-
delt und alles sei gut.

Was mein angelegtes Geld betraf, so hatte ich Alain das
Versprechen abgenommen, den Börsenkurs meiner Silber-
minen-Calls zu beobachten, was er, wie er beteuerte, auch
immer tat. Auch das schien also in Ordnung zu sein.

„Juliane, ich möchte demnächst gerne die Räumlichkei-
ten im Keller neu fliesen lassen. Das ist schon lange mein
Traum, aber leider kann ich es mir zurzeit nicht leisten."

Er war im Augenblick mein Lebenspartner. Ich lebte in
seinem Haus und ich liebte ihn. Wie hätte ich eine finanzielle Beteiligung ablehnen können?!

„Also gut, fahren wir morgen zum Baumarkt und suchen schöne Fliesen aus!"

Ich übernahm von meinem mühsam Ersparten die gesamte Rechnung und für die nächsten Tage wurde ich wieder zu seiner „Traumfrau" und zu seinem „Hasen".

Wenig später wünschte er sich die Erneuerung aller
Fenster. Dieses Mal fragte er mich ohne Umschweife, ob
ich die Rechnung übernehmen würde. Natürlich würde er
mir alles zurückzahlen. Ich hatte jedoch meine Ersparnisse
bereits über alle Maßen strapaziert und ich hatte nun langsam keine Lust mehr, peu à peu seine komplette Hausreno-
vierung zu finanzieren.

„Gut, aber ich mache es nur unter der Bedingung, dass du mir schriftlich bestätigst, dass du mir den Betrag schuldest."

Alain war dem Ersticken nahe. Sein Gesicht wurde rot und sein Hals schwoll an. Was für eine unglaubliche Anmaßung! Er schrie mich an:

„Das ist doch eine Ungeheuerlichkeit! Wie kannst du nur so etwas von mir verlangen? Hast du überhaupt kein Vertrauen zu mir?"

Eigentlich wollte ich doch nur, dass sich unser Zusammenleben harmonisch und liebevoll gestaltete, aber es konnte nicht sein, dass immer nur ich diejenige war, die gemolken wurde! Das musste auch ein Alain Weidner begreifen!

„Was ist schon dabei?" fragte ich indigniert, „schließlich sind wir nicht verheiratet!"

„Vergiss es! Eher lass' ich die Fenster verschimmeln, als dass ich einen Schuldschein unterschreibe!"

Über unserem Himmel begannen sich die ersten Gewitterwolken zu bilden.

Einerseits gab es immer wieder Momente, in denen er mir unglaublich nahe war. Andererseits häuften sich bei mir die Fragen, ob all das, was ich in diesem Mann sah, echt war oder nur vorgetäuscht. Ich lebte weiterhin bei ihm, aber meine Sinne hatten sich geschärft. Alain hatte irgendwo ein Problem oder er selbst war ein Problem!

Als er beruflich eine Bürohilfskraft suchte, standen drei Damen zur Auswahl und er beschrieb sie mir alle drei, damit ich mir als Frau ein Urteil bilden und ihn beraten könne. Der Lebenslauf einer jungen Polin stach mir besonders ins Auge. Sie hielt sich noch nicht lange in Deutschland auf, ein kleiner Junge lebte bei ihr, die Tochter dagegen bei ihrem geschiedenen Mann.

„Eine Frau, die sich allein durchs Leben schlagen muss, die keinen Job, kein Geld und sicherlich nur eine billige Wohnung in irgendeinem Kaff besitzt: Also, mein lieber Alain, sei ein guter Kerl und gib ihr den Job!"

Das war natürlich rein emotional entschieden, aber er tat es und die Lawine kam langsam ins Rollen.

Alain war in der Folge sehr ausgeglichen und ich hatte den Eindruck, einen mit dem Leben zufriedenen Partner zu besitzen, der häufig gut gelaunt war. Dass er etwas öfter als vorher eine abendliche Besprechung im Büro hatte, störte mich zunächst nicht. Als zu den Besprechungen auch noch ungewohnt häufige „Abteilungszusammenkünfte" hinzukamen, wurde mein Argwohn jedoch geweckt. Ich wurde das Gefühl einfach nicht los, dass Alain die Abende nicht wie behauptet in seinem Büro verbrachte!

Was waren seine Beteuerungen, ich sei die Frau seines Lebens, wirklich wert?

Das Jahr 1993 ging zu Ende und wir wollten am Silvesterabend ein schönes Menü in einem Lokal zu uns nehmen und danach noch in der Altstadt von Kneipe zu Kneipe ziehen. Später, pünktlich um 24 Uhr, wollten wir das Feuerwerk auf der Burg ansehen. Das Lokal war bereits recht voll, sodass wir uns zu einem Ehepaar an einen Tisch setzten. Ich hatte mir gerade den ersten Bissen in den Mund geschoben, als er mir laut verkündete, sich von mir trennen zu wollen.

„Ich will im kommenden Jahr ein ganz neues Leben beginnen und darin ist für dich kein Platz mehr!"

Mir fiel buchstäblich das Besteck aus den Händen! Das Ehepaar an unserm Tisch starrte erst mich, dann Alain entsetzt an und betrachtete dann peinlich berührt seine noch halbvollen Teller.

„Ich möchte, dass du umgehend ausziehst!" fuhr Alain kalt fort.

Was für eine Silvesterüberraschung! Ich musste kalkweiß gewesen sein, als ich vom Tisch aufstand und zu den Garderobenhaken ging, um meinen Mantel zu holen.

Wieder einmal im Leben drohte meine gewohnte Welt zusammenzubrechen!

Alain zahlte und folgte mir gleichmütig. Mit versteinerten Gesichtern und wortlos fuhren wir nach Hause. Dort angekommen, konnte ich nicht mehr an mich halten:

„Sag mal, bist du denn total verrückt geworden? Wie kannst du mich so vor fremden Leuten vorführen? Was ist los, gib' mir eine Erklärung! Gibt es eine andere Frau?"

„Nein!"

„Was ist dann mit dir los?"

Alain druckste herum und blieb mir eine eindeutige Antwort schuldig. Es sollte wohl so sein, dass ich mich mit dem Gedanken anfreunden musste, demnächst wieder Single zu sein. Mein Stolz verbot mir, ihn zu bitten, die Trennungsabsichten noch einmal zu überdenken.

Die nächsten Wochen wurden für mich zur Hölle! Sein Wohnzimmer, das Schlafzimmer und sein Büro hielt er von nun an verschlossen. Wenn er zur Arbeit fuhr, nahm er die Schlüssel mit. Ich fühlte mich in dieser Zeit, während ich eine neue Bleibe suchte, wie eine Gefangene und konnte mich nur noch in einem kleinen Zimmer unterm Dach und in der Küche aufhalten.

An den Wochenenden kam er schließlich nicht mehr nach Hause.

Nun wollte ich endlich Gewissheit! Nur eine andere Frau konnte der Grund für Alains sonderbares Verhalten sein. An einem Vormittag bat ich deshalb einen meiner Chefs, mir während der Arbeitszeit wegen einer dringenden persönlichen Angelegenheit für eine Stunde frei zu geben, und fuhr so schnell wie möglich mit meinem Auto durch die Stadt zu Alains Haus. Er hatte in der Eile vergessen, die Vorhänge seines Schlafzimmers zuzuziehen und so konnte ich mir die Bescherung von außen durch die Fenster betrachten. Ein zerwühltes Bett, zwei benutzte Sektgläser und ein voller Aschenbecher. Obwohl ich es längst geahnt hatte, traf es mich heftiger, als ich jemals vermutet hatte.

Als er abends nach Hause kam, verlangte ich, völlig am Boden zerstört, eine Erklärung und die Bestätigung meines Verdachts. Nun musste er Farbe bekennen.

„O.k.!" schüttelte er sich wie ein nasser Hund. „O.k.! Wenn du sowieso schon bestens informiert bist, ja, ich habe mich neu verliebt, ja, sie heißt Jana." Dann weiter, höhnisch: „Aber der Auslöser warst du selbst, denn du bist es gewesen, die mich gebeten hat, der „armen jungen Frau" aus Polen den Job anzubieten!"

Oh, mein Gott, nein, wie blöd kann man nur sein, Jule! Wieder einmal aus Liebe zu den Mitmenschen alles falsch gemacht!

Weil ich ihn bei einer seiner Lügen ertappt hatte, kannte Alain nun kein Pardon mehr.

„Du bist von nun an out! Such' dir eine neue Wohnung und zwar pronto pronto!" zischte er

„Ich gehe!" konterte ich, „aber vorher löst du mein Aktiendepot auf und zahlst mir mein Geld einschließlich Gewinn aus!"

„Gewinn?? Von Gewinn kann gar keine Rede sein. Deine Calls wurden schon vor Monaten ausgeknockt! Dein Depot ist nichts mehr wert."

Das durfte nicht wahr sein!!! Gerade jetzt brauchte ich dringend mein vererbtes Geld!

„Willst du damit sagen, dass du mein Erbe einfach leichtfertig verspielt hast, obwohl du dich doch an der Börse so gut auskennst??" entgegnete ich sarkastisch.

„Quatsch! Dafür kann **ich** doch nichts! Deine Silbermine ist mit Wasser vollgelaufen und stillgelegt worden. Ich mache dir aber ein großzügiges Angebot: Ich gebe dir dafür 1000 DM, damit du deinen Umzug bezahlen kannst!"

Da ich das Geld unbedingt benötigte, ging ich zähneknirschend auf den Deal ein.

„Aber ich möchte dafür eine Quittung von dir!" höhnte er.

Oh, was hatte ich für eine Wut auf den Kerl!!

Alain weigerte sich außerdem, mir die Bilder meiner Großmutter Ottilie und meine Antiquitäten, die antiken Uhren, mein Silbergeschirr, sowie die Kristall-Leuchter und orientalischen Teppiche heraus zu geben, die während der letzten Jahre sein Haus verschönert hatten.

„Das sind doch alles Gegenstände, die du mir im Laufe der Jahre geschenkt hast!" behauptete er.

Offensichtlich wollte er zu seinem letzten Schlag ausholen und mich auch noch um meine Wertgegenstände bringen. Gott sei Dank hatte ich zu Beginn unserer zweifelhaften Freundschaft vorgesorgt, als ich schon einmal misstrauisch geworden war. Damals hatte ich ihn gebeten, mir die Auflistung meiner Werte, die sich in seinem Haus befanden, als mein alleiniges Eigentum zu bestätigen und er hatte dies tatsächlich getan, es aber vermutlich inzwischen vergessen!

„Kannst du beweisen, dass das alles dir gehört?" fragte ich.

„Geschenke bleiben Geschenke, da gibt es nichts groß zu beweisen!" fauchte er.

Ich ging zu meinem Schreibtisch, holte aus einem verschließbaren Fach das Papier mit seiner Unterschrift und hielt es ihm unter die Nase.

Alains Augen wurden kalt wie bei einem Fisch, als er langsam die Tragweite seines Handelns begriff und er begann vor Wut blass zu werden! Sein bislang schönes, harmonisches Heim würde künftig ohne Bilder und Lampen sowie ohne edle Möbelstücke und Teppiche auskommen müssen und wieder öd und leer sein wie ehedem. Dies würde ihn täglich an den Preis erinnern, den er für seine neuerliche Frauengeschichte offenbar zu zahlen bereit war.

Das viele Geld, welches ich ihm im Laufe der Jahre bezahlt beziehungsweise geliehen hatte, um sein Haus zu renovieren, bekam ich natürlich nach diesem Triumph nun erst recht nicht mehr zurück. Ich hatte ihn, vertrauensselig wie ich war, nichts unterschreiben lassen.

Jeden Abend nach der Arbeit fragte er mich, ob ich schon eine Wohnung gefunden hätte. Ich tat, was mir möglich war, aber ich konnte mir keine Wohnung aus den Fingern saugen. Endlich fand mein Makler etwas für mich. In einem umgebauten Fabrikgelände in Fürth waren moderne, sich über zwei Stockwerke erstreckende Lofts entstanden. Ich fühlte mich gedrängt, einerseits vom Makler, der sofort nach der Besichtigung meine Zusage verlangte, andererseits von Alain, der mich lieber heute als morgen loshaben wollte. Ich ließ den Makler in der besichtigten Wohnung stehen, bat ihn, mir 10 Minuten Zeit zu geben und lief einmal um den Block. Dabei bat ich Gott in einem Stoßgebet, er möge mir bei der richtigen Entscheidung behilflich sein. Dann kehrte ich zurück und unterschrieb den Mietvertrag.

In diesem Haus waren die Wände offenbar so dünn, dass man fast hindurchsehen konnte. Von Schallschutz keine Spur! Direkt ein Stockwerk unter mir hatte sich einer der Sänger der Pop-Gruppe „Milli Vanilli" eingemietet. Er war alleinerziehend und sein kleiner Sohn rannte den halben Nachmittag lang die gewendelte Stahltreppe, die mitten im Wohnzimmer endete, rauf und runter. Es machte einen mächtigen Lärm. Der Musiker traf sich auch des Öfteren mit Kollegen, um neue Pop-Songs einzustudieren. Nach ein paar Tagen konnte ich die lautstarke Belästigung einfach nicht mehr ertragen und klingelte an seiner Wohnungstür. Ich war aufgebracht und überlegte mir genau, was ich dem guten Mann alles vorwerfen wollte. Als sich die Tür öffnete, stand ein richtig toller Typ mit Rasta-Locken, brauner Haut, bunt gekleidet vor mir und fragte, wie er mir helfen könne. Ich war von der unerwarteten Höflichkeit überrascht. Ebenso freundlich bat ich ihn, er möge doch nach 22 Uhr nicht mehr musizieren, da ich täglich sehr früh zur Arbeit fahren müsse und meine Nachtruhe dringend bräuchte. Er entschuldigte sich tausendmal und versprach mir, mich nie wieder zu stören. Und er hielt sein Versprechen.

Wieder ging ich auf Wohnungssuche, denn ich konnte mich nicht einleben. Mein Stoßgebet hatte nichts genutzt - ein Loft war kein guter Ort für eine Frau wie mich. Das ganze Umfeld machte nach kürzester Zeit einen heruntergewirtschafteten Eindruck und niemand machte sich die Mühe, pfleglich mit der Wohnsubstanz umzugehen. Die Treppenhauswände wurden mit Graffiti verunziert, im Eingangsbereich flogen die Werbeblätter im Zugwind umher und die Hausbewohner entsorgten ihre Zigarettenkippen auf den Treppen oder gar über die Schlitze der Briefkästen.

Nach weniger als neun Monaten zog ich wieder aus.

*

Ich bin tief in mir drin so kaputt, dass ich empfindungslos in den Tag hineinlebe und bemerke, wie mich immer häufiger depressive Gedanken quälen. Ich esse wenig, weil ich keinen Hunger habe. Vielleicht fehlt mir auch einfach die Lust zum Essen. Ich erledige nur die notwendigsten Dinge - alles andere ist mir gleichgültig. Aber ich habe sogar ein bisschen Glück, als ich zufällig eine süße kleine Wohnung in unmittelbarer Nähe meiner Praxis finde. Eine Dachgeschosswohnung, fast alle Wände schräg, perfekte Einteilung und mit einer wunderschönen Dachterrasse, auf der sich große Pflanztröge befinden. Die Wohnung ist ein Traum und plötzlich habe ich wieder ein Ziel! Wie immer kann ich auf keine Umzugshelfer zurückgreifen und arbeite zwei Tage und zwei Nächte durch. Dann steht meine Fluchtburg!

Einen Rückzugsort, in dem ich mich wohl fühle, habe ich nach all dem Erlebten auch dringend nötig, denn es geht mir überhaupt nicht gut. Nach außen hin funktioniere ich weiterhin perfekt und keiner meiner Kollegen bemerkt anscheinend, wie es wirklich um mich steht. Ich quäle mich durch die langen Arbeitstage, werde immer dünner und schwächer und mein psychischer Zustand ist inzwischen auf einem gefährlichen Niveau angekommen. Ich verfalle in Depression.

Einer meiner Chefs – ich halte mich gerade im Aufenthaltsraum unserer Praxis auf – nimmt mich eines Morgens wortlos in den Arm, hält mich einige Sekunden lang fest und sagt dann leise zu mir:

„Sie Arme, kann ich Ihnen irgendwie helfen?"

Dass Alain mich rausgeworfen hat, muss sich wohl herumgesprochen haben. Ich spüre, wie mir schon wieder die Tränen kommen, doch ich sage nur:

„Geht schon, da muss ich jetzt einfach durch!"

Da wir im Schichtsystem arbeiten, muss ich am nächsten Tag erst am Nachmittag zum Dienst erscheinen. Es ist der Tag, an dem ich beschließe, mein Leben, dem ich keinen Sinn mehr abgewinnen kann, zu beenden.

Ich hole mir einen Hocker, klettere auf die Ummauerung meiner Dachterrasse und habe den festen Vorsatz, mich einfach nur fallen zu lassen. Ich bin mir bewusst: Mir würde sowieso niemand nachtrauern.

Nun stehe ich mit wackeligen Beinen oben auf der schmalen Umfassungsmauer und zögere lange! Wenn ich nach unten blicke, wird mir entsetzlich schwindlig, sodass ich mich hinknien muss. Ein unsichtbares Band zieht mich zurück. Will ich wirklich sterben? Aber mein Leben ist so sinnlos, so furchtbar sinnlos und ich weiß einfach nicht mehr, wie es mit mir weitergehen soll. Mein Herz tut mir weh, mein Puls ist viel zu hoch und ich zittere am ganzen Leib. Wenn nur die verdammte Höhenangst nicht wäre, dann wäre ich längst schon die paar Stockwerke weiter unten und alles wäre vorbei! Vorsichtig erhebe ich mich wieder, um es hinter mich zu bringen.

Plötzlich ertönt wie ein Peitschenknall eine laute Männerstimme aus dem Haus gegenüber:

„Was machen Sie denn da? Gehen Sie da runter!!"

Vor lauter Schreck verliere ich das Gleichgewicht und falle fast die drei Stockwerke in die Tiefe. Nur knapp gelingt es mir, noch schnell in die Hocke zu gehen und mich an die Terrassenbrüstung zu klammern. Nach einer gefühlten Ewigkeit klettere ich vorsichtig zu meinem Hocker hinunter. Dann krabbele ich, hektisch atmend, auf allen Vieren in meine Wohnung zurück. Hoffentlich ruft der Typ nicht die Polizei - ich will von niemanden mehr gesehen oder gar angesprochen werden. Immer noch in kriechender Haltung ziehe ich mein Telefon auf der Konsole mit der Schnur näher und es kracht scheppernd auf den Boden. Verdammt – ausgerechnet jetzt, wo ich dringend telefonieren will! Doch es funktioniert noch, der Deutschen Post sei Dank!!

Ich war tatsächlich bereit gewesen, Selbstmord zu begehen und beinahe wäre es auch geschehen. Obwohl ich nur noch krächzen kann, rufe ich bei meinem Hausarzt an und flehe:

„Hilfe! Sie müssen mir helfen, bitte helfen Sie mir! Ich kann nicht mehr!"

Die Dame an der Anmeldung hat sofort meine Not erkannt, spricht beruhigend auf mich ein und rät mir, mich für ein paar Minuten aufs Sofa zu legen und auszuspannen. Wenn ich dann nach einiger Zeit in der Lage wäre, in die Praxis zu kommen, würde man sich sofort um mich kümmern.

Ich habe Glück, denn in der Gemeinschaftspraxis gibt es auch einen jungen Psychologen, der sich sofort um mich bemüht. Natürlich kann er meine Lebenssituation nicht ändern, aber ich habe das Gefühl, dass er mir wenigstens zuhört und mich auch versteht.

Nach einer mehrmonatigen Therapie geht es mir aber nicht wesentlich besser und ich sollte eigentlich in eine Psychosomatische Klinik gehen. Als ich meiner Schwester Ingrid von meinem Plan erzähle, rät sie mir sofort davon ab.

„Tu das nicht, dieser Aufenthalt wird in deinen Arbeitspapieren vermerkt und du wirst bei zukünftigen Bewerbungen große Schwierigkeiten bekommen. Man wird glauben, du seist instabil und nicht belastbar."

Was sie sagt, könnte stimmen und so lasse ich es sein und lebe mein Leben, das in meinen Augen eigentlich kein lebenswertes Leben mehr ist, so gut es geht weiter.

*

Am 07.02.1996 - es war ein Mittwoch - saß ich abends vor meinem Fernseher und hatte das ZDF eingeschaltet, als plötzlich eine Meldung über den Sender lief:

„Boeing 757-200 der türkischen Fluggesellschaft Birgen Air kurz nach dem Start vor der Dominikanischen Republik ins Meer gestürzt!"

Ich war bestürzt, denn ich wollte im Mai Urlaub in der Türkei machen und es war nicht ausgeschlossen, dass ich mit der Birgen Air fliegen müsste. Doch von Flugzeugunglücken in der Karibik und im berüchtigten Bermudadreieck hörte man immer wieder einmal und weiter dachte ich im Augenblick nicht, als dass mir die vielen Menschen, die dabei sterben mussten, leidtaten. Unter den 189 Menschen an Bord hatte es keine Überlebenden gegeben. Der Reporter sprach von einer dubiosen Briefkastenfirma, die als Fluggesellschaft gar keine eigenen Flugzeuge besaß und das Flugzeug lediglich gechartert hatte. Ein zweiwöchiges Herumstehen der Maschine in irgendeinem Winkel des

Flugfeldes und ein plötzlicher Einsatz ohne jegliche Überprüfung oder Wartung könnten für den Absturz verantwortlich gewesen sein.

Ich regte mich innerlich wegen der unglaublichen Schlamperei und der Unverfrorenheit der Verantwortlichen auf, mit der sie den unschuldigen Fluggästen diesem Risiko aussetzten und beschloss, bei meinen künftigen Flügen keinesfalls Birgen Air zu nutzen.

Eine Woche später klingelte das Telefon. Eine Freundin aus früheren Zeiten fragte:

„Juliane, sitzt du?"

„Nein, warum?"

„Dann setz' dich!"

„Was ist los?"

„Du hast doch von dem Flugzeugabsturz gehört? Ich muss dir etwas ganz Schreckliches sagen!"

„Rede!"

„Alain und Jana sind tot – sie saßen in dem abgestürzten Flieger!"

Nun musste ich mich doch setzen. Widersprüchlichste Gefühle durchjagten mich. Jana, die Arme – sie war noch so jung gewesen! Sie war nach meinem Rauswurf mit ihrem Sohn bei Alain eingezogen und die beiden hatten nach nur wenigen Monaten geheiratet. Der Urlaub in der Dominikanischen Republik war ihre Hochzeitsreise gewesen. Die Taucher hatten Janas Leiche nach wenigen Tagen bergen können. Ihr kleiner Sohn, den sie für die Dauer der Reise bei Bekannten in Nürnberg gut untergebracht hatten, war jetzt mutterlos und würde sicher zu seinem Vater nach Polen zurückgebracht werden.

Was Alain betraf, so hatte dieser Mann es geschafft, dass ich an ihm fast zerbrochen wäre! Sein Verhalten mir gegenüber hatte mich so weit gebracht, dass ich mich mit Selbstmordgedanken quälte. Erst mit der Gewissheit seines Todes war es mir nun möglich, den Menschen Alain endgültig loszulassen und aus meinem Leben zu tilgen - auch wenn seine Leiche bislang nicht gefunden wurde.

Seine kleine Tochter Juliane dagegen tat mir sehr leid. Sie war mir mit den Jahren ans Herz gewachsen und hatte öfters erwähnt, dass sie mich gerne als ihre neue Mami gehabt hätte.

Doch das arme Kind besaß wenigstens noch seine leibliche Mutter.

*

Ich schlafe weiterhin schlecht und eines Nachts habe ich einen schlimmen Albtraum. Ich sehe Alain neben Jana in dem Flugzeug sitzen, als sich die Maschine plötzlich um ihre eigene Achse dreht und in einen rasenden Sturzflug übergeht. Die Triebwerke jaulen in immer höherer Tonlage auf, bis die Tragflächen abreißen und die Kabine mit einem lauten, hässlichen Knirschen und Krachen zerbirst. Die Passagiere werden samt Sitz ins Freie geschleudert und sind sofort tot. Ich sehe die beiden endlos stürzen. Angst und Entsetzen spiegeln sich in ihren erstarrten Gesichtern, die Augen weit geöffnet. Der rasende Sturz lässt ihre Haare und die Haut ihrer Backen flattern und entblößt ihre Zähne.

Wie kann man nur auf so grässliche Weise sterben müssen!!

Als Beobachterin falle ich mit und spüre im Fallen meine Schwerelosigkeit. Das bringt mich zum Erwachen! Schweißgebadet muss ich meine Gedanken erst ordnen.

Dieser unglaublich realistische Traum hat mich in der Zeit danach, so sonderbar dies klingen mag, geheilt. Der Ablöseprozess von Alain war mit diesem Traum - und erst jetzt - endgültig zu Ende gebracht! Ich hatte Alain eigentlich nie den Tod gewünscht, aber nun hatte ich ihn wahrhaftig tot gesehen.

Alain, der einst so viel unerklärliche böse Macht über mich hatte, würde mir nie, nie mehr wehtun können!

Ich war wieder frei!

5

Wieder mal war es Wochenende und ich fühlte mich, wie so oft, traurig und allein. Ein Stadtbummel sollte mich aufmuntern. Ich kaufte mir wie jeden Samstag am Hauptmarkt eine Tageszeitung, um zu erfahren, was am Wochenende kulturell geboten würde. Beim Durchblättern fiel mein Blick auf die Kontaktanzeigen. Eigentlich hatte ich ja nicht vor, mir auf diesem Wege einen neuen, besseren Partner zu suchen. Nirgends wird so heftig geschwindelt und geschickt verschwiegen wie in Partnersuchanzeigen! Aber „gucken" konnte man ja mal! Plötzlich blieb mein Blick wie magisch an einer Anzeige hängen, die von diesem Augenblick an mein Leben dramatisch verändern sollte.

„Sehnsucht nach Zuneigung. Ich weiß, dass es Dich gibt, doch wie finde ich Dich, wenn nicht auf diesem Weg? Norbert, 59, Witwer aus Forchheim, Realist und Romantiker, 1,87, NR, gutaussehend, 10 Jahre jünger wirkend. Eigene Haare, eigene Zähne, noch fest im Berufsleben, selbständig, dadurch nicht allzu viel Freizeit, möchte mich um Dich kümmern, wieder Urlaub für 2 Personen planen, spazieren gehen, nett essen gehen, Neues im In- und Ausland kennenlernen. Ich lese gern, liebe die Natur, Kunst und Kultur, Musik und ein gutes Gespräch. Ich habe zwei prächtige, erwachsene Kinder. Du solltest ca. Mitte 40 /Anfang 50 sein, auch jung geblieben, schlank, und möglichst NR. Lehne Dich an mich und wir haben Halt. Vielleicht hast auch Du einen Schicksalsschlag erlitten oder eine große Enttäuschung hinter Dir, ich suche nach Deiner Hand! Wenn Dich meine Worte anrühren, melde Dich. Bitte mit Foto."

Ich las die Anzeige ein zweites Mal und dann ein drittes Mal und ich dachte mir, dieser Typ muss entweder ein Hochstapler, ein Spinner, oder aber ein wunderbarer Mann sein! Ich hatte Lust, ihm zu schreiben, wollte dann aber sehr vorsichtig vorgehen und mich nur langsam diesem Fremden nähern!

Ich suchte ein nettes Foto von mir aus und startete das Abenteuer.

„Zwei Gründe sprechen gegen mich", schrieb ich unter anderem zurück. „Ich bin nicht jung genug und ich wohne leider auch nicht ums Eck"

So richtig hatte ich ja nicht daran geglaubt, dass dieser Mann sich groß für mich interessieren würde. Aber bereits nach drei Tagen läutete am Abend mein Telefon.

„Hallo Juliane, hier ist Norbert, Norbert aus Forchheim"

„Das ist aber nett, dass Sie sich melden!"

Und dann redeten wir am Telefon gefühlte drei Stunden lang. Er machte mir den Vorschlag, mich ein paar Tage später zu besuchen und es wäre sehr schön, wenn wir am Abend zusammen eine Kleinigkeit essen gehen könnten. Meine ganzen Vorsätze, vorsichtig zu sein, waren mit einem Schlag Makulatur und ich stimmte, ohne lange zu überlegen, zu.

Groß gewachsen und von makellosem Äußeren, stolperte er die paar Tage später vor lauter Aufregung die Treppe zu mir herauf und hielt mir einen Blumenstrauß entgegen. Was für ein Mann! Ich war aufgeregt wie ein

kleines Mädchen beim Öffnen seiner Geburtstagsge-
schenke.

„Kommen Sie doch herein, ich suche nur schnell eine
passende Vase und dann können wir auch schon gehen!"

Zu Fuß schlenderten wir in die Altstadt Nürnbergs hinein, durch das Tiergärtner Tor vorbei am Albrecht-Dürer-
Haus und die Straße hinunter zur „Alten Küche", einem der
ältesten Gasthäuser Nürnbergs. Die innere Anspannung
bewirkte, dass wir beide nur wenig aßen.

„Wer ist denn die junge Frau auf dem Bild?" fragte ich.

Er hatte mir gerade ein Foto von seinem letzten Italien-
urlaub gezeigt. Konnte es sein, dass die junge Frau an seiner Seite zu ihm gehörte? Und war er gar der Vater des
kleinen Kindes auf dem Bild? In meiner Vergangenheit
war ich schon so oft Opfer von Lug und Trug geworden,
sodass ich mir geschworen hatte, nie wieder leichtgläubig
zu sein.

„Das ist meine Tochter, und die süße Kleine in dem
Kindersportwagen ist meine Enkelin!"

Die Antwort kam voller Stolz. Auf einem anderen Foto
konnte ich ein großes imposantes Haus erkennen.

„Das ist das Haus meiner Eltern, in dem ich jetzt mit
meinen Kindern wohne. Im Erdgeschoss befindet sich
mein Lokal. Komm doch mal vorbei, ich stelle dich meiner
Familie vor und du siehst dir alles an."

Der Mann meinte es zweifellos ernst.

Ohne mich angekündigt zu haben, fuhr ich ein paar
Tage später nach Forchheim. Ich wusste nicht, dass sein

angebliches Lokal erst um 18 Uhr geöffnet wurde und stand vor verschlossener Tür. Zu allem Unglück fing es auch noch an zu regnen und es dauerte nicht lange und meine Haare hingen an mir herunter, als käme ich gerade aus der Dusche. Toll, da will man mal Eindruck schinden und besonders gut aussehen und dann so etwas!

Zufällig erblickte Norbert mich durchs Fenster. Freudestrahlend riss er seine Eingangstür auf, umarmte mich und konnte es gar nicht fassen, mich so schnell wieder zu sehen. Er stellte mir seine Tochter vor. Karin nahm mich regelrecht unter die Lupe. Lange tasteten mich ihre Blicke ab und wanderten auf mir von oben nach unten und wieder von unten nach oben. Dann schien sie mit dem Gesehenen zufrieden und ich war akzeptiert. Norberts Kinder hatten beide in der Gastronomie gelernt und unterstützten nach dem viel zu frühen Tod der Mutter ihren Vater im Restaurant. Tausend alte Dinge hingen an den Wänden des Lokals, die Lampen aus der Gründerzeit, oder aus anderen früheren Epochen, auf den Tischen lagen weiße Decken bestickt mit Dekor. Vasen mit frischen, duftenden Blumen, Bilder an den Wänden, eine kleine Puppenstube hing schräg von der Wand. Irgendwo schlug eine uralte Uhr und sogar ein antikes Klavier stand in der Ecke.

Als Liebhaberin alter Dinge gefiel mir das Lokal natürlich sehr und wenn sich darin der Charakter jenes Menschen spiegelte, den ich soeben näher kennenlernen wollte, so hatte sich dieser damit bereits seinen zweiten dicken Pluspunkt bei mir abgeholt.

„Möchtest du einen Blick in den Biergarten hinter unserem Haus werfen?"

Was sich mir bot, war eine kleine Idylle. Über den gesamten Biergarten hatte Norbert Wilden Wein gezogen und alles war liebevoll dekoriert. Nur wenige kleine Tische, auch hier weiß gedeckt. Sonnenschirme, an den Mauerwänden Mitbringsel aus vielen Familienurlauben, eine Keramiksonne aus Sizilien, kleine Skulpturen, Hängevasen in denen es sich bunte Geranien gut gehen ließen. Meine Augen konnten sich nicht satt sehen!

Bevor ich wieder heimfuhr, bot er mir an, einen Blick in seine Wohnung zu werfen. Ich traute meinen Augen nicht: Die gleiche Wanduhr aus der Gründerzeit, die gleichen Perlentäschchen an der Wand wie in meiner eigenen Wohnung: Wenn das kein Zeichen war!

Konnte es sein, dass für mich endlich ein ganz anderes Leben ohne Lügen und Betrug beginnen würde? Warum sollte ich nicht auch einmal Anrecht auf ein bisschen Glück haben? Diesmal musste ich wirklich alles richtigmachen!

Schon nach ein paar Wochen besuchte er mich, stürmte die Treppen zu meiner Wohnung hoch, klingelte Sturm und bevor ich mich versah, fiel er auf die Knie und fragte

„Juliane, willst du mich heiraten?"

Noch war ich nicht so weit.

„Lieber Norbert, bitte steh auf, lass uns darüber reden - du kennst mich doch noch gar nicht. Bitte frag mich in einem Jahr noch einmal!"

Vermutlich hatte er mit einer Ablehnung überhaupt nicht gerechnet und überspielte seine Enttäuschung, indem er zu lachen begann:

„Weißt du, ich habe nur Spaß gemacht! Aber würdest du wenigstens einen Ring von mir tragen?"

Auch damit hatte ich ein Problem.

„Norbert, willst du dich etwa mit mir verloben? Ist das in unserem Alter nicht etwas deplatziert?"

Nun wurde er wieder ernst.

„Nein! Soll doch alle Welt erkennen, dass wir zusammengehören!"

Dieses Argument gefiel mir. Wenige Tage später standen wir vor der Auslage eines Juweliers in der Nürnberger Altstadt. Dabei fiel mir ein prachtvoller Band-Ring auf, den ich mir sehr gut an meiner Hand vorstellen konnte.

Die Angestellte kannte mich vom Sehen und kam erfreut und geschäftig auf uns zu.

„Die Dame, der Herr! Womit kann ich Ihnen dienen?"

Ich war sehr nervös und scherzte mit ernstem Gesicht:

„Wir möchten Gardinenringe kaufen!"

Die Verkäuferin guckte verdattert.

„Sie macht öfter mal solche Witze" kommentierte Norbert das Geschehen.

„Ich nehme an, Sie suchen Eheringe! Was haben Sie denn für Vorstellungen?"

„Bitte sehr schlicht und bitte total rund und dünn."

„Möchten Sie auch eine Gravur anbringen?"

„Ja, A I G"

„Steht das etwa für Ihre Firma?"

„Nein, A steht für Alles, I steht für Ist und G steht für Gut."

„Ach, wie schön, das wünsche ich Ihnen: Viel Glück und ein langes gutes Leben! Haben Sie sonst noch einen Wunsch?"

Norbert fragte: „Was würde denn der Band-Ring in Ihrer Auslage kosten?"

Die Verkäuferin wandte sich an mich: „Das ist eine Sonderanfertigung für eine Kundin, die anschließend aus privaten Gründen den Preis nicht mehr bezahlen konnte. Ich hole Ihnen das Stück gerne aus der Auslage!"

„Ach, lassen Sie nur!" Sicher war der Ring sehr teuer.

„Wir probieren ihn mal an!" mischte Norbert sich wieder ein.

Der Ring saß wie angegossen, doch als die Verkäuferin den Preis nannte, zuckte ich, mutlos geworden, zusammen.

„Komm Norbert, das muss nicht sein."

Nach acht Tagen, wir hatten soeben unsere „Verlobungsringe" abgeholt, schlenderten wir in Richtung Hauptmarkt und es war unser beider Wunsch, in die Frauenkirche zu gehen. Wir setzten uns in die erste Reihe, hörten für eine kleine Weile dem Spiel des Organisten zu, und zündeten für all unsere lieben Verstorbenen Kerzen an. Dann setzten wir uns wieder und steckten uns gegenseitig die Ringe auf.

Hand in Hand gingen wir langsam wieder in Richtung Ausgang. Auf den Kirchentreppen nahm Norbert meine beiden Hände und hielt sie vor sein Gesicht. Ich küsste seinen Ring und sagte zu ihm:

„Mein liebster Norbert, für immer und ewig!"

Wir feierten unsere „Verlobung" ganz still für uns allein, aßen im „Albrecht Dürer" ein köstliches 3 Gänge Menü und krönten unseren Tag in meiner Wohnung mit einem „Piccolo".

Das Leben war wieder lebenswert!

*

Schon bald sollte ich Norberts Mutter kennen lernen.

Emmi hatte zunächst die Befürchtung, ich könnte zu den Frauen gehören, die sich an ihren Sohn „heranschlängelten" und nur sein Geld im Sinn hatten. Nichts lag mir natürlich ferner! Diese Prüfung bestand ich mit Bravour und sie gab ihrem Sohn ihren Segen. Über das „Schlängeln" haben wir später noch oft geredet und Emmi machte dann stets mit ihrer rechten Hand jene gewisse Schlangenbewegung. Sie machte das perfekt und immer wieder lachten wir darüber.

Nach wenigen Monaten verbrachten Norbert und ich einen ersten gemeinsamen Urlaub auf La Gomera. Die Abgeschiedenheit und die Ursprünglichkeit dieser Insel waren wie geschaffen für zwei Liebende, die sich selbst genug waren! Weder das Fehlen von touristischer Infrastruktur noch der ständige Wind oder gar das manchmal wild tosende Meer störten dabei im Geringsten. Die Lebensnormen hier waren so einfach und auf Bescheidenheit ausgerichtet, dass sich meine eigene innere Ordnung mit jedem

Tag ein bisschen mehr anglich und in eine tiefe Ruhe und Ausgeglichenheit mündete. Und mein lieber Norbert machte es mir leicht. Lange vor meinem Aufstehen schlich er sich leise aus dem Zimmer und pflückte in unserer Anlage ein paar Blümchen. Diese steckte er dann in eine winzige mitgebrachte Vase, stellte sie auf meinen Nachttisch und erst dann weckte er mich liebevoll.

Am letzten Urlaubstag verabschiedeten wir uns von „unserer Insel", dem Meer und den sympathischen Menschen in den kleinen Bars und plötzlich konnte ich meine Gefühle nicht mehr zurückhalten und wollte nur noch weinen.

„Ich will hier nicht mehr weg, Norbert, ich will für immer hierbleiben!"

Mein Schmerz, dieses Seelenparadies verlassen zu müssen, war einfach zu groß. Auch sein Versprechen, wir könnten doch jederzeit wiederkommen, konnte mich in diesem Moment nicht trösten. Nie wieder wollte ich mich dem Alltag in unserer westlichen Zivilisation stellen, der mich regelmäßig in Bedrängnis brachte, und nur hier auf Gomera, wo die Welt fast zu Ende war, und mit diesem Mann an meiner Seite, konnte meine Seele endgültig heilen.

Entgegen aller Befürchtungen brachten uns aber die nächsten vier Jahre nur Glück und Zufriedenheit. Im Jahr 1999 ging ich in vorgezogene Rente und zog mit Sack und Pack in sein Haus in Forchheim, in dem inzwischen auch Norberts Mutter Emmi wohnte, mit der ich mich ohnehin gut verstand.

Im Mai 2001 heirateten wir. Unsere lieben Ossi-Freunde Barbara und Fred boten sich an, unsere Hochzeit in der Oberlausitz zu organisieren. Sie hatten vor über 20 Jahren im reizenden Oybin geheiratet und wollten versuchen, im gleichen Standesamt für uns einen Termin für unsere Trauung zu ergattern. Es klappte, und Barbara und Fred wurden sowohl unsere Hochzeitsplaner als auch unsere Trauzeugen. Lediglich ein paar unserer besten Freunde sollten uns an unserem großen Tag begleiten. Nach der Trauung quetschte mich Barbaras Freundin Tine mit so viel Schwung an ihren stattlichen Busen, dass sie mir dabei den Hut vom Kopf riss.

Mit Tränen in den Augen seufzte sie: „Ach Juliane, ich beneide dich, du hast es geschafft und hast den Mann deines Lebens gefunden!"

Mein Ex-Mann Gerhard war ebenfalls mit seiner zweiten Frau aus Berlin angereist - auch er war sichtlich gerührt und wünschte uns alles Glück der Welt. Von Oybin fuhren wir nach Zittau. Wochen vorher hatte Norbert in einem sehr guten Restaurant per Telefon ein tolles Menü für uns bestellt. Mein lieber Mann ließ es sich nicht nehmen, in Versform ein Loblied auf mich zu singen, griff danach in seine Jackentasche und zog einen wunderschönen Band-Ring heraus. Dabei war er so nervös, dass ihm der Ring aus der Hand glitt. In hohem Bogen hüpfte dieser davon, landete schließlich am Tischende und rollte und rollte. Blitzschnell griff Tine zu.

„Mein Gott, ist der schön, so einen Ring möchte ich auch mal haben!"

Dann erst durfte ich mein mit Rubinen, Saphiren, Smaragden und mittig gesetztem Brillanten besetztes Hochzeitsgeschenk selbst genauer betrachten. Es war exakt der Ring, den wir vor vier Jahren in der Auslage des Nürnberger Altstadtjuweliers betrachtet hatten. Erstaunlich, wie Norbert es damals bewerkstelligt hatte, den Ring unbemerkt zu kaufen und so lange in seinem Safe aufzubewahren, bis es zur Hochzeit kam! Er musste sich seiner Sache sehr sicher gewesen sein! Aber ebenso sicher war ich mir nun, dass ich ihm sehr viel wert sein musste. Es war ein wundervolles Gefühl!

*

Nun lebte ich also als Frau Schäfer im „Schäfer-Haus" und musste mich mit der neuen Familie arrangieren.

Meine neue Schwiegermutter Emmi war eine „Grande Dame". Wenn sie das Haus verließ, war sie geradezu eine Augenweide, denn sie war stets elegant gekleidet und alles, einschließlich der Accessoires, passte harmonisch in Form und Farbe zueinander. Niemals wäre sie auf die Straße gegangen, ohne ihre Schuhe auf Hochglanz poliert zu haben. Ihre Haare lagen stets korrekt frisiert auf ihrem Kopf. Wir verstanden uns auf Anhieb, denn auch ich war ja eitel und stets darauf bedacht, gut auszusehen. Aber ob ich es schaffen würde, wie Emmi im hohen Alter von weit über 90 Jahren noch so durchgestylt auftreten zu können, da hatte ich doch so meine Zweifel.

Jeden Sonntag machten wir uns fein, um bei Norberts Kollegen essen zu gehen. Das war aus geschäftlichen

Gründen so üblich! Man kannte sich und es fand sich auch immer ein freier Tisch für uns. Ganz in unserer Nähe gab es einen Griechen mit ausgezeichneter Küche. Neben dem üblichen Willkommens-Ouzo war es dem überaus freundlichen und gemütlich-dicken Chef ein Bedürfnis, uns nach dem Essen auch noch auf einen 5-Sterne-Metaxa einzuladen. Da Norbert aus gesundheitlichen Gründen seit Jahren keinen Alkohol mehr trank, schob er den ihm zugedachten Ouzo und Metaxa stets in die Tischmitte. Fast immer landeten die scharfen Gläschen bei unserer Emmi. Zum Essen ein Glas Wein und dann noch die vier Schnäpse: Emmi vergaß ihr Alter völlig! Auf dem Heimweg hakte sie sich bei mir ein, plapperte unermüdlich wie ein junger Spatz, und schwankte dabei bedenklich auf ihren hohen Pumps. Diese kleine Frau benötigte zum Laufen die gesamte Gehsteigbreite und zerrte mich von einer Seite zur anderen. Dabei schien sie sich aufs Köstlichste zu amüsieren und konnte manchmal vor Lachen kaum weitergehen. In diesen Momenten war Emmi mit ihrer Welt mehr als zufrieden!

Sie konnte wunderbar erzählen und ich hörte ihr oft stundenlang mit wachsendem Interesse zu. Rrrudi (von ihr gesprochen mit drei zungenspitzengerollten, harten „R") Schäfer, ihr verstorbener Ehemann, musste wohl ein recht egoistischer Mensch gewesen sein. Jedenfalls gab er für seine Hobbies, Briefmarken und Münzen, immer viel Geld aus. Emmi war eine Frau, die für sich selbst keinerlei Ansprüche stellte. Sie war die ideale Hausfrau! Ihre Kuchen, Torten und vor allem die Weihnachtsplätzchen waren unübertroffen gut. Sie kochte ausgezeichnet, schneiderte, kurzum, sie war perfekt. Und genau so eine Hausfrau wollte ihr Rudi immer haben.

Doch eines Tages sagte er zu ihr:

„Emmi, es gibt da eine andere Frau und ich werde bei ihr wohnen!"

Emmi machte keine Szene und sie lamentierte nicht. Sie sprach auch mit niemanden darüber, denn sie war sich sicher, Rudi würde nach dem kleinen Ausflug reumütig zu ihr ins gemachte Nest zurückkehren.

Jeden Freitag nach Dienstschluss übergab Rudi von da an seiner Emmi eine Tasche mit seiner Schmutzwäsche mit den Worten:

„Montag komme ich wieder und bis dahin hast du ja sicher meine Wäsche in Ordnung gebracht!"

„Und das hast du dir gefallen lassen?", fragte ich sie ungläubig.

„Ja, natürlich, er war doch Norberts Vater und außerdem mein Mann. Seinen Mann verlässt man doch nicht!"

Emmis Schwager, Maximilian, arbeitete als Koch in einem „Mitropa"-Speisewagen. Auch er hatte es faustdick hinter den Ohren. Immer, wenn eine seiner Liebschaften beendet war, überfiel ihn sein schlechtes Gewissen und dann rannte er los und kaufte seiner Frau eine Bluse. Und so wuchs deren Blusensammlung im Laufe der Jahre beträchtlich an.

„Diese Begebenheit erinnert mich an eine kleine Geschichte!", fuhr Emmi fort.

„Ein Mann und eine Frau kommen bei einem Unfall gleichzeitig ums Leben und stehen nun bei Petrus vor der Himmelspforte und begehren Einlass. Petrus gibt ihnen zur Kenntnis, dass erst beide getrennt voneinander ihre ehelichen Verfehlungen beichten müssten. Für jede Verfehlung gäbe es zur Strafe einen Nadelstich. Die Ehefrau kommt mit einem Stich davon und wartet nun im Vorzimmer auf ihren Mann. Doch der kommt ewig nicht. Als sie bei Petrus nachfragt, antwortet dieser: „Dein Mann liegt immer noch unter der Nähmaschine!"

Bei diesen Erzählungen amüsierte sich Emmi nach so vielen Jahren immer noch derart, dass sie vor Lachen kaum weitererzählen konnte.

Was waren das noch für Zeiten, als die Frauen die Eskapaden ihrer Männer geduldig ertragen und einfach ausgesessen haben!

Rudi Schäfer blieb nicht nur Tage, sondern einige Jahre seiner Familie fern, um dann ohne Vorwarnung eines Nachmittags seiner Frau mitzuteilen, dass er fortan gedenke, wieder in den Schoß der Familie zurückzukehren.

Emmi erzählte mir auch viel über ihren Sohn. Auf einem Foto zeigte sie mir Norbert als Pagen in Berlin. Das Flughafenhotel in Berlin-Tegel suchte einen Pagen. Matzeken, die Mutter von Emmi, war der Meinung, ihr Enkel wäre genau der Richtige. Norbert wurde mit einem neuen dunklen Anzug ausstaffiert und von Matzeken direkt dem Personalchef des Hotels vorgestellt. Norbert war groß, sah gut aus und zeigte gute Manieren. Deshalb bekam er den Job und wurde für ein Jahr der Kofferpage des Hotels.

Zu der damaligen Zeit mussten die Flugreisenden in Berlin-Tegel noch zu Fuß über das Rollfeld laufen und Norbert wusste immer, ob sich prominente Persönlichkeiten, Schauspieler, Sänger oder Musiker an Bord befanden.

Er hatte sich ein Büchlein zugelegt, in das er all die Autogramme einklebte, die er sich artig und möglichst in der jeweiligen Muttersprache der Prominenten erbeten hatte.

Die weitere Ausbildung zum Hotelfachmann beendete er als Jahrgangsbester.

Jährlich wird ja in Berlin ein Kellner(innen)-Rennen vom Kranzler-Eck über den Kurfürstendamm und zurück veranstaltet. Das war schon früher ein großes Event mit den unterschiedlichsten Aufgaben für die Teilnehmer. In diesem Fall sollte ein Tablett mit gefüllten Sektgläsern so schnell wie möglich über eine Strecke von 200 m hin und zurück mit hocherhobenen Arm auf der Handfläche balanciert werden, ohne dass ein Tropfen verschüttet wurde. Weil Norbert die längsten und schnellsten Beine besaß, gewann er in seiner Kategorie das Rennen, was seiner weiteren Karriere sicherlich förderlich war. Das Preisgeld kam in die Sparbüchse und wurde zum Startkapital für seinen ersten gebrauchten Motorroller.

Man merkte es den Erzählungen an: Emmi war stolz auf ihren Sohn!

Mit der Zeit wurde Emmi leider immer vergesslicher und wie bei vielen alten Menschen wuchs ihre Angst, ihre Wertgegenstände, Schmuck, Geld oder Schlüssel könnten abhandenkommen. Deshalb begann sie, diese Dinge in ihrer Wohnung zu verstecken, um sie anschließend nicht mehr wiederzufinden und mir oder ihrem Sohn als gestohlen zu melden. Dabei kam es zu teilweise grotesken Situationen. Kaum war etwa mein tägliches Teestündchen mit ihr beendet und ich betrat wieder meine Wohnung, läutete auch schon mein Telefon.

„Juliane, wo ist meine Brille? Hast du sie mitgenommen?"

„Nein, Emmi, natürlich nicht, ich habe meine eigene Lesebrille! Aber ich komme!"

Nach kurzer Suche tauchte die vermisste Brille zwischen zwei Seiten der „HÖRZU" auf.

Mit einem „Naja, dann ist es ja gut!" entließ mich „Lady Emmi" wieder. Schon bald danach kam der nächste Anruf:

„Juliane, alle meine Goldmark sind verschwunden!"

Was für ein Drama! Ich musste sofort tätig werden. Mein erster Impuls führte mich immer in ihr Schlafzimmer zum Wäscheschrank.

„Da habe ich schon gesucht! Jemand hat es gestohlen."

Ich nahm also einen Wäschestapel nach dem anderen hoch, legte diesen sorgsam auf das Bett, griff in die einzelnen Lagen und zeigte jeweils auf, dass sich hier kein Geld befand. Irgendwo musste Emmis verdammte Geldtasche ja sein!

Zwischen Bergen von sorgsam gefalteter Unterwäsche wurde ich schließlich fündig.

„Ach so, da ist ja mein Geld, dann ist es ja gut!"

Es kostete meine Zeit und meine Energie. Deshalb erklärte ich ihr zum wiederholten Male, dass sie ihre als sicher eingeschätzten Verstecke nicht immer wieder ändern, sondern sich merken sollte, wo sie ihr Geld versteckte.

Emmi wurde traurig, sie konnte ja nicht anders und die Vergesslichkeit war ein scharfes Schwert, das im Alter immer bedrohlicher wurde. Doch sie besaß einen Anker: Sie hatte ja mich!

*

Norbert beschloss, sein heißgeliebtes, aber sehr zeit- und arbeitsintensives Lokal zu schließen, damit wir noch viele Jahre Zeit für Reisen hätten. Reisen war seine große Leidenschaft und er hatte an Ägypten und seiner Kultur einen Narren gefressen. Aufwändige Bildbände und Reiseberichte, Skarabäen, Skulpturen einzelner Pharaonen, Töpfe, Krüge und sogar ein alter Silberring mit der Signatur eines ägyptischen Königs zierten seine Regale und waren Ausdruck seines großen Interesses. Er beschloss, mir „sein Ägypten" zu zeigen. Aber aus den verschiedensten Gründen unternahmen wir zunächst Reisen nach Spanien und Griechenland, teils nur zur zweit oder aber mit meinen besten Freunden aus der Oberlausitz. Die Reise nach Ägypten lief uns ja nicht davon!

Plötzlich– nach Jahren des Glücks - wurde aus Norbert unvermittelt und völlig unerwartet ein todgeweihter Mann!!

Wie ältere Menschen das tun sollten, achteten wir aus Gründen der Vernunft auf unsere Gesundheit und unterzogen uns jährlich einem Gesundheitscheck. Als eines Tages unsere Untersuchungsergebnisse vorlagen, bat uns der Internist gemeinsam in sein Zimmer. Sein Gesicht war ernst. Im selben Augenblick überfiel mich eine fürchterliche

Angst und ich betete innerlich: 'Lieber Gott, gib, dass keiner von uns beiden ernsthaft krank sein möge!'

Dann überwog wieder der Optimismus: 'Keine Panik, Jule, uns geht es doch gut!' beruhigte ich mich selbst.

Der Blick des Arztes blieb an Norbert hängen.

„Also, Herr Schäfer, wir haben feststellen müssen, dass etwas mit ihren Leberwerten nicht stimmt. Ich überweise Sie zunächst an das hiesige Klinikum, wo die nötigen Computertomographien an Ihrer Leber vorgenommen werden sollten. Wenn wir dann die Bilder haben, besprechen wir das Weitere!"

Mit diesen Aufnahmen kehrten wir später zu unserem Arzt zurück, dessen Gesicht nach dem Studium der Bilder so voller Sorge und Mitgefühl war, dass der Ernst der Situation nicht mehr zu übersehen war.

„Herr Schäfer, Sie sollten mit den Aufnahmen umgehend Professor Dr. Meier an der Uni-Klinik in Erlangen konsultieren. Ich werde im Vorgriff mit dem Kollegen sprechen und Sie anmelden!"

Noch wussten wir nicht so recht, was das alles zu bedeuten hatte. Nun saßen wir beide im Sprechzimmer von Professor Dr. Meier.

Dieser blätterte mit undurchsichtiger Miene in seinen Unterlagen und räusperte sich lang und umständlich.

„Herr Schäfer, ich muss Ihnen bedauerlicherweise mitteilen: Sie haben einen Lebertumor in einer Größe von ca.15 cm. Eine Operation ist leider nicht mehr möglich, weil der Tumor bereits zu groß ist und wir in Ihrem Fall von Ihrer Leber so viel wegnehmen müssten, dass das Organ nicht mehr funktionsfähig wäre."

„Aber was heißt denn das?" fragte ich mit einem fürchterlichen Kloß im Magen. „Man muss doch irgendetwas tun können!?"

„Ich will aufrichtig zu Ihnen sein! Ich fürchte, Ihrem Mann kann nicht mehr geholfen werden, Frau Schäfer!"

Mit heiserer Stimme wollte mein Mann wissen: "Wie lange habe ich noch zu leben, Herr Professor?"

„Ich mache nur ungern solche Vorhersagen! Aber ich denke – in Ihrem Fall – vielleicht, oder … ich will mich da nicht genau festlegen...bestenfalls bis Weihnachten."

Wir hielten uns fest an den Händen. Wie betäubt verließ ich mit Norbert die Klinik. Endlich hatte ich in meinem Leben echte Liebe, Ruhe und Sicherheit gefunden und nun diese furchtbare Erkenntnis, dass ich bald alles wieder verlieren würde. Auf dem Parkplatz angekommen, brach ich regelrecht zusammen. Ich weinte hemmungslos. Norbert drückte mich ganz fest an sich und tröstete mich.

„Lass nur Kleene, wir hatten doch eine so schöne Zeit und wenn sie jetzt zu Ende geht, will ich dafür dankbar sein."

Hätte nicht ich ihn trösten müssen statt er mich? Ab sofort musste ich wieder stark sein!

Auf unsere Recherchen hin bekamen wir den Kontakt zu Prof. Dr. Dr. Probst an der Uni-Klinik in Göttingen vermittelt, der dem Vernehmen nach bereits mehrere Male erfolgreich Lebertransplantationen vorgenommen hatte. Prof. Probst hatte einen ausgezeichneten Ruf und war viel im Ausland unterwegs, um für neue Operationsmöglich-keiten zu werben. Schon nach wenigen Tagen sollten wir uns in der Klinik in Göttingen vorstellen.

Er sah sich die Bilder nur kurz an.

„Also, gestorben wird noch lange nicht, Herr Schäfer, liebe Frau Schäfer! Das wollen wir mal klarstellen!"

Mein Herz hüpfte.

„In Ihrem Fall, Herr Schäfer, sollten Sie an eine Leber-Lebend-Spende denken."

„Was kann man sich darunter vorstellen?" fragte Norbert

„Wir brauchen erst einmal einen Spender! In der Regel kommt dafür ein Familienmitglied mit möglichst großer Übereinstimmung bei den Blutparametern, also Blut-gruppe, Rhesusfaktor und weitere Parameter, infrage. Be-sprechen Sie das mit Ihren Kindern, Herr Schäfer! Wenn wir Glück haben, ist eines Ihrer Kinder als Spender geeig-net."

Noch am gleichen Abend besprachen wir uns mit Norberts Kindern. Ohne auch nur eine Sekunde nachzu-denken, stand für den Sohn Robert fest:

„Ich werde spenden! Gleich morgen werde ich mein Blut untersuchen lassen!"

Karin gab zu bedenken, dass in ihrem Fall das Risiko wesentlich höher liegen würde, da sie Mutter zweier klei-ner Kinder sei. Norbert hätte dies auch nie gewollt!

Leider zeigten die Laborergebnisse bei Robert, dass keine ausreichende Übereinstimmung mit dem Blut seines Vaters vorlag.

„Aber das macht doch nichts!" mischte ich mich spontan ein, „**ich** werde dir einen Teil meiner Leber spenden! Ich bin mir absolut sicher, dass mein Blut zu deinem Blut passt!"

Aber Norbert wollte von meinem Vorschlag nichts hören.

„Niemals, Kleine! Selbst wenn du recht hättest, würde ich das nicht zulassen! Du bist so zierlich, du würdest solch eine große Operation auf gar keinen Fall überstehen. Und was wäre, wenn Komplikationen auftreten und du sterben würdest? Das würde ich mir nie verzeihen! Nein, das könnte ich nicht ertragen!!"

Norbert musste wegen der Voruntersuchungen für ein paar Tage nach Göttingen. In dieser Zeit ließ ich mein eigenes Blut testen. Das Ergebnis überraschte mich seltsamerweise nicht: Alle leberspezifischen Laborwerte meines Blutes bewegten sich im normalen Bereich und auch meine Blutgruppe samt Rhesusfaktor war mit jener von Norbert verträglich!

Beschwingt vor Glück flog ich geradezu nach Hause! Ich konnte Norbert das wertvollste Geschenk machen, das ich in meinem ganzen Leben bisher anzubieten hatte: Einen lebendigen Teil von mir selbst, zwei Drittel einer kerngesunden Leber, für die ich mit Gottes Hilfe ein noch wertvolleres Geschenk zurückerhalten würde: Norbert!

Nach vielen Protesten stimmte er unter dem Druck der Verhältnisse einer Transplantation zu. Anfang Juni begaben wir uns zu weiteren Voruntersuchungen in die Klinik nach Göttingen.

„Frau Schäfer, Sie müssen, damit wir Ihnen den Teil der Leber für Sie gefahrlos entnehmen können, mindestens auf ein Gewicht von 55 kg zunehmen!" beschwor mich unser Professor, als wir uns wieder verabschiedeten. „Futtern Sie, was Sie nur können!"

Ende Juni 2002 war es dann endlich soweit. Nachdem die Aufnahmeformulare ausgefüllt waren, durften wir noch für ein paar Stunden in die Innenstadt Göttingens bummeln gehen. Direkt am Marktplatz roch es verführerisch nach Thüringer Rostbratwürsten. Für mich waren diese schon aus Patriotismusgründen die besten der Welt! Sollte ich nicht tüchtig zunehmen? Also rein damit! Am besten gleich mehrere. In einem Eiscafé gönnten wir uns zusätzlich einen riesigen Eisbecher. Ach, was waren das noch für schöne Stunden! Zufrieden mit der Welt schlenderten wir in Richtung Uni-Klinik zurück. Ich rief noch schnell meine Freundin Barbara an, um ihr unseren Operationstermin mitzuteilen. Sie und viele andere Freunde wünschten uns alles Glück der Welt. Woher ich die Ruhe und Zuversicht für ein so gewagtes Unternehmen nahm, weiß ich nicht. Ich dachte nur immer: „A I G. -Alles ist gut!"

Am Abend vor der geplanten Doppel-Operation erhielten wir von der netten Oberschwester ein gemeinsames Zimmer zugewiesen. Es war die Zeit der Fußballweltmeisterschaft. Mein Norbert war fußballinteressiert und genoss seelenruhig das Endspiel Deutschland gegen Brasilien.

Deutschland verlor zwar das Spiel, aber den kommenden schweren Tag konnten wir dabei weitgehend ausblenden.

Am nächsten Morgen wurden wir sehr früh geweckt, hatten kaum noch Zeit für eine Umarmung. Noch ein letzter lieber Blick!

„Hab' keine Sorgen, alles wird gut!"

Dann wurde er aus dem Zimmer gefahren und die Tür schloss sich hinter ihm.

Ich blieb für fast vier Stunden allein zurück. Wir wussten beide, man würde uns ohne Aussicht auf eine Rettung nach Hause schicken, wenn man bei Norbert Metastasen finden würde. Und erst, nachdem man seine Leber entnommen hatte und sich keine anderen Tumore oder Metastasen gezeigt hätten, würde man mich in den unmittelbar angrenzenden Operationssaal bringen. Diese vier Stunden Wartezeit waren kaum auszuhalten.

Als die Oberschwester temperamentvoll meine Zimmertür aufriss und laut

„Auf geht's, es geht los!" rief, hüpfte ich aus meinem Bett, vollführte einen Freudentanz und sang dabei

„Jetzt geht's los, jetzt geht's los!"

Vor lauter Erleichterung umarmte ich sie. Die liebe Oberschwester wird sich wohl gedacht haben: „Was für ein verrücktes Huhn", murmelte aber nur

„Na, na, na, so etwas hab' ich hier ja noch nie erlebt!"

Vor der Schleuse zum OP-Saal sprang ich nochmals schnell vom Krankenbett, weil sich vor Aufregung plötzlich meine Blase meldete.

„So eine wie Sie hatten wir ja noch nie auf der Liege! Jetzt aber schnell, der Herr Professor wartet schon auf Sie!" mahnte die Oberschwester.

Kaum lag ich wieder, kam schon der Anästhesist und setzte mir die Spritze, die mich für mehrere Stunden zur absoluten Ruhe zwang.

*

Der massive Eingriff war für meinen Körper schwerer zu ertragen, als ich mir in meiner Euphorie jemals vorgestellt hatte. Nach Tagen auf der Intensivstation hatte ich plötzlich das Gefühl, sterben zu müssen. Fieber war im Anmarsch. Ich schloss die Augen und drei kleine bunte Wesen schwebten auf mich zu. Sie hatten schlanke Körper und ihre Gesichter schienen nur aus Lächeln zu bestehen. Was für freundliche, kleine Gestalten! Ihre Köpfe steckten unter einer Art Zipfelmütze. Wie flammende Kerzen wehten sie von einer Seite zur anderen und dabei ließen sich mich nicht aus den Augen. In diesem Augenblick hatte ich nur den einen Wunsch, dass diese Liebe ausstrahlenden Wesen mich beschützen und nicht allein lassen sollten!

Ihre Blicke richteten sich gegen den Himmel und dann fielen Tausende bunt glänzender Lametta-Stückchen auf mich herab und meine „Schutzengel" flogen davon.

Ich erwachte mit einem Lächeln im Gesicht und bin mir heute sicher, dass mich in diesem Moment ein unglaubliches Glücksgefühl durchströmte, wie ich es noch nie erlebt hatte. Ich glaubte ganz fest daran, dass nun, nachdem ich mein Leben für Norbert in die Waagschale des Schicksals geworfen hatte, unser beider Leben weitergehen würde!

Aber leider stand schon am nächsten Tag mein eigenes Überleben auf des Messers Schneide. Das Fieber wurde immer höher und es wurde für mich gesundheitlich sehr kritisch. Im Delirium rief ich erneut nach meinen Schutzengeln.

„Kommt zu mir, ich brauche eure Hilfe, ohne euch kann ich es nicht schaffen, bitte, bitte kommt, sonst werde ich sterben!"

Ein leises Rauschen und Schweben umgab mich und dann zeigten sie sich mir erneut. Wieder war nur freundliches Lächeln auf ihren Gesichtern und sie „unterhielten" sich mit leisem Lachen, ihre Blicke richteten sich abermals gegen den Himmel, dieser öffnete sich, goldgefärbte Lametta-Stücke fielen herab und bedeckten mein Bett. Mit sich zufrieden schwebten meine kleinen Freunde wieder davon.

Ich weiß nicht, was die Ärzte damals alles mit mir gemacht haben. Bestimmt haben sie schwer um mich gekämpft und ihr ganzes medizinisches Wissen eingesetzt! Denn am nächsten Tag hatte ich meine Krise überstanden!

*

Norbert und ich wurden nach unserem Klinikaufenthalt gleichzeitig entlassen. Wir begaben uns für drei Wochen zur Anschlussheilbehandlung in die Reha-Klinik nach Bad

Berka. Bei der Anmeldung bat ich darum, uns zwei nebeneinanderliegende Zimmer zu geben, denn mein Mann war noch sehr geschwächt und bedurfte meiner Hilfe.

Bereits nach zwei Tagen bekam Norbert hohes Fieber und musste in die Uni-Klinik in Göttingen zurückgebracht werden. Ich blieb allein zurück und mir war nicht wohl dabei.

Warum machte ich mir plötzlich solche Sorgen, so dass ich auf einmal nicht mehr schlafen konnte? Bahnte sich da etwa eine Komplikation an? Und welche Macht zwang mich plötzlich dazu, während der Mittagsruhe in die Stadt zu laufen und einzukaufen? Leider handelte es sich dabei nicht um normale Einkäufe. Es trieb mich von Geschäft zu Geschäft, egal ob es sich um einen Drogeriemarkt handelte oder um ein Schreibwarengeschäft, um einen Kleiderladen, ein Schuhgeschäft oder um Haushaltswaren: Ich kaufte alles, was ich sah und was käuflich war. Damit ich meine Einkäufe transportieren konnte, erwarb ich fast täglich zusätzlich große Reisetaschen und Rucksäcke, die ich dann jeweils gefüllt in den Geschäften zurückließ. Dabei versprach ich, meine Einkäufe pünktlich vor Ladenschluss per Taxi abzuholen.

Nach einigen Tagen hatte ich so viel Unnötiges gekauft, dass ich nicht mehr wusste, wo ich die Sachen in meinem Zimmer verstauen sollte. Alle Schränke waren zum Bersten voll, unter meinem Bett stauten sich die vollen Plastiktüten, Kartons und Reisetaschen. Inzwischen hatte mich die Kaufsucht voll im Griff und täglich zog ich größere Summen aus dem Geldautomaten. Hatte ich dann das Geld in meinen Händen, durchströmte mich ein riesiges Glücksgefühl, denn jetzt konnte ich wieder Kaufen gehen! Den

Taxifahrern war ich auch nicht mehr fremd, gerne fuhren sie mich in die Klinik und halfen mir dabei, die Taschen und Riesentüten in einen der Kofferwagen, die sich im Eingangsbereich der Klinik befanden, zu türmen. So schnell es mir möglich war, schob ich den Wagen in mein Zimmer, aber dafür gab es längst keinen Platz mehr. Ich musste in das für Norbert reservierte Zimmer ausweichen und stopfte auch hier alle Schränke und Kommoden voll.

Gleichzeitig hatte mich der Zwang zum Schreiben im Griff. Noch heute besitze ich genügend Notizblöcke, Bleistifte und Radiergummis für den Rest meines Lebens, denn die halbe Nacht saß ich aufrecht in meinem Bett und musste Seite für Seite mit allem, was mich bewegte und was in meinem wirren Kopf herumspukte, zu Papier bringen. Nur um es anschließend wieder zu zerreißen und in den Papierkorb zu werfen.

Als mich Mitpatienten auf mein ungewöhnliches Verhalten aufmerksam machten, erkannte ich plötzlich, dass ich nicht mehr normal war. Aber wer hätte mir helfen können? Norbert war weit weg und kämpfte täglich seinen eigenen Kampf. Also rief ich seinen Sohn Robert an und bat ihn, mich mit dem großen Familienauto zu besuchen und dabei das ganze Zeug, das ich zusammengekauft hatte, nach Forchheim zu transportieren.

Robert kam und hatte den Anstand, sich nicht anmerken zu lassen, was er dabei über mich dachte.

Zu meiner großen Beunruhigung ließ es Norberts Gesundheitszustand nicht zu, dass er aus der Uni-Klinik entlassen und in die Reha zurückkehren konnte Längst war mir klargeworden, was ich angerichtet hatte, denn ich hatte während der drei Wochen in Bad Berka über 30.000 Euro ausgegeben! Was war mit meinem Kopf nur los? Gab es eine Gehirnerkrankung namens Kaufsucht?

Ich besuchte Norbert in der Klinik und beichtete ihm alles. Ich schämte mich so sehr! Norbert sah mich an, nahm meine Hände und sagte:

„Sei nicht traurig, du warst doch auch krank und allein gelassen, keiner hat dir geholfen. Weißt du, es ist doch nur Geld, das weg ist, und es gibt immer Schlimmeres im Leben!"

Unendliche Dankbarkeit breitete sich in mir aus. Was für ein Glück, so einen Mann an meiner Seite zu haben!

Noch immer war es aber um Norberts Gesundheitszustand schlecht bestellt und von Woche zu Woche glaubte er weniger an seine Genesung. Bei all meinen Besuchen blutete mir mein Herz, wenn ich seine tiefe Resignation bemerkte. Im November wurde er vorläufig entlassen und im Kreise der Familie durften wir seinen 64. Geburtstag feiern. Robert schenkte seinem Vater die neueste CD „Der Weg" von Herbert Grönemeyer - eine Liebeserklärung an dessen verstorbene Frau. Nachdem ich die CD in den Player eingelegt hatte, zerriss es mir bei dem Text fast das Herz.

Du hast jeden Raum

Mit Sonne geflutet

Hast jeden Verdruss

Ins Gegenteil verkehrt…..

Sollte mir auch ein so schweres Schicksal bevorstehen und ich meinen geliebten Mann bald verlieren?

Langsam neigte sich das Jahr 2002 dem Ende zu. Norbert war inzwischen zu meinem Kind geworden und für sein Kind muss eine Mutter Tag und Nacht da sein. All meine Kraft und Liebe gab ich ihm.

Noch vor dem Osterfest 2003 sollte durch eine erneute Operation Norberts noch offener Gallengang verschlossen werden. Dazu kam es aber nicht mehr, denn sein Gesundheitszustand verschlechterte sich rapide. Ich fand ganz in der Nähe der Klinik ein privat vermietetes Zimmer, sodass es mir möglich war, viele Stunden an seinem Bett zu wachen. Jeden Tag wurde mir von neuen Komplikationen berichtet. Norberts Nieren arbeiteten nicht mehr und eine Dialyse wurde nötig. Das Multiorganversagen hatte bereits eingesetzt. Auch unser Professor, dem wir so sehr vertrauten, war am Ende seiner Möglichkeiten angelangt. Die Ärzte versetzten Norbert in ein künstliches Koma, um ihn zu schonen.

Eine sehr freundliche junge Ärztin riet mir, übers Wochenende nach Hause zu fahren.

„Hier können Sie nichts für Ihren Mann tun, Frau Schäfer. Ich verspreche ihnen, sollte sich sein Zustand verschlechtern, rufe ich Sie sofort an."

Ich streichelte Norberts Gesicht und seine Hände. Die Ärztin stand noch im Zimmer.

„Bitte Frau Doktor, passen Sie gut auf meinen Mann auf! Sie müssen es mir versprechen!"

Natürlich versprach sie es mir.

*

Zuhause angekommen, genieße ich unsere schöne Wohnung und komme innerlich wieder etwas zur Ruhe. Ich habe vor Erschöpfung bis in den späten Vormittag geschlafen, als mich das Telefon aus meinen Träumen reißt. Es ist die junge Ärztin.

„Frau Schäfer, wir versuchen Sie seit Stunden zu erreichen!"

Ich habe nichts gehört und frage, plötzlich von grausamer Angst gepackt:

„Was ist mit meinem Mann?"

„Ihr Mann ist heute um 8.56 Uhr an Multiorganversagen verstorben. Wir haben noch alles medizinisch Mögliche versucht, jedoch leider vergebens. Mein aufrichtiges Beileid!"

Der Mann, den ich in meinem ganzen Leben am meisten geliebt, der mir alles gegeben und dem ich alles gegeben hatte, hat mich, ohne dass ich an seiner Seite sein und ohne dass ich ihm helfen konnte, verlassen und ist auf seine letzte, ewige Reise gegangen! Warum nur musste das Leben so grausam sein???

Diese vernichtende Erkenntnis schüttelt mich bis auf den Grund meiner Existenz und meines Bewusstseins durch, raubt mir schier den Verstand und lässt mich in ein schmerzhaftes, lautloses Weinen ausbrechen, das ich nicht mehr kontrollieren kann. Erst nach endlosen quälenden

Minuten setzt mein Verstand wieder ein und ich rufe von meiner Wohnung aus seine Kinder an. Wenigstens das, was jetzt an dringenden Erledigungen ansteht, kann ich an seinen tüchtigen Sohn abgeben – Robert wird, dessen kann ich mir sicher sein, alle behördlichen Schritte routiniert abwickeln.

*

Vor einiger Zeit hatte Robert bei seinem Onkel eine Stelle als Bestatter angenommen und holte nun, zusammen mit einem Freund, seinen eigenen Vater heim nach Forchheim. Im Schritttempo fuhr er mit dem Leichenwagen dreimal am Schäfer-Haus vorbei.

Dann bettete er den Leichnam auf eine Weise in den Sarg, von der er annahm, dass es seinem Vater gefallen hätte. Norbert hatte sich von diversen Ägyptenreisen Lederschläppchen, einen Fez und auch eine weiße Dschellaba mitgebracht. All diese Dinge zog Robert nun seinem Vater an und kreuzte in der Art der Pharaonenbestattung dessen Unterarme übereinander. Dann schloss er den Sargdeckel.

Nach der Beerdigung kehrte ich allein zu unserer Wohnung zurück. Ich suchte unser gemeinsames Tagebuch, schlug es auf und schrieb mit zittriger Hand die allerletzten Zeilen hinein:

„Norbert, Du warst meine Liebe, mein Leben und mein Halt. Ich bitte Gott, dass wir uns im Himmel wiedersehen. Norbert, mein Liebster, ich trage Dich in mir, bis zu dem Tag, an dem auch für mich der Vorhang fällt."

Epilog

Die Kinder Norberts hatten nach dessen Tod einen Anwalt mit der Klage auf Herausgabe des Witwenerbes beauftragt und Juliane buchstäblich aus dem Haus getrieben. Nun verlor sie auch noch das, was sie während ihres ganzen Lebens nie erfahren konnte und nun erstmals genossen hatte, nämlich eine intakte Familie.

Obwohl Norbert seine Kinder bereits lange vor seiner Erkrankung mit Vermögensanteilen abgefunden hatte, wollten die beiden das eindeutige Testament ihres Vaters, das ihnen lediglich den Pflichtteil überließ, einfach nicht akzeptieren. Norbert hatte diese Lösung jedoch ausdrücklich so gewünscht und in seinem Testament genau auf diese Weise schriftlich fixiert. Juliane war über das Verhalten der Kinder entsprechend irritiert. Hatte sie nicht ihr eigenes Leben auf die Waagschale gelegt, damit deren Vater mittels Leberspende möglicherweise gerettet werden konnte? Nie hatten Norbert und sie über eine Gegenleistung gesprochen und für Juliane wäre ein wie auch immer geartetes Entgelt auch nie in Frage gekommen – sie war doch mit diesem Mann glücklich verheiratet! Wie konnte man ihr nur unterstellen, sie hätte bei der Organspende an Geld gedacht? Warum waren manche Menschen immer nur Negativdenker und sahen bei ihren Mitmenschen nur Schlechtes?

Rekonvaleszent, wie sie selbst noch war, fand sie auf diese Fragen keine Antworten, keinen Dank und auch keine Hilfe!

In ihrer Trauer gefangen, unfähig, klare Gedanken zu fassen und von allen Seiten allein gelassen, wehrte sich Juliane nicht gegen das Vorgehen der Kinder Norberts. Die Klage erledigte sich wegen Aussichtslosigkeit schließlich ganz von selbst. Im Gegenzug begann Robert nun, ein Möbelstück nach dem anderen aus ihrer Wohnung zu schaffen, so dass sich Juliane aufgrund der persönlichen Spannungen im Hause Schäfer schließlich veranlasst sah, eine neue Bleibe zu suchen. Infolge des sehr engen Wohnungsmarkts bei ihrer Suche nach einer Mietwohnung erfolglos, kaufte sie sich schließlich über einen Makler in ein Bauträgerprojekt ein und kehrte wieder nach Nürnberg zurück.

Nach dem Tod ihres Mannes steckte Juliane also in einer Krise, die, wie anfänglich bereits angedeutet, meine Vorstellungskraft überstieg. Als ich sie kennenlernte, lebte sie seit einem Jahr einsam und gebrochen in der schmalen Erdgeschoß-Zwei-Zimmer-Wohnung, die ihr zwar mit dem Attribut „sonnig" verkauft worden war, die tatsächlich jedoch wegen der umgebenden hohen und nahen Bebauung nur im Hochsommer für ganz wenige Stunden Sonne erhalten konnte.

Ich fühlte mich in meinen analytischen Fähigkeiten gefordert! Zuerst musste die Frau zum Leben zurückkehren und lernen, anderen Menschen wieder zu vertrauen. Das war ein schwerer Weg und leichter gedacht als getan - zu präsent waren noch die vergangenen Geschehnisse!

Obwohl die Wohnung sehr hübsch und gemütlich eingerichtet war, fehlte es also an Licht. Und der Umgriff des Bauprojekts, die kleine Vorgartenfläche im Sondernutzungsrecht eingeschlossen, ähnelte damals noch einer Schutthalde. Keine guten Voraussetzungen für einen Menschen, aus seinem Tief heraus zu kommen!

Arbeit und Grünes lenkte in positiver Weise ab und konnte zur seelischen Gesundung beitragen. Deshalb begannen wir gemeinsam, den kleinen Garten anzulegen. In Rücksprache mit dem Bauträger steckte ich den Sondernutzungsanteil ab und karrte mit meinem alten Auto Humuserde an, erst misstrauisch, dann verstohlen beäugt von den anderen Eigentümern der Erdgeschosswohnungen, schließlich angesprochen, später angefreundet. Anschließend haben die Eigentümer in Gemeinschaftsleistung das ganze Areal schön mit Rasen eingesät und mit Hecken bepflanzt. Julianes Gartenanteil sollte natürlich besonders hübsch werden. Aus Holz und Steinen bastelten wir ein kleines Steingärtchen und besorgten bei einem Antikhändler Tuffsteinobjekte aus alter höfischer Gartenkunst. Von jeder Reise brachten wir – den alten Diesel schwer beladen - weitere gut geformte Steine mit, die im Gärtchen ihren Platz fanden. Das gefiel auch den Mitbewohnern der Wohnanlage in den oberen Stockwerken und deren lobende Bemerkungen machten Juliane stolz. Die Beschäftigung mit diesem Projekt ließ sie langsam ihre düsteren Gedanken vergessen.

Bald konnten wir – nun bedeutend unbeschwerter - unserer gemeinsamen Leidenschaft frönen: Im Sommer die schöne fränkische Landschaft und seine unübertrefflichen Biergärten bei Wanderungen genießen und im Winter sonnige Länder bereisen.

Als mein Mietvertrag in Nürnberg ablief, musste unsere Beziehung allerdings eine schwere Bewährungsprobe bestehen. Wollte ich weiterhin an der Seite Julianes in Nürnberg leben, dann hätte ich mich in Nürnberg um eine neue Wohnung bemühen müssen. Das fiel mir schwer, denn ich wurde mit einer Großstadt nicht so recht warm. Oder ich würde wieder nach Gunzenhausen, der geruhsamen und hübschen Kleinstadt im Fränkischen Seenland zurückkehren, wo ich mich bestens auskannte und schon früher wohlgefühlt hatte. Nach langen Diskussionen entschied mich für Gunzenhausen in der Hoffnung, dass rund 60 km Entfernung keine eigentliche Trennung darstellten und wir uns jederzeit besuchen könnten.

Da die fehlende Helligkeit in ihrer Wohnung ein Ärgernis blieb, freundete sich Juliane langsam mit dem Gedanken an, ihre Wohnung wieder zu verkaufen und Nürnberg, das ihr als Stadt zwar gut gefiel, wo sie aber nie so recht glücklich geworden war, zu verlassen und mir nach Gunzenhausen zu folgen.

Heute lebt sie nur wenige Meter von mir entfernt in einer sehr hellen und freundlichen Mietwohnung. Gunzenhausen bietet alles, was der Mensch zu einem zufriedenen Leben benötigt und noch vieles mehr! In dieser sehr sozialen Kleinstadt stehen sich die Menschen näher als anderswo und bereits nach kurzer Zeit hatte Juliane neue liebe Freunde gefunden.

Wir haben uns gegenüber keinerlei gesetzliche Verpflichtungen und sind vielleicht gerade deswegen immer mit ganzem Herzen und in großer Zuneigung gegenseitig für uns da.

Ich murre, wenn sie sich lange vor dem Spiegel dreht, über ihre Eitelkeit, - sie wirft mir vor, ich wäre, was mein Äußeres beträfe, nicht eitel genug.

Ich bin angetan von der Selbstverständlichkeit, mit der sie Menschen in Not erkennt und ihnen hilfreich zur Seite steht. Und ich bin gleichzeitig voller Unverständnis darüber, wie leicht sie sich manipulieren lässt, wenn man nur an ihr Mitleid appelliert. Als gelernter Ingenieur sehe ich die Menschen vermutlich zu sehr mit dem Verstand - Juliane sieht sie immer nur mit ihrem Herzen! Ich ereifere mich zum Beispiel über die menschenverachtenden politischen Gründe, warum der Nahe Osten ein Pulverfass ist und auch bleiben wird und sie verschenkt einfach ihr neuwertiges Fahrrad an syrische Flüchtlinge!

Viele unserer Freunde halten uns für ein beneidenswertes Paar, weil wir uns um so viel näher sind, als manches Ehepaar in unserem Alter. Ich behaupte dann stets, dass unsere getrennten Wohnungen vermutlich gerade den Grund für diese Harmonie ausmachen! Wir müssen uns nicht mit den Nickeligkeiten des täglichen Miteinanders in einer ehelichen Wohnung auseinandersetzen und das macht es möglich, uns weitgehend auf die sonnigen Seiten unserer Partnerschaft zu konzentrieren.

Die „Dumme Jule" von einst hat sich in eine weltoffene, moderne Frau mit positiver Grundeinstellung verwandelt, die sich allen Menschen gegenüber aufgeschlossen zeigt. Ihre Empathie für die Schwachen in unserer Gesellschaft findet inzwischen in praktischer ehrenamtlicher Tätigkeit im sozialen Bereich eine befriedigende Erfüllung. Zusammen mit ihrer Ausstrahlung und ihrem immer noch sehr ansprechenden Äußeren macht sie es ihrer Umgebung leicht, sie zu respektieren und zu mögen.

Und für Gesprächsstoff und den Hunger nach Leben ist, obwohl wir inzwischen in die Jahre gekommen sind, immer noch reichlich gesorgt!

FSC
www.fsc.org

MIX

Papier | Fördert
gute Waldnutzung

FSC® C083411

Zeitfracht Medien GmbH
Ferdinand-Jühlke-Straße 7
99095 Erfurt, Deutschland
produktsicherheit@kolibri360.de